祖国至上是中国女排永远的追求。(新华社记者邢广利 摄)

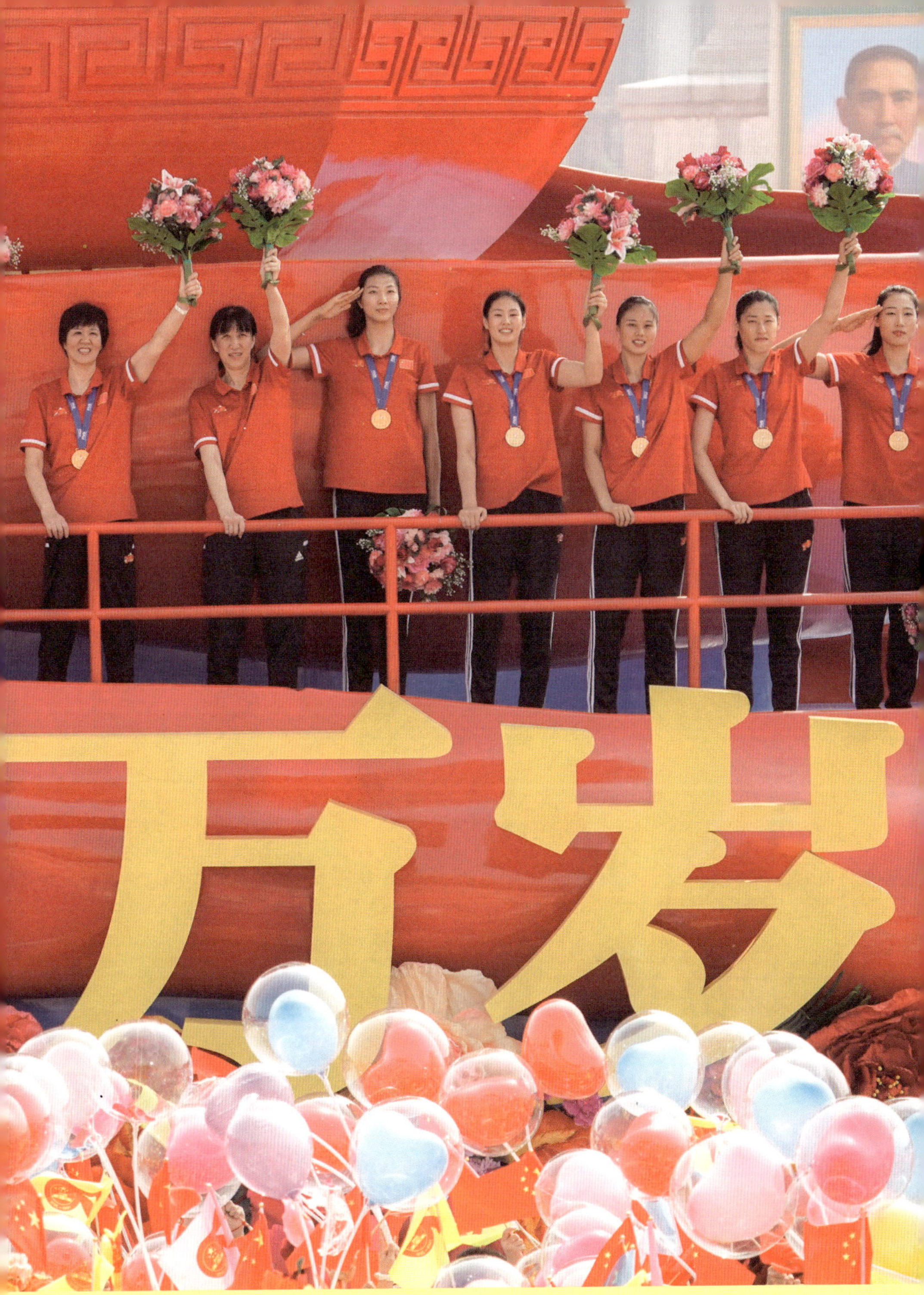
万岁

荆棘与荣耀

新时代女排奋斗记

马寅 著

中国青年出版社

（京）新登字 083 号

图书在版编目（CIP）数据

荆棘与荣耀：新时代女排奋斗记 / 马寅著 . -- 北京：
中国青年出版社 , 2019.12
ISBN 978-7-5153-5915-1

Ⅰ . ①荆… Ⅱ . ①马… Ⅲ . ①报告文学 - 中国 - 当代
Ⅳ . ① I25

中国版本图书馆 CIP 数据核字（2019）第 284048 号

本书图片经新华社、osports 全体育授权，得到李志岩、黎炫辰、尹棣、史卉、曾珍、秋婷、玛丽、杰妮等以及书中所涉人物支持。特此致谢！

策　　划	皮　钧　陈章乐　王　瑞	
责任编辑	陈章乐　侯群雄	
装帧设计	艾　藤	
内文版式	李　平	
特约审校	吴　翰　肖名远	
出版发行	中国青年出版社	
社　　址	北京东四十二条 21 号　　邮政编码：100708	
网　　址	www.cyp.com.cn	
门 市 部	010-57350370	
编 辑 部	010-57350401	
印　　刷	北京科信印刷有限公司	
经　　销	新华书店	
规　　格	710×1000　1/16	
印　　张	21.25	
字　　数	266 千字	
版　　次	2020 年 1 月北京第 1 版	
印　　次	2020 年 10 月北京第 2 次印刷	
印　　数	50001-100000 册	
定　　价	48.00 元	

本图书如有印装质量问题，请凭购书发票与质检部联系调换　联系电话：（010）57350337

出版说明

伟大的时代,书写着奋斗的故事,孕育着奋进的精神。

党的十八大以来,在党和国家事业取得历史性成就、发生根本性变革的进程中,中国女排举新思想旗帜,与新时代同行,为新时代建功,一步一个脚印,一步一个台阶,站上世界之巅,在2015年世界杯、2016年奥运会、2019年世界杯三度夺魁。尤其是在第十三届女排世界杯比赛中,中国女排取得十一连胜,获得第十个世界冠军,为中华人民共和国成立70周年献上一份精彩厚礼。载誉而归的郎平和中国女排姑娘登上"祖国万岁"国庆彩车,与5000名群众共同唱响《我和我的祖国》。

光荣的桂冠,用荆棘编织而成。

成就的背后,闪耀的是精神。

回首38年前,在改革开放壮阔启航的号角声中,中国女排首夺世界冠军,并一鼓作气、凯歌行进,铸就了"五连冠"的创纪录辉煌。其时,举国上下,万人空巷看女排,"团结起来,振兴中华"的响亮口号激荡人心。三十多年来,"向女排学习"的热潮一直澎湃不已,女排精神激励着一代又一代人为国家富强、民族振兴不懈奋斗。

习近平总书记指出:"女排精神代表着一个时代的精神,喊出了为中华崛起而拼搏的时代最强音。"在决胜全面建成小康社会、全面建设社会主义现代化强国的新征程上,讲好女排故事、弘扬女排精神,对于构筑中国精神、中国价值、中国力量弥足珍贵。为此,我们组织编写本书,全面记录新时代中国女排艰难而辉煌的历程,立体展现中国女排姑娘群像,大力弘扬中国女排精神。

中国青年出版社
2019年12月

序

中国女排永远年轻

2019年还有最后十天了,我正在做奥运年的训练备战计划。

时间很少,工作很多,任务很艰巨,但是我们的团队心态都很好。

明确目标,确定了要做的事,就一件一件去落实,一个一个目标去努力。完成一件事就少一件,达成一个目标,我们就前进了一步。

这个过程很痛苦,但也很"享受"。

组队第八年了,这是每年必经的阶段,相比最开始的两年,现在已经"幸福"多了。

对我来说,53岁时第二次接手中国女排,就是当好一块铺路石。

一项事业不断向前发展,在不同的阶段,需要很多人担起责任。

40多年前,中国女排刚刚起步时,我的教练袁伟民是这条路的奠基人,老女排的队员,包括我,跟着袁导不断探索尝试,把一系列的不可能变为可能。

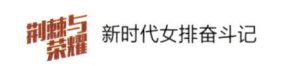

后来，中国女排发展历史上的每一位教练、队员，都是在用自己的努力，或快或慢推动这项事业前进。

2013年，中国女排在前进的道路上又遇到了一些新的困难和挑战，我还在一线，作为老女排的一员，我觉得自己有责任再为中国女排做些事。

我把那次出发看作是一次探索，做决定的时候，我完全没有在意能不能成功，也没有纠结过万一失败怎么办。

中国女排这么多年一直在世界先进行列，大方向一定是对的，但是科技不断发展，人们的认识水平不断提高，现代排球也在发生深刻的变化，中国女排遇到的挑战，是如何在新的时期平衡变与不变。

坚持在全面基础上的快速多变，是中国女排立身世界强队之本，但是排球运动发展到今天，也不可能再靠六七个人包打天下。对每位教练、运动员来说，都面临突破舒适圈，去尝试那些"不会"、"不愿"、"不敢"和"不可能"。

探索的过程，我们有前人留下的宝贵财富，但是也需要我们拿出勇气，明知前路布满荆棘，可能伤痕累累，甚至流血牺牲，也要坚持向前，不断向前。

这一路上，能坚持七八年走下来的人寥寥，很多人是中途上车，也有很多人半路离开。如果不是跟着这本我们的成长记录回忆，我可能也淡忘了一些细节，但是我一直记得运动员加入这个团队时那种满怀希望的眼神，以及那些因为各种原因和我们道别的人流露的遗憾和不舍。

这一路上，我们不断修正自己，错了，勇敢承认，果断改变，我们的目标是让中国女排保持活力，越来越好，只要所做的每一点努力都是朝着这个方向，心里就非常踏实。

我一直记得袁导曾经说的，当中国女排主教练，要无私无畏。

即使是被挤压到绝境，也希望用尽最后一点力气再搏一下，这就是女排精神，不是一定赢得冠军，但是永远要有一颗冠军的心。

身处低谷的时候自立自强，站上高峰的时候不忘初心，中国女排是这样走过来的，也会这么一直走下去。

《荆棘与荣耀》，记录了我们这支球队的成长。

感谢这份真实的记录。

我们终将老去，但是中国女排永远年轻。

2019 年 12 月 20 日

目录

序：中国女排永远年轻 / 郎平　　　　　　　　　　001

引言　　　　　　　　　　　　　　　　　　　　　001

2013：不要因为走得太远，而忘记为什么出发　　003

进入里约奥运周期，中国女排迟迟没有组建。
在主帅人选"难产"的背后，是整个中国排球界的迷茫。
伦敦奥运会，中国女排在四分之一决赛中苦战五局，两分惜败于老对手日本队，被挡在四强门外，之后的亚洲杯，中国女排再次败给泰国队。
在亚洲被日本队、韩国队、泰国队压制，在世界排坛沦为二流，对于三年半后里约奥运的竞争，没人敢对成绩抱有奢望。
北京春天的一场沙尘过后，迎春花开了。
女排选帅，箭在弦上。

2014：十六年，青山在，人未老　　　　　　　　035

结束2013年中国女排全部工作之前，10月末，郎平搞了一次全国大"海选"。海选范围之大，史无前例。
亚锦赛失利余波未平，在大家还在议论郎平到底行不行，能不能救中国女排时，她已经义无反顾再出发了。
2014年4月初，中国女排在北京集结。第一堂训练课，郎平对全新组成的团队说：困境激励着我们去奋斗。我们既然可以创造最差的历史，也还可以创造最好的历史，在中国女排前进的路上，写下光辉的篇章！

2015：作为强者，就要面对所有困难　　　　　　081

距离世界冠军只差一步，遗憾肯定有，但是再给一次机会就能拿冠军吗？
拿到世界亚军，不等于世界一流，只能说明中国女排的方向是对的，做对了一些事情，正走在一条正确的路上。
2015年，中国女排在继续前行的路上，主力队员接二连三遭遇伤病打击，在极其困难的情况下硬是咬牙挺过重重难关，时隔11年重回世界之巅！

2016：顽强拼搏是中国女排的名字，我们永不放弃　　　139

即使是最好的编剧，也设计不出这历尽千回百转，于绝境中实现大逆转的曲折情节。

跌宕起伏，先抑后扬，她们在无比压抑的困境中默默坚持；

山重水复，柳暗花明，她们在千钧一发的竞争中激情绽放。

没有人能想到中国女排会在里约奥运会小组赛中如此低迷，更没有人能想到她们能在淘汰赛阶段神勇崛起，最终站上里约之巅，这番神奇的经历令人不禁感叹：原来一切都是最好的安排！

2017：走下领奖台，一切从零开始　　　203

从全无包袱的冲击者，到荣誉加身的奥运冠军，四年时间，中国女排走出很远。

东京奥运周期重新出发，就意味着一切归零，从头开始。

中国女排训练馆的墙上换了新的标语：走下领奖台，一切从零开始。

里约之后，关于中国女排的故事，又翻开了新的一页。

2018：不能奏国歌了，还要努力把国旗升起来　　　225

里约奥运周期，2013年发现朱婷，2014年拉起袁心玥，2015年推动张常宁，2016年锻炼龚翔宇。

2017年，二十出头的"朱袁张龚"已经挑起大梁。此时人们关心：在"朱袁张龚"之后，下一个有前途的新人会是谁？

2019：升国旗，奏国歌　　　275

身穿胸前印有"中国"的球衣，就要全心投入，不负使命，这是中国女排的初心。

从这支球队组建的第一天开始，无论是2013年亚锦赛跌落低谷之时，还是2015年世界杯登上世界之巅以后，无论是里约奥运艰难夺冠的征程之中，还是东京周期肩负使命重新出发的一路上，在郎平的带领下，姑娘们始终坚持做好每一天，胜不骄，败不馁，直面困难，永不放弃。

2013—2019年中国女排大事记　　　320

后记　　　321

引言

十连胜!

2019年9月28日,女排世界杯倒数第二轮,中国女排对阵世界排名第一的塞尔维亚队,第三局打到24比16,现场大屏幕打出了"championship point",中国女排的冠军点!

专程赶到日本大阪为中国女排助威的球迷、成百上千的在日华人华侨和现场的中国记者沸腾了,大家挥舞着国旗,一遍遍高喊着"中国!中国!"

他们用这样的方式陪着郎平和女排姑娘迎来了又一个世界冠军降临的时刻。

眼前的一幕,熟悉又陌生。

四年前,2015年9月2日,在日本名古屋,时隔11年,中国女排终于再次站在世界冠军的大门前。

最后一轮比赛,年轻的中国女排面对东道主日本队,获胜就是冠军。

冠军点一球,郎平换上为战胜伤病重回赛场咬牙坚持了一年的魏秋月,她想让这位历经磨难的老将站在赛场上感受荣耀时刻的来临。

朱婷一记重扣,中国女排重回世界之巅!

有多少热爱女排的中国人,满眼热泪目送中国女排站上世界冠军领奖台。

三年前,中国女排在里约奥运会上开局不利,一步步把自己推到和东道主巴西女排争夺一个四强席位的悬崖边。

对手在过去8年送给中国女排18连败,战胜巴西队,几乎是不可完成的任务。

比赛前郎平说:顽强拼搏是中国女排的名字,我们永不放弃!我们不是主场,但是中国女排身后有亿万国人的支持!

第一局15比25,第二局也一直面对对手重压,竞争进入白热化,绝境之中,中国姑娘爆发了!

双方战至决胜局,赛点一球,又是朱婷!

她的一记后排进攻，击退了不可一世的巴西队，更打出了中国人的信心和力量！

中国女排昂首挺进四强，吹响了冲冠的号角。

2018 年，日本横滨，世锦赛半决赛，经历新老交替阵痛的中国女排遭遇强敌意大利队。

双方苦战五局，中国女排两分惜败。

那一刻，很多期盼郎平带队赢得"三连冠"的球迷哭了，他们有强烈的预感，这可能是 57 岁的郎平最后的一届世锦赛。

但是郎平笑着鼓励队员：比赛还没有结束，我们要继续努力！不能奏国歌了，还要努力把国旗升起来！

姑娘们被郎平的话激发了，她们擦干眼泪，再上战场，以 3 比 0 赢下最后一个对手荷兰队，她们用行动回答：女排精神不是赢得冠军，而是有时知道不会赢，也会竭尽全力。

一年以后，2019 年 9 月 29 日，终于，她们又赢了！

这是自 1981 年中国女排第一次获得世界冠军以来，39 年间这个英雄的群体收获的第十个世界冠军，也是郎平和她率领的中国女排第三次站上世界冠军领奖台。

身穿胸前印有"中国"的球衣，就要全心投入，不负使命。

从 2013 年第二次执教中国女排，两个奥运周期，郎平带领姑娘们走过的路，荆棘密布，险象环生。

而所有关于她们的故事，都是从这里开始的……

> 不要因为走得太远，
> 而忘记为什么出发

2013

2013年4月25日，郎平第二次出任中国女排主教练，引来外界广泛关注。

2013年，进入里约奥运周期的中国女排，迟迟没有组建。

在主帅人选"难产"的背后，是整个中国排球界的迷茫。

伦敦奥运会，中国女排在四分之一决赛中苦战五局，两分惜败于老对手日本队，被挡在四强门外，之后的亚洲杯，中国女排再次败给泰国队。

在亚洲被日本队、韩国队、泰国队压制，在世界排坛沦为二流，对于三年半后里约奥运的竞争，没人敢对成绩抱有奢望。

此时，正在广东恒大女排执教的郎平，随着五年的合同接近尾声，已经开始憧憬美好的退休生活。虽然她仍然想在有生之年为中国排球做点什么，但是她也知道，人到了这个年纪，不适合再拼命了。

经历了伦敦奥运失利的徐云丽、魏秋月等一批老将仍在彷徨，甚至在考虑什么时候、以怎样的方式淡出，只是无数次想毅然决然转身之后，她们又无处安放心中的倔强和不甘。

正值当打之年的惠若琪、曾春蕾重新出发之前，最关心的问题只有一个：接下来的四年，带领她们前行的那个人会是谁？

面黄肌瘦的朱婷和纠结未来的张常宁一样，正跟随各自的球队备战全运会青年组的比赛。16岁的袁心玥距离她成为世少赛MVP还有将近半年时间，此时的龚翔宇还是一位小二传，"千禧宝宝"李盈莹刚刚小学毕业……没有多少人知道她们的名字。

北京春天的一场沙尘过后，迎春花开了。

女排选帅，箭在弦上。

1

郎平有没有可能出山?

在中国女排再次遭遇困局时,人们又想起了"铁榔头"。18岁入选中国女排的郎平,21岁那年和队友一起为中国赢得第一个三大球的世界冠军。作为中国女排"五连冠"的重要参与者之一,在国人心中,郎平是中国女排的一个符号。

1986年,郎平宣布退役,带着满身伤病赴美学习。27年来,每次中国女排陷入困境,大家都会想起她,希望她能出手相助。

这次也不例外。

一年前的伦敦奥运会,中国女排在四分之一决赛中被老对手日本队淘汰。作为中央电视台解说嘉宾,郎平面对镜头遗憾落泪,"铁榔头"对中国女排的拳拳之心感动国人。

3月27日上午,正在广州带领恒大女排备战亚俱杯的郎平接到了一个陌生电话,新来的排管中心领导邀她回京面谈。对于再次出任中国女排主教练的邀请,郎平本能地拒绝了。

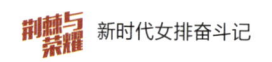

4月1日中午,老队友张蓉芳突然来电,带来了她最担心的坏消息:招娣走了。

郎平陷在沙发里,一下午没站起来。往事历历在目,她一边回想,一边流泪。

郎平和陈招娣,相识于1979年。1981年中国女排第一次夺得世界冠军那次,她俩住同屋。夺冠的那天晚上,腰部受伤的陈招娣是被郎平背回来的。

陈招娣是中国女排有名的"拼命三郎",因为一次左臂受伤缠着绷带上场,人称"独臂将军"。陈招娣的腰伤很重,世界杯决赛因受伤被队友背下球场,是她11年排球生涯中的第5次。

回到房间,招娣只能直挺挺地躺在床上,郎平帮她洗澡,洗衣服,收拾行李……

她们是队友,更是战友。

郎平开始重新审视这一次中国女排的邀约,她意识到这可能是自己把老女排的财富传承下去的最后机会了。

从广州飞回北京参加陈招娣告别仪式,看到现场那么多自发赶来为招娣送行的人,郎平又一次深深体会到全国人民对女排的深厚感情。在人生又一个重大选择面前,她自问:全国人民为什么这么热爱女排,女排精神为什么历久弥新?她甚至对自己说:在中国女排最需要的时候,你为什么不能做些牺牲?郎平,你应该站出来!那时,她甚至忘了自己从颈椎到膝关节,仅清理手术就做了十次。医生早就警告她:最晚明年,她两侧的髋关节也得动手术,都换成金属的!

郎平意识到心里的天平发生倾斜。中国女排主教练的重担,她34岁的时候就挑过一次,压力之大,责任之重,工作之多,让她想起来就头皮发麻。当时她还年轻,两次因为过度劳累晕倒在球场上,她没敢跟父母说。后来父母在报纸上看到了,心疼得直掉眼泪。

"这一次就算我动心，也肯定过不了老妈这一关！"郎平自言自语。

周日球队休息，她约妈妈和姐姐出去吃饭，想试探一下她们的态度。没想到刚刚开始"吹风"，妈妈和姐姐就猜了个八九不离十，而且和十多年前一样痛痛快快地表态：你放心去干吧，家里的事有我们呢！

郎平又想到女儿。上一次她出山时，女儿白浪只有两岁。收拾行李开车离开时，她根本不敢回头。后来白浪长大一些，最大的愿望是妈妈能在家门口的麦当劳上班。

17年，那个在1996年亚特兰大奥运会颁奖仪式上坐在妈妈腿上的小女孩长大了，已经是即将大学毕业的大姑娘了。郎平没想到，不用她讲，女儿也已经深深体会到妈妈对排球的感情，对中国女排的热爱。女儿对她说：妈妈还年轻，去做自己喜欢的事吧。

可她还是很纠结，毕竟开弓没有回头箭，身体行不行，有没有足够的精力，她的心里都打着问号。可只要一想到自己今天的成就离不开中国女排这个集体的培养，她又感觉责无旁贷，再大的困难都能克服。

距离2016年里约奥运会只有三年半的时间了，没有助手，没有团队，运动员老的老，小的小，这些年基础也打得不好，这么短的时间，对于带好一支球队是远远不够的。这一猛子扎下去，不知道要掉几层皮，很可能根本看不到想要的收获。但她转念一想：结果重要吗？是不是我来收获重要吗？只要能帮助女排发展，她甘当铺路石。

1995年，恩师袁伟民"三顾茅庐"，最终推动她下定决心的，是恩师那句沉甸甸的重托："郎平，祖国真的需要你！"

为不负使命，尚没有太多执教经验的郎平倾尽心力，带领低谷中徘徊的中国女排重返亚洲冠军宝座，又登上奥运会和世锦赛亚军的领奖台。1998年底，她眼含热泪把象征中国女排帅印的排球交给继任者胡进。

她没有想过15年后，自己会再次站到决定中国女排命运的十字路口。

2013年4月15日，经历了最后一晚的纠结，郎平出现在里约奥运

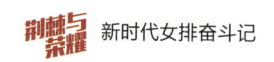

周期中国女排主教练竞聘会现场,她拿出了深思熟虑的四年计划——

用一年时间完成选材,确定国家队18人大名单,组合一支以老带新的队伍,同时培养有前途的年轻队员,为下一个奥运周期做准备;到2014年底在亚洲取得领先优势,2015年力争冲出世界二流集团,争取靠近或进入第一集团,2016年奥运会力争突破。

郎平为这份竞聘报告确定的标题是:传承女排精神,走出低谷,再创辉煌!

2

正式出任中国女排主教练,郎平给姑娘们准备了一份"见面礼":调查问卷。

说说你的性格特征,谈谈你的技术特点,你认为国家队在里约奥运周期的奋斗目标应该是什么?你能为球队做哪些贡献?你希望教练在哪些方面给你更多帮助……到国家队报到的第一天,姑娘们从领队胡进那里拿到这份调查问卷。当时郎平还在越南,在正式接手中国女排之前,她必须带领恒大女排完成亚俱杯比赛任务。

从思考、组织语言到落笔,很少有队员一气呵成,她们发现完成这张问卷是一次和即将出发的自己的对话,也是第一次和大名鼎鼎的郎平对话。

1995年,第一次执教中国女排时,郎平也是从了解运动员开始的。当时中国女排和现在有几分相似,与世界强队的差距越拉越大,在亚洲的日子也越来越不好过。那时候的郎平很年轻,赖亚文、孙玥那一批球员只比她小十来岁。作为过来人,她知道,要带领球队走出低谷,首先要帮这些几乎对排球生涯心灰意冷的姑娘们重拾信心。

18年以后,国家队名单里年龄最大的队员生于1985年,"90后"

已经占据半壁江山。和这些年轻人交流之前，郎平往往会想想自己的女儿：如果是浪浪，她喜欢什么样的方式沟通，她是需要理解、鼓励，还是刺激？

结束亚俱杯回北京的当晚，郎平就收拾行李搬进天坛运动员公寓。姐姐开车送她的一路上，不止一次叮嘱她：必须加油努力，但是千万别太拼命。郎平也是这么想的，不过还有后半句她话到嘴边儿又咽回去了：真到较劲儿的时候，是身不由己的。

胡进已经把回收的问卷放在了郎平桌上，她顺手翻了翻，看到娟秀的字迹，她会再关注一下球员的名字。老女排的队员，都是从书信传情的时代过来的，她们总是感觉见字如面。

郎平坐在书桌前开始阅读问卷，她想赶在第二天和姑娘们正式见面之前全部看完。

2013年5月10日，郎平正式带队的第一天，她比通知全队的训练时间提早15分钟到达。

开车驶入训练局大院，这里虽然经过一次次整修，早已不是当年的模样，宿舍和训练馆也都换了地方，但她还是觉得那么熟悉、那么亲切。从18岁到26岁，从34岁到38岁，她把最美好的年华都留在这里了，如今，53岁的她又回来了。

因为来得早，训练馆门口的那个车位空着，她熟练地停车入位，下车开后门拿背包时，她习惯性地看了看马路牙子和车轮的距离，完美！

走进训练馆，工作人员还在打扫，馆里的灯已经全亮了，墙上鲜艳的五星红旗和"艰苦奋斗 刻苦训练 顽强拼搏 为国争光"的红底黄字标语格外醒目。

训练馆的门两侧，沿着墙边摆的全是长凳，右边一侧座位很多，主教练为便于洞察全局，都是坐在正对中间场地的那个位置，相邻的座

郎平重新执教国家队后挑选的第一批球员,此时没人知道她们有多少人能坚持到里约奥运。

位,一般留给助理教练。队员们则是从核心主力到边缘国手,越靠近门边坐的,不是进队时间晚,里面没地方了,就是进出次数多,一直没能扎下根。此外,队员们通常都是进国家队的时候坐在哪里,在这一个奥运周期就不换地儿了。

郎平换好训练服和球鞋,看队员们还没到,又从包里掏出笔记本,在训练计划下面写了几句。这时,从公寓坐大巴过来的姑娘们陆陆续续走进训练馆,耳朵里都塞着耳机,各自沉浸在自己的节奏中。

徐云丽、杨珺菁、曾春蕾、王一梅、惠若琪和张娴都是伦敦奥运周期的老队员,进馆后径直往里走,看到已经进入工作状态的郎平,她们谁也没敢吭声儿。

二传手沈静思到球馆最里面的储藏室拿东西,路过时不经意一瞥看到了郎平。看沈静思有些惊讶,郎平抬起头,说:"小葵,跑步前进!"沈静思没想到,郎导竟然知道她的昵称。

看队员们都准备得差不多了,郎平站起身,有力地喊了一声:"好,集合！"姑娘们迅速跑过来按大小个儿排成两行。队长惠若琪和新入选国家队的老将颜妮，分别是两列队的排头兵。

郎平并没有准备特别的开场白，直奔主题布置上午的训练安排。

因为组队之后马上就要出去比赛，摄影师赶来拍了集体照，这张照片，定格了参加2013年第一期集训的22人，包括14名运动员，6位教练和2名队医。

3

从准备活动开始，郎平一直站在场边观察，看到哪个队员拉伸动作不标准、不到位，她都会走上去轻声提醒，及时纠正动作。

这些年，不论是带国外职业俱乐部女排、美国女排还是广东恒大女排，接手球队时，她都是从纠正错误动作、改掉坏习惯入手。郎平总说：在错的路上练得越多，离目标就越远。

有球训练开始，包壮、袁灵犀两位陪打教练正准备上场，郎平把球要了过去。第一轮，她要亲自上手扣球——

"防守尽量不要倒地！""努力保持身体平衡！""注意先动脚！"……郎平的声音混在队员的喊声、连续不断击打排球的咚咚声，和此起彼伏的球鞋摩擦地胶的吱吱声中，传得很远。

一堂课下来，郎平的嗓子就哑了。考虑到这只是万里长征的第一步，助理教练李铁鸣想去给她买个无线麦克风。郎平想了想没同意："不可能分组训练时场里都听我一个人的声音，别买了，过两天我适应了就好了。"

刚练了两天，助手赖亚文问郎平："下周就出发，没剩几天训练了，周日还休息吗？"

郎平当然知道赖亚文是什么意思。从当年的队友，到师徒，再到现

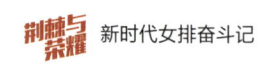

在的好搭档，赖亚文在替郎平担心：所有人都因为郎平上任大大调高了对女排的期望值，但国家队刚刚组建，队员的差距不是一天两天可以弥补的，没练几天就出去比赛，对手中还有上个奥运周期中国女排在亚洲的最大对手泰国队，打不好会挨骂。

"还是让她们休息休息吧！"郎平坚持周日给队员们调整一下，她指指自己的脑袋，"讲太多她们这儿就进不去了，给她们留点时间消化，下周咱们接着来。"

周日终于可以不用早起，但郎平还是早早醒了，躺在床上想着训练中发现的那些问题该如何解决。

起床拿起手机，看到白浪从美国发来的祝福，她忽然想起这一天是母亲节，赶快穿鞋去客厅，就看到80岁的妈妈正和姐姐一起张罗早饭。这么多年了，郎平无论做什么选择，全家人都是全力支持，做好后盾。此前她一直想着退休了就有更多时间留给家人，结果还是让她们又陪着自己踏上新征程。

郎平想带妈妈出去吃个饭共度母亲节，老太太心疼女儿，提议就在家里吃，郎平一想也好，中午陪妈妈聊聊天，下午还能早点赶回公寓批改全队的训练日记，她想给每个队员写一段希望。

从当运动员时起，郎平就有写日记的习惯。18岁进入中国女排的第一天，主教练袁伟民找她谈话，提出的要求之一就是每天写训练日记：一天训练下来有哪些心得，有什么收获，解决了什么问题，发现了哪些不足，是否找到改进的办法，以及明天怎么练。

当时的中国女排，还没拿到过亚洲冠军，但已经肩负起中国三大球振兴的使命。她们必须利用有限的时间，努力提高自己，力争早日战胜强大的对手，实现宏伟的目标。

1981年，也就是郎平进入中国女排三年之后，她和队友一起第一次站上了世界冠军领奖台，到1986年，这支球队实现了世界排球历史上创纪录的"五连冠"。

在最公平的时间面前，袁伟民是如何带领女排姑娘实现飞跃的呢？

二十世纪七十年代中国女排起步时，相比当时的苏联、日本等队，水平落后一大截。对手也在每天苦练，但中国女排运用袁伟民的"时间管理"，少走了很多弯路，大大提高了效率。

郎平从袁指导那里学会了"时间管理"：抓紧训练课上的每一分钟，像海绵吸水一样集中精力学习和体会，白天付出汗水和辛苦，晚上要马上总结。那些经过实践证明是正确的做法，一定要用文字记录下来，时常回看加深印象，再通过反复磨炼把它内化于心。总结中会发现很多问题，一定要马上思考解决办法。1995年、2013年，郎平两次出山，也都是在中国女排处于低谷时。

带领球队在艰难中起步，郎平要求队员学会管理时间——"和心中远大的目标相比，我们用来准备和提高的时间永远是不够的，必须设定阶段性目标，踏实努力，及时总结，而写日记，是督促自己最好的方法之一。"

4

5月13日，星期一。女排正式组队的第四天，也是出征四国赛前在北京训练的最后一天。

训练开始不久，年轻的二传姚迪就在做一个防守转向动作时受伤了。看到姚迪坐在场地里捂着脸哭，郎平赶忙跑过来询问。队医诊断是崴了脚，并无大碍。郎平让队员把姚迪扶到场边，帮她用冰袋敷住伤处。

见姚迪脸上还挂着泪珠，郎平摸摸她的头，冲她调皮地眨眨眼，安慰道："孩子，是不是练累了想休息啊？下次你想歇着就直接跟我说，我给你放假，崴脚多疼啊。"

第一次体会到郎平式的幽默和乐观,姚迪一下子就放松下来,操着天津味的普通话解释:"郎导,不是这样儿的……"

和郎平女儿同岁的姚迪,是参加第一期集训的球员中年龄最小的一个。在天津女排还没有打上主力就被郎平调进国家队,所有人都感觉这小姑娘运气太好了。姚迪也觉得自己像中了大奖一样,她努力想抓住机会。但是这一崴脚,少说也要全休几天等着消肿,姚迪感觉机会在眼前晃了晃,又要溜走了……

中间休息,郎平问:"刚才的动作为什么会崴脚,平时有没有脚踝力量的训练?"姚迪摇头说:"我训练、比赛都穿护踝。"

郎平听后若有所思,回到座位上小声对负责身体训练的李铁鸣说:"小关节的力量训练也要重视起来,都靠护具可不行。"

合练不到一周就要亮相赛场,既要整合又要备战,郎平的策略是把复杂问题简单化,从基本功到技战术配合,全部结合实战,抓住主要矛盾,解决关键问题。

防守训练开始前,郎平把队员聚在一起,说:"小惠,你说一下泰国第一轮的进攻特点。"惠若琪对答如流。

"好,那现在我们来练这一轮的防守。"

每个细节都结合实战,这招儿果然好使,队员们每天都有提高,以"肉眼可见"的速度进步。转战北仑、深圳两站精英赛,中国女排六战全胜,凯歌高奏。

把阵容稍作整合就两胜泰国,郎平带领新女排甫一亮相就赢得满堂喝彩。"铁榔头"所到之处吸引了老中青几代女排球迷的关注。深圳大运中心体育馆第一次承办排球比赛就创了纪录,18000人的场馆竟然座无虚席。

郎平的回归,让许许多多热爱中国女排的人看到了希望。但郎平恳求热情的媒体:千万不要把中国女排称为"郎家军"。

她说:"中国女排,不是哪一个人的球队。女排能有今天,是所有人一起努力的结果。"

5

从深圳回到北京,郎平带着队员集体"消失"了。

每天早上七点起床,早饭后进训练馆,八点半拉开架势训练,中间只有几次坐下喝口水的工夫,一直持续到下午一点。午睡起来是身体训练课,晚上安排治疗、录像学习……一天的时间满满当当。

一周七天,只有周四上午和周日不用进馆。从5月27日到6月22日,一共27天,这也是2013年中国女排仅有的一段可以安静训练的时间。

在纠结要不要接手中国女排时,郎平就研究过这一年球队的日程表,满打满算七个月时间,被各种国际、洲际、全国比赛切割得很零碎,完全没有时间系统训练。

七月有全运会,国手要提前回省队备战,少说用去三周,八月开始连续四周参加世界女排大奖赛,九月面临这一年的"大考"——亚洲锦标赛,留给郎平集中训练队员的时间,只有这27天。

集训开始一周后,江苏的自由人陈展突然接到国家队调令,这是她做梦都盼望的好消息。陈展兴高采烈又心怀忐忑地到北京报到,全神贯注跟队训练几天下来,就累得不想说话了。

有天上午训练,陈展送球总是送不上去,郎平看出她累了,但判断她还可以坚持,并没有马上叫停。等训练完上大巴车,领队赖亚文问陈展感觉如何,她实话实说:"国家队真的是好累啊!本来竞争就激烈,心理压力就大,教练的要求还特别高,训练时感觉到处都是教练的眼睛,必须全力以赴,不能轻易放弃每一个球,练完真的只想

郎平率领队员们艰难起步。每天早上七点起床，早饭后进训练馆，白天全天训练，晚上还安排治疗、录像学习，一天的时间满满当当。

因为全身许多部位都有伤病,郎平在训练中经常会找地方支撑倚靠一下,一天下来,她往往比队员还辛苦。

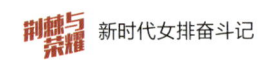

说："累死了。"

练技术，还要练意志品质。

最考验人的是单人防守训练，在球队里也叫"单兵"。教练和队员通常把"单兵"和惩罚联系在一起，可见这项训练有多么不受欢迎。

因为训练中放弃了一个不该放弃的球，颜妮被郎平点名来一组"单兵"。

作为国家队的新兵，颜妮对于自己在国家队的前途并没有什么信心，初来乍到，因为放弃一个球挨罚，她感觉很委屈。

"单兵"训练开始，平时站六个人的半边场地，只剩下颜妮一个人了。郎平站在球网前中间的位置，两位男教练包壮和袁灵犀一左一右斜对着颜妮，他俩的身后各有一筐排球。两个队员负责给教练"输送炮弹"，另外两个拿着毛巾，随时准备冲进场地擦去颜妮倒地留下的汗迹。其他人退到场外，为颜妮加油。

郎平一声"20个好球，开始"，两位教练你一个重扣，我一个轻吊，可着偌大一片场地调动颜妮。防起的球有数量规定，还有质量要求，算不算数，郎平说了算。

前几个球还好，随着难度加大，体能下降，身高超过1米9的颜妮，真的跑不动了。每一次竭尽全力倒地救球，地上都是一片汗迹。记不得跌倒又站起了多少次，终于防起了第18个好球。

为了一次倒地起球，颜妮重重摔在地上，半天都没有爬起来，在队友的加油声中，郎平开始倒计时，10、9、8、7……如果数到0还没有站起来，已经完成的好球就要减掉一个。

眼泪已经在颜妮的眼圈里打转了，男教练也已经拉开架势准备扣球，姐妹们大声喊着颜妮的名字，催促她赶紧站起来。像是用尽最后的力气，颜妮终于挣扎着站起来，面向下一个来球。

终于完成了20个好球，颜妮被队友搀扶着离开场地，一边喘一边哭。

队员们练指卧撑，以锻炼手指力量，增强拦网效果。体重偏重的王一梅练完后，感觉手指似乎快断了。

此刻，平时风趣幽默、对姑娘们体恤有加的郎平一脸严肃。她说过：比赛场上对手绝不会跟你妥协，有些坎儿必须自己过。

第二周、第三周，训练量逐渐加大。

相比起弥补技术上的差距，郎平在训练态度和作风上更较劲。

身高体壮的王一梅，最害怕练指卧撑。每天一到练指卧撑环节，她就恨不得躲到郎平看不见的地方。

"大梅，你还往哪儿藏？"郎平追着王一梅，那语气，让人捧腹。

大梅面露难色往队友身边凑凑，郎平指着自己前面的空地儿："来来来，你上这儿来，我看着你做！"

指卧撑，是郎平特别强化的训练项目。这些年队员们练得少，手指力量不够，拦网效果不好，还很容易受伤。

练指卧撑，体重轻的队员都感觉十指不堪重负，更别说偏重的王一梅，简直就是一场噩梦。

40秒一组，郎平掐着表，盯着动作，身体不是一条直线不行，不用

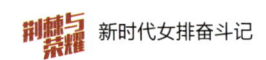

手指支撑也不行,发现不合格就延长时间。每次郎平喊停时,姑娘们一个个龇牙咧嘴。最痛苦的是王一梅,回回都坐在地上,举着双手认真检查,像是担心哪根手指断了。

白天训练结束,晚饭后郎平会个别约队员看各自的比赛录像。轮到二传手沈静思那天,她简直不忍目睹自己的传球录像,但郎平鼓励道:相信自己,不断努力,一定会越来越好。

感受到教练的耐心,沈静思的心情慢慢平静下来,开始专注于训练。

6

"郎导,郎导,想你!拜拜!"结束27天的集训,郎平正收拾东西准备回家,听到门外姑娘们的喊声,心中涌起一股暖流。

她走出房门和姑娘们挨个儿拥抱道别,目送她们说说笑笑挤上电梯。她想起桌上那几张涂得花花绿绿的小纸条,都是临别这两天队员悄悄塞给她的——

"郎导,我会想你的!"

"郎导,您保重身体!"

"谢谢郎导!您辛苦了!"

……

她一一读过,微笑着把一张张小纸条夹在笔记本里。

这些年,她带过很多运动员,在一起为冠军打拼时,并没有太多时间交流感情,而到梦想成真时,分别也就在眼前了。不少队员把最想对她说的话,都留在了告别时给她的信里。

除了带队取得出色战绩,队员留下的那些充满感情的文字,也是她执教生涯的财富。

作为主教练，总要面对新老交替、优胜劣汰、人员更迭、吐故纳新，就像结束这一期集训，有的队员离开国家队可能就没有机会再回来了，但她希望这一段短暂的国手生涯能带给她们启发和一些积极的改变。

前一天，最后一堂训练课结束前，郎平把队员召集到一起，给她们提了几点希望。郎平说："明天开始要准备全运会了，希望你们能把练的东西运用到比赛中，还要把兢兢业业的精神带回去。回到省队你不是老大，你没资格讲条件，在球场上，特别是在困难的时候，国家队队员就应该是核心，要去主动承担，希望你们都能把最好的精神面貌和技术带回去，祝你们努力取得好成绩。"

有趣的是，当她问到队员代表各自省队参加全运会的目标是什么，姑娘们异口同声地回答："保三争一！"

郎平一听笑了："可惜冠军只有一个，我只能祝你们都好运了。"

送走参加第一期集训的队员，郎平开始考虑全运会后第二期的人员组成，一些徘徊在国家队大门口的姑娘正在焦急地等待机会。

因为伦敦奥运会的惨痛经历，上海女排的副攻马蕴雯已经有些失去动力，在不同的场合，她都禁不住流露失望的情绪。但是听说郎平重新出山执教中国女排，马蕴雯像被打了鸡血，突然改变主意想好好再干四年。

在国家队第一期集训名单上没有找到自己的名字，一向大大咧咧的马蕴雯不吭声了。她一直以为自己很潇洒，到这个时候才知道只是没有碰到真正在乎的事。因为跟自己较劲，她训练中状况频出，小伤不断。马蕴雯一咬牙一跺脚，给郎平发了微信，单刀直入表达了想进国家队的愿望和决心，她原本是不想给自己留遗憾，没想到收到了郎平积极的回应。

很多运动员都是这样，帮助她改变，只需要为她推开一扇窗。

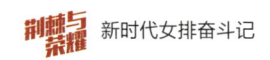

7

打完全运会回来，沈静思发现她的室友换人了。小她五岁的河南女孩朱婷来了。第一眼看上去，她感觉"这小孩从胸以下就分叉儿了"。

郎平还特意找沈静思叮嘱了一番："一定多关心照顾她，周末你出去玩带着她，不能把她一个人留在屋里。"其时，郎平对朱婷的了解并不多。

三年前在联赛中，一个弹跳力出众、动作协调的河南小姑娘引起了郎平的关注。后来河南队的王婷到恒大女排效力，郎平问起那个"特别能跳的小孩儿"，才从王婷口中得知小孩儿名叫朱婷，家在河南周口，父母都是农民，家里有五个女儿，朱婷排行老三。

再度出山执教中国女排，在圈定这一年大名单时，郎平又想起了那个好久没有消息的孩子，她想把小姑娘调来看看。这张国家队大名单一公布，很多人好奇地问：朱婷是谁？

其实这个问题，连朱婷自己都不知道该怎么回答。

如果不是和排球结缘，此时的朱婷可能正和两个姐姐在南方某个城市打工。

2007年，因为考重点高中希望不大，班主任建议身高接近1米8的朱婷去练体育。结果到周口市体校篮球队试训，教练嫌她太瘦不收，她去皮划艇队面试，又因为腿太长在船上施展不开被劝退。还好，最终排球队的教练收留了她。

因为身上没有肉，刚开始接触排球的朱婷最害怕练习倒地滚翻救球，一次次摔在木地板上，她的身上天天青一块紫一块的，每次打电话给爸妈说起来就哭。母亲心软，想让闺女回家，但父亲总鼓励她再坚持一下。

"幸好当时兜里没钱,有钱我真自己买张车票回去了。"长大以后,回忆最初那段艰苦的日子,朱婷庆幸自己没有放弃,选择了坚持。

2008年,河南省体育运动学校从地市级体校选拔苗子,朱婷符合"女子14岁以下、身高1.8米以上"的标准,被选进省队开始专业排球训练。一年之后,朱婷进入河南青年队。2010年,16岁的朱婷代表河南出战全国女排联赛,在与广东恒大女排的比赛中,隔着球网,她和郎平第一次"见面"。

2012年,朱婷作为国青队队员参加亚青赛,球队荣获冠军,她个人捧得职业生涯中第一座MVP(最有价值球员)奖杯。

2013年春天,18岁的朱婷正随河南青年队备战全运会青年组的比赛,梦想中的中国女排,似乎离她还有些遥远。

国家队公布大名单那天,看到朱婷的名字,教练和队友都第一时间跑来和她分享喜讯。朱婷很淡定,感觉自己只是上了大名单,但距离参加集训应该还有段时间。

"我那时撑死算是中游队员,在同年龄段也就是中等水平,进攻可能好一点,状态不稳定,有时候还行,有时候很烂……不知道为什么,去参加瑞士精英赛,我突然发挥得特别稳定,而且一直特别稳定。"朱婷说。

说起瑞士精英赛,中国女排往年都是派国家队一线主力参加,偏偏2013年,因为主帅"难产"、组队晚、比赛多,郎平决定不带国家队出战。这个机会落到了将在捷克参加世青赛的国青队身上,结果朱婷就抓住机会在那次比赛中突然找到了感觉。

朱婷认为除了顿悟,似乎无法解释发生在自己身上这突如其来的神奇改变,而且这一变,她的排球生涯就踏上了火箭般突飞猛进的快行道。

在瑞士精英赛一战成名之后,朱婷和国青队队友一起以八战全胜不失一局的成绩拿下世青赛冠军，她一人独揽最佳得分手、最佳扣球手和最有价值球员三项大奖，国际排联第一次使用"未来的超级巨星"为一个中国女孩背书。

8

和大姐姐们在国家队见面之前，朱婷就是她们口中那个"腿巨长、人巨瘦、特别能跳的河南小孩儿"，2013年7月23日，朱婷第一天参加国家队训练，引人关注的点就不少。

背着包，拿着球鞋，朱婷跟在室友沈静思后面进了训练馆，她没敢太往里走，看大门右边儿第二个座位空着就坐下了——后来就再也没换过座位。

大队员们轻声说笑着换鞋穿护具，做训练前的准备，朱婷默不作声，只有姐姐们问到她，她才会浅浅地回应。有人好奇朱婷的臂展是多少，没想到她懵懵懂懂反问：什么是臂展啊？

热身训练，坐在地板上的朱婷看上去比姐姐们矮。有人问："真是都长在两条腿上啊！朱婷，你腿长多少？"朱婷说："啊？我没量过，不知道。"

终于到了上网扣球环节，大家都想挑战一下朱婷的高度。几个回合下来，自由人张娴逗马蕴雯说："在小朱朱面前，你早跳晚跳、快跳慢跳都是徒劳，你的手始终在她下面。真的，全都是超手！"姐姐们都笑出了眼泪，朱婷仍然很淡定。

一周后，朱婷随中国女排出征澳门，参加世界女排大奖赛第一周的比赛。

首战保加利亚，朱婷一记重扣为中国女排拿下第一分，像在国青队时一样，她开心地绕场庆祝去了，跑了半圈，她忽然发现姐姐们都在场地中央抱在一起等她呢!

"小朋友,我们都老了跑不动了,你记得跑回来和我们拥抱哈……"马蕴雯一句话把朱婷逗乐了。

3比0完胜对手,独得18分荣膺全场得分王,18岁的朱婷用出色的表现完成了她的国家队处女秀,并一战锁定国家队主力位置,足见其出众的天赋和悟性。

郎平出山,朱婷出彩,刚刚开启里约奥运周期的中国女排迎来两大重要利好。

但是在接受记者采访时谈到朱婷,郎平却泼了一盆冷水:"这孩子条件很不错,但是距离成才还早着呢,现在才哪儿到哪儿,只掌握这些东西,拿到国际赛场上过不了多久就被制住了。"郎平为这个"很像自己年轻时候"的孩子规划的成才之路远比外界想象的更宽,更广。而为达到那个目标,朱婷还有很长的路要走。

9

从早春到盛夏,不过四个月的时间,中国女排就又成了连战连胜的威武之师,对于广大热爱女排的人来说,幸福来得实在太快了。

世界女排大奖赛,从澳门到香港再到武汉,中国女排转战三地,九战全胜,以分站赛第一名的成绩进军在日本札幌的总决赛。中国女排上一次拿到分站赛冠军,已经是八年前的旧事了。

更令人耳目一新的是郎平的用人。

三站比赛,球队大名单上的22人,有21人获得上场机会,所有队员中只有主二传沈静思场场首发,但是没有一个人打满全部比赛。仿佛是一眨眼的工夫,中国女排又能跟世界强队掰手腕了,而且还是在不断轮换阵容,让队员在劳逸结合中实现的。人们赞叹郎平的神奇,更在不

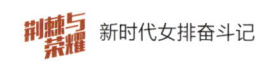

经意间大幅调高了对这支球队的期望值。

到了札幌，郎平就召集队员开务虚会，问大家参加总决赛的目标。姑娘们以为郎平要考验她们的决心，纷纷表示全力去拼每一场球，一定要争取最好成绩。轮到郎平总结，她说，总决赛的对手都很强，每一场球都不好打。说到目标，大家都提着半口气等她下达指令，没想到郎平说：我们不能垫底。因为反差太强烈，姑娘们被郎平的话逗笑了。

但是郎平很认真："奥运冠军、世界冠军是中国女排的，但不是你们的，那些耀眼的光环是在老一辈女排身上。作为一支年轻的球队，我们要有超越前人的梦想，但是更要找到自己的位置。现阶段我们参加的每一次比赛，都不能只盯着成绩。"姑娘们纷纷点头，其实似懂非懂。

总决赛前四个比赛日，中国女排连胜塞尔维亚、意大利、美国和日本。郎平出山以后豪取19连胜，中国女排看上去势不可挡。

最后一轮比赛，面对的是同样四连胜的奥运冠军巴西队，谁赢谁是冠军。

中国女排上一次获得世界重要比赛的冠军，要追溯到2004年雅典奥运会了。大概是因为太久没有接近过这样的胜利了，所有人都很期待这个大奖赛总冠军，盼着郎平能抓住机会，带着队员跟巴西队拼一把。

其时，中国女排对阵巴西女排的战绩为五年12连败。自2008年奥运会前的大奖赛北仑站3比2战胜对手以后，双方一线阵容交锋，中国女排没有胜绩，而且有七场比赛的比分都是0比3。

郎平率队，又添了朱婷这么个"核武器"，球队19连胜士气正旺，看上去绝对是一次努力改写历史的好机会，更何况拿下巴西队，就是20连胜了。但是谁也没想到，郎平在比赛前夜竟做了个出人意料的决定：一直主打的朱婷、惠若琪、徐云丽休战，派一个全新的阵容出场。

第二天赛前，拿到中国队的出场阵容，一时间舆论哗然：这么好的机会郎平为什么要主动放弃？她是害怕输球没有借口吗？

雪藏主力的中国女排果然不是巴西队的对手，三局比赛乏善可陈，奥运冠军如砍瓜切菜一样连赢三局，续写五年对阵中国队保持全胜的纪录，不过老谋深算的巴西队主教练吉马良斯轻松赢了球却显得不那么尽兴。

他永远记得2007年世界杯，他带着如日中天的巴西队冲冠，却在郎平率领的美国女排身上吃了大亏。

那是在日本滨松，当时的美国队与巴西队相比水平差了一个档次，前两局美国队惨败，第三局大比分落后。就在所有人都觉得美国女排没戏时，郎平换了一个替补副攻。或许是巴西队看到美国队换替补，思想松懈了，就是从这个换人开始场上局面大变，最后美国女排以3比2翻了盘。这让吉马良斯很恼火，赛后新闻发布会，他姗姗来迟，还带来了全队队员，说是要让她们都感受一下这种难过。临别，他握着郎平的手说："你很厉害，而我永远不明白这些女孩子在想些什么……"

一年后的北京奥运会，吉马良斯率领的巴西队在夺冠路上只丢了一局球，就是决赛输给美国的一局，此后郎平卸任美国女排主教练。直到五年后的日本札幌，郎平作为中国女排主教练和吉马良斯赛场再次相见。

郎平会带给中国女排怎样的改变，这是吉马良斯很关心的事。当然，他还想通过这次正面交锋试试"超新星"朱婷的杀伤力，但是郎平没给他这个机会。

输球后，面对媒体的追问，郎平说：以目前队员的能力，加上一段时间以来的体能消耗，就算跟对手死拼胜算也不大。

没人反驳她，但是普遍不认可她的说法，当时大家的认知还停留在：你不拼一下怎么知道不行？

郎平又说：拿这个冠军并不是最终目的，中国女排还有很长的路要走。

但是具体怎么走，为什么不去争取每一个可能的冠军，郎平笑而不答。

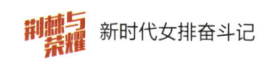

有人问，19连胜就这么终止了，难道不觉得可惜吗？郎平反问：现在的连胜，有太大价值吗？如果我们早早就碰到巴西队呢？

那天下午，结束和巴西队的比赛，距离晚上的颁奖仪式还有三个小时，郎平给队员们放了假，让大家出去小逛一下，解解馋，放松放松。在酒店门口分手时，郎平叮嘱："别逛美了忘了领奖啊！"

姑娘们异口同声让她放心，她幽默"补刀"："哪位同学不想领奖，也可以迟到哈……"

一片笑声中，大家迅速消失在札幌街头，钻进各自喜欢的商店。

10

札幌——北京——曼谷，揣着世界女排大奖赛亚军的成绩单出征亚锦赛，中国女排的 2013 年，似乎有望收获一个圆满的结果。

驱车从曼谷素万那普机场前往比赛地呵叻，大约需要三小时，郎平想闭上眼睛休息一会儿，但总觉得心里有事。

这一天，是她再度执掌中国女排的第 127 天。从北京出发前，妈妈和姐姐都说她累瘦了，提醒她注意身体，不要过度劳累，她顺手拿起桌上的日历翻看，有些走神儿……

上任后这 127 天，全运会前后一个月、大奖赛一个月、邀请赛十多天，真正留给训练的时间很有限。19 连胜，球队看上去战斗力增强了，其实是球员的心气和队伍的士气起来了，作风和精神面貌也有改观，但在技战术层面，主要是郎平依靠经验扬长避短，球队并没有出现质的飞跃，甚至还掩盖了很多问题。

亚锦赛是这一年唯一有压力的比赛，郎平选择了球队里状态最好的 12 名队员，但仍觉得把握不大。压力来了，心态一旦起变化，球队的弱点短处很容易暴露，那种情况下，想顶住很难。

这些年在亚洲，中国女排的主要对手就是老对手日本队、拥有名将金软景的韩国队和迅速崛起的泰国队，只要不出太大意外，四强一定是这四支球队。但是之后的半决赛和决赛，偶然性很大，一场胜负就是天壤之别。

此战亚锦赛，郎平最担心的对手是东道主泰国队，对手的快速多变和疯狂的主场氛围，将是对中国女排一次严峻的考验。

说到泰国女排，其实2009年亚锦赛之前，这支球队根本不是中国女排的对手，两队交战史上泰国队就没有赢球记录。中泰每次交锋，除了必须要3比0赢，中国女排队内还有更具体的要求：每局让对手上20分就是不合格。但是2009年秋天，在越南，泰国女排先是在半决赛中爆冷战胜卫冕冠军日本队，后又以3比1战胜中国队，历史上首次赢得亚洲冠军。绝大多数人认为中国女排输球是大意失荆州。那次失利直接导致上任不到一年的主教练蔡斌下课。但是那之后三年，中国女排连续输给泰国队，这说明2009年亚锦赛的失利只是开始。相比平均身高只有1米7出头但技术细腻的泰国女排，人高马大的中国女排落后了。

2012年奥运会兵败伦敦之后，中国女排在那个奥运周期最后一项比赛——亚洲杯上只有泰国一个真正的对手。以奥运会原班人马认真备战，中国队希望以一个冠军为惨淡的伦敦奥运周期收尾，但结果仍然是1比3不敌泰国。

郎平出山，提出的第一个目标就是夺回亚洲冠军，重新确立在亚洲的领先地位，而她带队研究的第一个对手就是亚锦赛东道主泰国队。

泰国女排这批队员虽然身材矮小，但身体素质出众，她们在一起磨合了很多年，战术组合丰富，打法多变，一些精妙的配合令人眼花缭乱。而近些年荒疏了基本功训练的中国女排，每每碰到泰国队都打得很吃力：跟不上对手的速度，又没有好的防守，周旋不了几个回合。

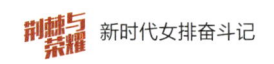

9月的泰国正是雨季,闷热又潮湿,心情很像脸上的皮肤,油腻腻,湿答答,一点儿也不清爽。

小组赛的三个对手伊朗队、印度队、菲律宾队,对中国女排构不成威胁。但队员在场上的状态和发挥,让郎平感觉很不好。她甚至在比赛暂停时"刺激"她们:"你们这种臭水平打谁啊!"

队伍的状态还没调出来,自由人张娴的伤情出现反复,只能拆东墙补西墙让主攻殷娜客串。祸不单行,和菲律宾队比赛时,因为拦网落地时踩在对手过中线的脚上,副攻杨珺菁又把脚崴了……

在进入最残酷的四强PK之前,最大的亮点是小将朱婷第一次和如日中天的韩国名将金软景正面交锋,硬是从自己偶像手里抢走了全场得分王。"她打我一个,我就打她一个!"战胜金软景领衔的韩国队,朱婷很兴奋。可喜的是,开心之余朱婷还很清醒,她特别提到自己的24分是建立在队友全力支持的基础之上,相比偶像,自己还有很长的路要走。

11

9月19日,中秋节。

每年中秋节前后,都是国家队的重要比赛期,这个团队的每一个成员早就习惯了一个人离家在外,中秋节就是与家人的一通电话和桌上的一块月饼。因为第二天就是和泰国队的半决赛,郎平和队员们完全投入到比赛的准备中,看着录像啃两口队里发的月饼,就算过节了。

中泰两强之间的半决赛,安排在当地时间9月20日星期五进行。能容纳4000名观众的查特查体育馆早早就已经座无虚席,中泰两队出场时,震耳欲聋的锣鼓声,加上现场球迷的呐喊助威声,简直要冲破体育馆顶棚了。

第一次见识如此可怕的主场阵势,朱婷想起了准备会上郎平说的

亚锦赛半决赛中国女排迎战泰国队，出席新闻发布会的郎平神情严峻。还在成长中的中国女排2比3负于对手，郎平感到要提高的地方太多了。

话：要做好最困难的准备，观众再喊，也要努力控制自己，心情平静，头脑清醒。

准备充分的中国女排开局不错，以25比19先下一城。主场作战的泰国队不甘落后，第二局开始发力，在家乡父老的加油声中越打越好。压力之下，中国队失误增多，以19比25、22比25连丢两局，陷入被动。

现场的球迷越来越多，喊声越来越大，每次交流都要靠喊，郎平和队员的声音都已经沙哑。队长惠若琪浑身湿透，汗珠大颗大颗往下掉；朱婷不止一次去摸自己的脸和耳朵，自言自语："怎么那么烫！"

第四局，背水一战的中国女排咬牙冲了出来，终于赢得了决胜局再战的机会。

其时，泰国女排很紧张，她们不想放过这个在主场战胜中国队的机会。中国女排的几位老将更紧张，这些在泰国女排崛起的阴影之下走过

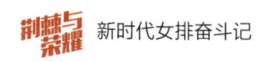

四年的姑娘都很想赢,但是更怕输。

泰国女排决胜局开局以 4 比 0 领先,中国女排不断调兵遣将,但始终是被动追分。泰国队一度拿到两个赛点,中国队利用徐云丽的快攻和沈静思的拦网顽强地将比分扳成 14 平。令人窒息的关口,泰国女排抓住机会连拿两分,致胜一球,是中国女排一个垫球上网,被对手打了个探头球。

比赛戛然而止,对于惠若琪、徐云丽、王一梅、马蕴雯、张娴、张磊、曾春蕾来说,这一幕像极了一年前的伦敦奥运会四分之一决赛,中国女排决胜局最后关头一传失误,日本队两分险胜晋级四强。

又是一次梦碎,而且这一次还是在球队处于上升期、大家正满怀希望看到曙光时,从某种程度上说,她们心里的痛,比一年前要更强烈。

从力争冠军到只能参加三四名决赛,姑娘们完全无法接受这个残酷的现实,心情也很难在不到 24 小时内扭转过来。第二天,面对同样在半决赛中输球的韩国队,中国女排先赢两局后输三局,竟然没能站上亚锦赛的领奖台。

12

亚锦赛第四名,这是中国女排自 1975 年参加这项赛事以来 38 年的最差战绩。

这是任何人都没有预料到的结果,更难以把这历史新低与带队屡创佳绩的功勋教练郎平联系在一起。

从世界女排大奖赛总决赛亚军到亚锦赛第四名,郎平带领的中国女排到底是在悄然追赶世界一流强队的脚步,还是彻底沦为亚洲二流?郎平陷入出山以后第一次信任危机,她听到了下课的声音。

女排这一年重点培养的二传沈静思以泪洗面,哭着写了一封信,走到郎平的房门口,却没有勇气敲门,思考再三,她把信从房门下的缝隙塞了进去。

失利让自由人张娴陷入深深的自责中。这位从伦敦奥运周期一路坎坷走过来的老将，很想跟着郎平再奋斗四年。过去四个月，她坚持每天写日记，不仅仅按要求写技术心得，还把这一路上的细节和感受都记了下来，因为她很珍惜。

创造中国女排亚锦赛历史上的最差战绩，每每想到此，张娴就控制不住眼泪。那天晚上，她在郎平房门外站了半小时，只想当面对教练说声对不起：

> 郎导每天训练不厌其烦地给我们讲解，还亲自上阵扣球，进入赛季每天带我们训练比赛，打完比赛让我们休息，她自己还要一遍一遍看录像，先看我们自己的，找问题抠细节，再研究对手找突破口……可是在今年最重要的比赛中，我们这么不争气。

徐云丽酝酿很久，给郎平发了一条微信：

> 郎导，对不起，我们辜负了您的期望，辜负了您为我们付出的那么多，都是我们不争气。

郎平第一时间回复了徐云丽：

> 既然选择回来执教，我就已经做好了困难准备，这只是我们的开始，我会竭尽全力和大家共同奋发努力，做好每一天、每一个过程。我不求回报，只希望中国女排能不断成长进步，这个时候我们要荣辱与共，一起加油，大家需要互励

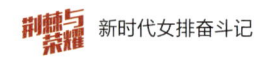

互勉，我自己也要自励自强。

此时，郎平的床头放的，还是在札幌时看的那本《不要因为走得太远，而忘记为什么出发》。带队赢得顺风顺水时，她特别说到这句话，提醒自己不忘初心；连续输球遭遇重创时，她又提到这句话，这次她是鼓励自己，为了既定的目标坚定地走下去……

十六年，
青山在，人未老

2014

2014 年 6 月的瑞士精英赛期间，郎平和队员们开心合影。全面年轻化的中国女排，正在不断探索一条光明之路。

结束 2013 年中国女排全部工作之前，10 月末，郎平搞了一次全国大"海选"。海选范围之大，史无前例。

辽宁女排刚冒头儿的小二传丁霞来了，和朱婷一起拿到世青赛冠军的国青队员来了，在国内联赛中表现突出的新生力量也来了……最引人注目的是，郎平把刚刚获得世少赛 MVP 的八一队副攻袁心玥调来了。小姑娘只有 16 岁，身高已经达到 1 米 99。

来了海拔接近两米的新队友，即将突破 1 米 95 的朱婷很开心，有了新的参照物，她看上去终于不那么显眼了。

海选的最初几天，居然还有两个小伙子参加。他们是天津的于飞和江苏的李童。经过一年的训练、比赛，郎平认为女排陪打教练也需要新老交替。球队想要提高，对立面的教练也必须足够年轻，手上要有准儿，火力还得够强。

训练间歇，郎平好几次拿着手机说着英语往训练馆外走，她正在联系美国顶级的体能师、康复师和运动创伤医生，希望他们能在 2014 年中国女排集训开始前到位。

亚锦赛失利余波未平，在大家还在议论郎平到底行不行，能不能救中国女排时，她已经义无反顾再出发了。困境之中，千头万绪，郎平说，所有的纠结，都在 2013 年春天那 20 天里想清楚了，既然决定出发，就不再回头了。

2014 年 4 月初，中国女排在北京集结。

第一堂训练课，郎平对全新组成的团队说：

困境激励着我们去奋斗。
我们既然可以创造最差的历史，
也还可以创造最好的历史，
在中国女排前进的路上，
写下光辉的篇章！

1

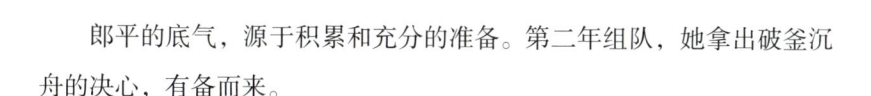

郎平的底气,源于积累和充分的准备。第二年组队,她拿出破釜沉舟的决心,有备而来。

经过2013年国家队大范围试训,通过联赛的观察,在对全国适龄人才进行重新梳理之后,2014年中国女排的27人大名单终于出炉。

徐云丽留队,魏秋月回归,加上伦敦奥运周期成长起来的惠若琪、杨珺菁、曾春蕾和单丹娜,参加过2012年伦敦奥运会的队员只保留了六个人。人员进出的迹象表明,郎平下定决心带领中国女排走上全面年轻化的道路。

发掘和培养年轻球员,需要更多对事业负责的年轻教练。"当中国女排的教练,必须全身心投入工作,无私更要无畏。"面对新加入教练团队的安家杰、吴晓雷、于飞、李童,和已在球队工作多年的包壮、袁灵犀,郎平想起了20年前恩师袁伟民曾经说过的这句话。

最具标志性的改变,是中国女排团队中第一次出现了"洋面孔"。曾经给冯坤、赵蕊蕊做过手术的芝加哥大学医学院著名外科医生

Sherwin S.W.，时隔六年再次与郎平携手。这位美国奥委会运动医学委员会委员，曾在郎平执教美国女排时担任队医，郎平亲切地称他"侯大夫""Doctor Ho"。看中他出色的专业能力，郎平希望"侯大夫"能帮助中国女排运动员减少伤病困扰，健康享受排球。

拥有体育教练证书和骨外伤专科临床医师证书的理疗博士 Elizabeth Darling，在多家著名理疗康复机构拥有 13 年从业经验，先后为多支美国奥运队提供特聘体育医疗服务。郎平用诚意说服这位女性康复师，暂别家人和孩子，孤身一人来中国为女排众将训练征战保驾护航。

2

新女排全新启航，第一课是站军姿、叠被子。

在北京南苑的军训基地，姑娘们穿着迷彩服参加动员大会。郎平嘱咐教官们："严加要求，狠点练没关系。"

有主教练发话，教官们开始动真格的了。

第一天中午，午睡时间的课业是——叠被子。除了军人出身并且下过连队的沈静思、黄柳燕，其他队员都没学过叠"豆腐块儿"。

叠"豆腐块"，要三分叠七分修。从那个中午开始，姑娘们都像面对艺术品一样面对自己叠好的被子：每个人都搬个凳子坐在床前，聚精会神地修被子，修到见棱见角，修到看上去满意，然后欣赏，拍照。队长惠若琪笑着说："以前谁这么伺候过被子！"

每天早操后有整理内务的时间，姑娘们有时间把被子精心叠好等待检查，但是中午就不行了。午睡起来马上是下午的训练，再说早上刚叠好的被子，谁中午舍得睡啊。于是姑娘们很快形成默契，都把被子捧到桌子上供着，中午裹床毯子和衣而睡。

听到哨响从四楼跑到操场集合站队，30 秒达标，这是军训的又一课业。

第一次集合,姑娘们听到哨声撒腿就往楼下跑,拿出专业运动员的速度,结果教官手里的秒表显示用时超过1分钟。

不合格!上楼!重新来!

姑娘们不服气,第二趟速度更快,但秒表显示,只缩短了10秒,又被教官赶上楼去。第三次之前,姑娘们主动叫了"暂停",凑在一起总结经验教训,很快找到原因,是跑到楼下重新排队浪费了时间,所以下楼时就要保持一定的队形。这是比速度,更是比纪律性和团队配合。

"暂停"之后再"上场",又节省了10秒。

此时,从一楼到四楼,从四楼到一楼,来回三趟冲刺,姑娘们都有些气喘。第四趟志在必得,三个班保持队形冲刺下楼,教官手里的秒表终于停在30秒上。

军训一共六天,北京的天气超级给力,天天都是蓝天白云,艳阳高照。长期在室内训练,姑娘们很少有机会和阳光如此亲密接触。

第一天晚上,看到有队友晒得皮肤发红,有的甚至脱皮,朱婷还念叨着看来自己不怕晒,结果第二天毫无防护在烈日下训练回来,发现自己露在外面的皮肤都红了,脸上还被晒出了雀斑⋯⋯

全队公认皮肤最白的李静,晒到第六天仍然比队友都白。大家逗她,说她在黑了好几个色号之后,终于晒成了正常人的肤色。看李静委屈的样子,队友安慰她:"之前太白了,不好。"

喜欢说笑的惠若琪、袁心玥开启互黑模式。惠若琪说袁心玥露在外面的头发都晒焦了,有煳味儿;袁心玥则取笑惠若琪涂防晒霜忘了涂嘴周围的一圈儿,被晒成了"黑胡嘴儿",远看像是吃完饭嘴没擦干净。

加入编队一起军训的男教练和队医,六天下来也都晒黑不少。最有意思的是袁灵犀,因为被晒得脸通红,姑娘们看见他就想笑,说他天天都像喝多了似的⋯⋯

郎平将中国女排拉到北京南苑的基地进行军训，她本人也戴上军帽致礼。队长惠若琪穿上军装英姿飒爽。郎平还嘱咐教官们："严加要求，狠点练没关系。"

军训一共六天，个个军姿站得笔挺，不少队员都晒黑了。听到哨响，她们要从四楼跑到操场集合站队，30秒达标。

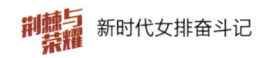

汇报表演那天，郎平感觉朱婷几天不见又长高了。朱婷笑答："是班长纠正我驼背，我把腰杆挺起来了……"

3

四月的漳州，阴雨连绵。

这是中国女排第42次回"娘家"，也是郎平在1998年卸任中国女排主教练以后，时隔16年再回漳州。

十几年时间，漳州变化很大。走出基地，已经看不出这座被拔地而起的高楼和闪烁的霓虹灯装点的城市与其他地方有什么不同，腾飞馆和路口的三连冠纪念碑也不再是这个城市最醒目的地标，但在漳州基地的排球馆里，似乎只是挥汗如雨的球员悄然更迭了几代人……

刚到漳州，郎平就自己摸到老基地院子里转了一圈。她对漳州的记忆，还停留在运动员宿舍、1号训练馆和后来盖起的小白楼。

1976年，郎平第一次到漳州参加全国女排集训，1986年，她从中国女排退役，其间她和她的队友每年都要在漳州熬过最苦的集训时光。1995年，郎平接过中国女排帅印，也是漳州，见证了她们最艰难的攀登。

"那些年，我在漳州的时间比在家里多多了。"郎平说。

听说郎平又带着女排回到漳州，当年的基地主任、办公室工作人员、医务室大夫都特意前来看望郎平。二三十年前的单位骨干，现在都是七八十岁的老人了，但是他们在心中印刻的，还都是彼此年轻时的模样。

球队到漳州的那天晚上，81岁高龄的顾化群专程给郎平送去一沓老照片。顾化群是漳州基地的元老。1972年秋天，当时的国家体委排球处把全国排球集训基地定在福建漳州，在漳州市体委工作的顾化群就被调到基地参与筹建工作。当时漳州圈出筹建基地的地方，只有一个池塘和一块太平天国时的城墙。

1972年12月，漳州迎来了第一期全国青年排球冬训大会战。没有训练馆，先搭起竹棚，场地是用三合土铺成的，下面是煤渣，上面是石灰和红土用盐水搅拌而成；没有宿舍，就借住在财贸干校的宿舍。喝的是井水，每天只能在附近的工厂洗一次澡，连训练用的杠铃等器械都是各省市队自己带来的。

在三合土铺成的场地上摸爬滚打，一摔下去，衣服蹭破了，鞋子开口了，皮擦破了，三合土场地的沙粒嵌进皮肉中，霎时间血肉模糊。一天训练下来，凝固的血迹和训练服粘在一起，晚上需要医生一点一点用镊子才能把它们分开，把嵌在肉里的小沙粒拣出来。第二天早上起床，运动员身上的伤口又跟床单粘在一起，还是要护士帮他们一点一点撕开。

"那时候每天的训练都是汗水伴着血水，练不好被教练批评，还哭，太苦了。"回忆起基地筹建之初全国男女排运动员到漳州参加大集训的情景，顾化群禁不住老泪纵横，"现在的人已经很难想象当年运动员吃的那些苦了，但当时大家真的不觉得苦，心里就是一个目标，中国排球一定要打翻身仗：三年打败南朝鲜，五年打败日本！"42年过去，说起推动中国排球崛起的"竹棚精神"，顾化群仍然能脱口而出那20个字：

滚上一身土，
蹭掉一层皮，
苦练技战功，
立志攀高峰。

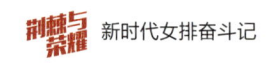

1998年，郎平作为中国女排主教练带队离开漳州之后，他们16年间没再见过面。2013年4月，听说郎平重新出山执教中国女排，顾化群的第一个想法就是——郎平终于要回漳州了。

"上一次见面时你38，我65，现在你54，我81，时间过得太快了，当年的小姑娘都要成老太太了。"顾化群拍着郎平的肩膀说。

"顾大叔，您又给我带什么好吃的了？"54岁的郎平见到81岁的顾化群，还是用当年的方式打招呼。

打开一包铁观音，郎平学着福建人的样子一边烧水泡功夫茶，一边回忆："我那时候一见您就要好吃的，您办公室的抽屉里，总有好吃的！"

"你们那时候是真苦啊。有一次因为下午练得不好，袁指导一直不下课，后来还罚你们，扣好150个球才行，从下午三点练到晚上九点，我们都求情，让你们吃完饭再来练，袁指导说不行，坚持练好了才能去吃饭。我们只好一直盯着训练的情况，就想着怎么着也得让你们练完了能吃上热饭热菜……"顾大叔回忆说。

顾大叔送来的照片中，有一张上百人的集体照，郎平一眼就看到年轻时的自己，那是1976年她作为北京女排一员第一次来漳州参加集训。还有一张是在漳州基地老球馆前面照的，照片显得很旧，布满了岁月的痕迹。郎平拿过来端详，说："这是孙晋芳，这是陈招娣，那就是1982年以前了。看，招娣就坐我旁边……"

4

到了漳州，徐云丽每天数着日子，盼望着随天津队参加亚俱杯的魏秋月早点来报到。

2014年，在王一梅、马蕴雯、张娴相继淡出国家队之后，连续第九年入选国家队的徐云丽成了球队中资格最老、年龄最大的队员。

"队里最年轻的袁心玥比我小了整整十岁，我们那一批人确实是老了。"看着充满活力的后辈，听着她们对排球生涯种种美好的期盼，徐云丽总是这样感叹。

她特别想念张娴，那个一直和她风里来雨里去的伙伴。2013年，她们曾一起盼望郎平出山，期待再入选国家队，又一直互相鼓励顶过全年的比赛。"2013年是我情绪起伏最大的一年，反反复复在一些点上纠结，是张娴一直陪在我身边，宽慰我。我心情不好时常常冲她凶，给她脸色看，其实完全不是她的原因，但她特别善解人意，陪我走过了最艰难的日子……"

本来，她们相约努力携手再战四年。

"今年她没在国家队大名单里，到我们这个年龄，一旦落选再想回来很难。训练中遇到问题的时候，我会想念去年有她陪伴，我会觉得自己当时好过分，不懂得珍惜。"

2014年国家队集训开始以后，张娴、马蕴雯常常发信息给徐云丽，鼓励她努力坚持。徐云丽认为，此时此刻除了魏秋月，没人能懂她的心情。

4月29日，打完亚俱杯的魏秋月从天津出发飞往厦门，再转车赶赴漳州。

历尽周折终于踏上新征程，魏秋月才有勇气回味这一段心路。一年前的这个时候，经历伦敦失败，魏秋月一心准备退役，但听到郎平出山的消息，她瞬间改变决定：重新开始，再干四年。下决心的时候，她忘了时常感觉无力支撑的双腿，已经参加过两届奥运会的她，只想着再搏出一次弥补遗憾的机会。

然而在新一届国家队的大名单中，魏秋月并没有找到自己的名字。在强烈愿望和残酷现实夹击中，魏秋月感受到从未有过的失落。她偷偷

魏秋月是伦敦奥运周期中国女排的队长，经历惨痛失利后，一心准备退役。但听到郎平出山的消息，她瞬间改变决定：重新开始，再干四年。

地一个人跑去电影院看正在热映的电影《致青春》。

她一边看一边哭,联想到自己的青春,不知道落选是不是意味着她要为排球生涯画上句号。

在矜持了整整八个月之后,魏秋月终于鼓起勇气第一次给郎平发了短信,这是她第一次直接向郎平表达希望为国家队效力的心愿。郎平的回复给了她努力证明自己的决心。之后的联赛中,魏秋月的表现可以用"神奇"形容,天津女排在她的组织调度下奇迹般地脱胎换骨。联赛结束前的周末,魏秋月和朋友一起出去吃饭,大家正聊得高兴,她的手机响了,定睛一看,是郎导!

"我预感是好事,心怦怦直跳,郎导让我看到信息方便时给她回电话,我赶忙给郎导回了过去。"魏秋月清清楚楚记得当时的每一个细节——"郎导问我最近的情况,伤病控制得如何,接下来有什么想法,我如实汇报了伤病情况,特别诚恳特别郑重地表示,我愿意继续打下去,为中国女排出力。不过郎导还是没有正面回答我,只是说,今年国家队集训会有美国的康复师加入,她有信心帮我控制好伤病。"

魏秋月自信读懂了郎平的意思,她赶快打电话给爸妈,告诉他们这么长时间坚持没放弃,自己的能力和态度,郎导都看到了!

一周后,魏秋月在2014年中国女排集训名单上看到了自己的名字。

拖着行李箱来到漳州基地的中国女排公寓门前,魏秋月默默站了好几分钟才走进去。她上次站在这里,是2012年奥运会前,她和徐云丽、王一梅、马蕴雯、张娴一起坐在前台拍了合影,当时她们说,可能以后没机会再来了。时隔一年半,当她再次站在这里时,当年一起经历风雨的伙伴,只有徐云丽在等她了。

进房间还没坐定,队友训练归来,徐云丽第一个冲进来,大嗓门喊着:"魏秋儿可来了!她们都太小了,我快撑不住了!"

魏秋月乐了:"来的路上我还想呢,还好有小丽在,她是最大的,

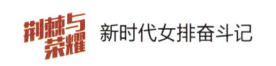

我不是！"

五一劳动节，全队一起去东山放松。那是魏秋月到漳州以后第一次和队友一起坐大巴。徐云丽上车坐下后，就看到魏秋月径直坐到她身后的那个位置，那是此前在国家队她俩的固定位置。徐云丽为此拉着魏秋月的手说："这种感觉太亲切了！太有安全感了！"后来，她俩在一次聊天中郑重地约定：这一次留在国家队不仅为了自己，也为了那一群还没有实现梦想的伙伴。

5

漳州一日三练。

持续阴雨的天气，恰似球队爬坡时的心情。早上八点进馆，走出来时已经是下午一点。午饭后休息一会儿，下午三点多开练，结束时《新闻联播》都开始了。

忙完白天的训练，吃过晚饭，郎平回房间休息了一会儿，敲开了斜对面赖亚文的房门。这一天的夜训，她想和赖亚文一起盯一下徐云丽、杨珺菁等几个发球比较好的队员，在动作和质量上下些功夫，抠抠细节。

赖亚文一听，赶紧检查一下手机是不是在充电。前两天夜训，她帮队员抠动作细节，拍了几十段视频，手机到后来都没电了。

分组训练开始前，郎平把参加夜训的队员召集到一起，做了一番动员：

> 任何一项技术，都没有最好，只有更好，更何况我们哪一项都不好。现在我们有了磨技术的时间，大家要充分利用，从规范动作做起，通过改善细节，争取更好的效果。今天的

任务是发球，先把动作做对做好，再提高发球的攻击性、稳定性和准确度。

朱婷和袁心玥划归助理教练安家杰负责，他按照之前教练组开会确定的标准，给她俩分别纠正了发球动作，手把手带她俩体会。

朱婷很快意识到之前存在的问题，徒手做出的动作是标准了，但真一发球就顾此失彼。朱婷不甘心，又试了好几次，效果还是不好。朱婷有些郁闷，为了帮她体会一些细微的差别，安家杰拿起手机拍了几段视频，然后通过慢动作回放分析原因。

袁心玥比较顺利，她不知道被安家杰哪句话点醒了，猛然间悟到了发力那一瞬间手臂控制的感觉。"好像一只招财猫！"袁心玥自言自语。连续发出多个旋转和落点都极佳的跳飘球，她想通过实战测试效果，跑去把自由人陈展请了过来。

徐云丽和杨珺菁已是汗流浃背，还是对发球质量和落点不太满意。赖亚文站在一旁帮助她俩拍视频，然后分析原因，找到解决方案，再上场尝试。

"赖导，你看我这里！"杨珺菁发球前提示赖亚文关注。她的球刚发出去，就听徐云丽在说："赖导，该我啦，仔细看一下啊！"训练中队员们跟自己较劲儿，教练们最开心。

赖亚文说："以前动作行不行是看能不能过教练那一关，现在是看能不能过自己这一关，这样的干劲儿要保持！"

两个小时的夜训结束，走回公寓的路上，安家杰还在跟朱婷比画发球挥臂的动作。朱婷也跟着比画、体会，希望明天再摸球时能找到感觉。

上楼时，郎平悄悄提醒安家杰："现在咱们基本功差得远，这东西只能慢慢磨，别着急，咱们一急她们更紧，更不知道怎么办了，所以就

训练间隙的中国女排姑娘们。队里既有参加过北京奥运会的魏秋月、徐云丽，也有伦敦奥运周期成长起来的惠若琪、杨珺菁，还有里约奥运周期的新人朱婷、丁霞，几代球员相处十分融洽。

得耐心给她们讲，给她们时间悟。包括老队员，也还有提高空间，前提是得让她们感觉自己能行，那还得需要咱们的耐心。"

想到距离2014年国家队第一次亮相越来越近，朱婷感觉保持耐心越来越难。进入2014年，朱婷就是国家队二年级学生了。站在更高的起点，她迎来了出道以来最大的挑战。集训开始前，郎平找朱婷交过心，她想在主攻位置上做得更好，技术必须更加全面，想成为更好的自己，需要目标坚定，心态归零。

这天下午的技术训练课，包壮和李童带朱婷、刘晓彤等几个主攻练一传。前一天训练时，包壮站在朱婷旁边统计她的一传成功率，她感觉不好，东飞一个西飞一个，失误率很高。因为数据不达标，包壮留下她单独补课。大概是积累到一定数量形成了肌肉记忆，再练起一传，朱婷找到感觉了。

包壮是东北人，话一出口就有小品的效果。站在网对面的高台上，他每发给朱婷一个球都会喊一声："下去吧！"朱婷的好胜心被激发，大声回应："我到位！"

因为是把边的一块场地，球垫飞了会打到墙上。到李童大力跳发时，包壮继续用激将法："大婷，上墙去吧！"朱婷一边接一传，一边用更大的声音回应："我到位！"

手感好，训练任务完成得快，中间喝水休息时，包壮看着他小本上的数据，用手机算出了结果。

"哎哟，大婷可以啊，今天提前收工！"包壮示意朱婷可以去放松了。

"包导，咱再加几组行不？"朱婷说，"这么多天了，终于有点进步，想多练点巩固巩固，我怕回去吃了饭睡个觉，感觉又丢了。"

在中间一块场地带二传的郎平听到朱婷的话，心里暗笑，这孩子身上那股子不服输的劲儿，真像当年的自己。

说起朱婷，她的确和郎平相似的地方很多，都是练了五年排球，18岁进入国家队。当年郎平刚进队时，也是因为个子高，下三路的技术不过关。袁伟民下了很大功夫提高郎平的全面能力，终于把她培养成为世界最优秀的"重炮手"。

35年之后，轮到朱婷了。

6

端着咖啡坐在阳台的休闲椅上，眼前就是雄伟的阿尔卑斯山和倒映着雪山的莱蒙湖，听着鸟鸣，看日出日落，观云卷云舒，赏湖光山色，兴致来了到湖边树荫下的长凳上坐坐，逗逗狗，发发呆。一顿丰盛的早餐，一次悠闲的下午茶，一个可口的冰激凌……蒙特勒的一天，如此惬意。

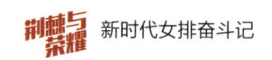

十多年前，郎平第一次执教中国女排那会儿曾带队来过这里，当时望着窗外如画的风景，脑子里却是处理不完的工作，她就憧憬过以后什么时候不带队了，一定专心来这里玩玩。没想到兜兜转转，再来蒙特勒时，她还是以中国女排主教练的身份，只是她带的队员，比那一批晚出生了差不多20年。

"亚文，你第一次来这儿是什么时候？"坐在大巴上，郎平问身边的赖亚文。

大概两人正在思考同一个问题，赖亚文的话接得很快："我第一次来的时候，这帮孩子都还没出生呢！"

赖亚文边说边朝后扬扬头，随队前来蒙特勒的13位队员都坐在大巴的后半部。刚才上车清点人数时，赖亚文还嘀咕：这帮孩子太嫩了，除了曾春蕾和杨珺菁，11个"90后"。

郎平一歪一歪走下大巴，每次坐长途飞机，她的腰胯和腿都要经受这番折磨。为了少受时差影响，飞行十一个小时，她一直没睡，办好入住手续坐到餐厅里时，她眼皮已经开始打架了。

"亚文，辛苦你再多盯一会儿，监督她们把牛排都吃完。"郎平匆匆扒拉了两口饭，和赖亚文小声交代。

郎平前脚刚离开餐厅，队员们就开始磨赖亚文，说已经吃得饱饱的，牛排吃半块行不行。想着队员们一路奔波也挺辛苦，赖亚文心软了，一块牛排的定量减成半块。哪想到郎平上楼发现忘带房卡，又杀了个回马枪，看到队员盘里剩下的半块牛排，她又来了精神，盯着她们一个个把牛排全部吃下去。

"你们上营养课不是学了吗，牛排的脂肪含量才7%，是对你们的身体有好处的食物，一定要吃。我不逼着你们，你们就凑合两口上楼饿了吃零食，零食给不了你们身体足够的支持。"强迫队员增强适应能力，郎平也是跟袁伟民学的。

率队出战瑞士女排精英赛，郎平在蒙特勒的莱蒙湖边显示出童心未泯的一面。

出战瑞士女排精英赛的中国姑娘们,在蒙特勒留下了难忘的回忆。她们的笑容,代表着中国女排蓬勃向上的精神面貌。

改革开放之初,中国人接触外界的机会有限,更没有几个人吃得惯西餐。但是运动员外出比赛,不正常吃饭,体力就跟不上。袁伟民办法多,封闭集训时,他专门安排食堂做西餐给姑娘们吃,不管爱不爱吃,都要强迫自己吃下去。据说还有更"过分"的,有一次出国比赛,吃完午饭坐车去训练,因为路上时间长,大家都有点晕车,到了训练馆好一会儿才缓过来。袁伟民当时没说什么,回北京后就增加了全新的训练科目:吃完午饭马上上大巴,绕着北京城兜一圈再拉到排球馆训练。他说:比赛不是挑你状态好、心情好、吃得饱、睡得好的时候打,所以一切和比赛相关的因素,都要适应。

出战瑞士精英赛,是2014年的中国女排第一次亮相赛场,队员新,教练团队也新。

比赛前一天适应场地,郎平把助理教练安家杰、吴晓雷和两位队医叫到一起。正式比赛时只有他们五个人能进入场地协助队员热身,为了充分利用时间,郎平做了细致分工,带着他们利用适应场地的机会演练了一遍。

首场对阵俄罗斯队,确定了比赛服的颜色,郎平马上用房间电话打给安家杰和吴晓雷:"队员是白色比赛服,那咱们穿红的,一会儿你俩把衣服拿到我房间,我给你们熨一下,别咱们中国教练往那儿一站,衣服褶褶巴巴的。"

郎平的手上有干不完的工作,球场内外的每一个细节,她都不想忽略。

7

比赛前一天晚饭前,郎平约丁霞吃完饭去湖边散步。第一次代表中

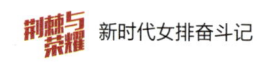

国女排参赛的丁霞,心里正打鼓:万一打不好怎么办?

"那你放心吧,肯定打不好。"听了丁霞的担心,郎平出人意料回了这么一句。这让丁霞感觉很意外:这位主教练真有意思,明知道我们打不好,还带我们出来干吗?

"你们是什么水平,我心里最清楚。带你们出来比赛,就是给你们机会长见识的。"参加瑞士精英赛,郎平做好了交学费的准备。

开赛前的这个晚上,郎平和赖亚文、安家杰分工,找各自负责的队员聊聊,重点是第一次代表国家队比赛的新人。机会来之不易,大家都太想抓住机会证明自己,反而会因此注意力分散,束缚住手脚。

"给她们卸卸包袱。她们肯定珍惜机会,但是怎么珍惜,得给她们一些帮助和支持。"普普通通的一次邀请赛,因为铁心要锻炼队伍,又不肯白交学费,郎平和教练组操心的事多了好几倍。

重返成名之地,朱婷看上去心事重重。她本来话就不多,现在变得更沉默了。郎平从出发前就开始做朱婷的工作,她知道跟朱婷交流不用说得太多,所以只抛出几个问题,让朱婷自己去找答案:第二年打这个比赛,自己的目标是什么?要通过比赛检验什么,发现什么,强化什么?到比赛开始前,郎平只提醒了朱婷一点:外界的看法不重要,你知道自己想要的是什么就够了。

首轮比赛朱婷一亮相,各国教练都注意到,她开始接一传了。放眼世界排坛,无论攻手的进攻能力多么出色,只要承担一传任务,都难免顾此失彼。看到朱婷想要兼顾一传了,对手们都很兴奋,她们终于找到了抑制甚至打击朱婷的办法。

从第一场比赛开始,几乎所有对手的发球都是在找朱婷。左一个失误,右一个勉强接起,因为被一传分散了太多精力,攻击力也大打折扣,那几天,朱婷很郁闷。不过因为赛前工作做得充分,姑娘们虽然在比赛中表现得起起伏伏,但情绪基本稳定,始终没有乱了方寸。

持续被追发，朱婷一点点调整心态：从大势看，想接好一传，就得耐心经历这个过程，谁也绕不过去，谁也代替不了。至于眼前，反正已经成这样了，下一个努力接好就行了。

球队最终两胜三负排名第四。颁奖仪式上，前三名有奖杯奖牌，中国女排只有一瓶香槟酒。

看到爆冷夺冠的德国女排开心地冲到体育馆外，疯狂地跳到莱蒙湖里庆祝，中国队的姑娘们心里憋了一口气。郎平"刺激"了她们一下："人家有家底，咱们没有，现在只能靠自己，加油练，慢慢磨出一批人。"

中转法兰克福飞回北京的班机上，姑娘们看会儿电影，听听音乐，都睡着了。进入平飞状态，机舱内的灯光调暗了，郎平起身看看姑娘们的情况。她很小心地往前走，还是被绊了一下，自言自语道："这是谁的脚啊？"四下里没找到人，顺着腿的方向找到隔板后面，一看是袁心玥，睡着了的她，不知不觉竟把一只脚伸到了隔板前面的通道里。想着8月份大奖赛和9月份世锦赛，球队还要两次往返意大利，郎平跟赖亚文商量能不能找上级特批两张公务舱机票，让朱婷、袁心玥这些"大长腿"和魏秋月、徐云丽那些"老胳膊老腿"的，能轮换着躺平休息一下。

站在机舱中间的休息区，郎平、赖亚文、安家杰开始商量接下来的安排：回国以后集训留哪些队员参加，重点解决什么问题；哪些新人有潜力但暂时用不上，需要密切关注她们在省队的表现，尽量给她们创造一些比赛机会；8月的大奖赛，重点锻炼哪些队员，需要为9月的世锦赛做哪些准备……安家杰拿着本子负责记录，他唰唰唰写了好几页纸，感觉问题成堆。

此时的中国女排，就像这架夜航的飞机，在黑暗中探索，努力飞向光明。

8

7个1相加,何时才能大于7?

从意大利萨萨里到香港再到澳门,经历2014年世界女排大奖赛三周分站赛,女排队员越来越急于寻找这个问题的答案。

老将和新人,各种人员的组合,赢了几场提振士气的比赛,也输了几场不该输的球,但最大的问题是:为什么训练情况一天比一天好,到比赛时却只是灵光乍现?状态起伏波动怎么那么大?

萨萨里站输给意大利队,朱婷说自己"脑袋被驴踢了"。作为中国女排最有实力的攻手,在对手的严防死守重点"照顾"之下,她全场比赛的进攻成功率只有百分之二十几,这是她2013年代表中国女排比赛以来进攻成功率最低的一场。就因为开局最拿手的进攻没打出来,影响了自信,拦网也没拦住几个,所以郁闷了,失常了。朱婷事后想想也觉得自己不至于,不应该,但当时就是没能控制住自己。

在萨萨里主打的二传王娜发现,在比赛中只要一出现"我们好不容易领先了,赶快拿下"的想法,马上就开始乱,几分的领先优势说没就没了。

自由人单丹娜也纳闷:技术提高了,跟强队能较上劲了,可为什么领先多少分心都不定呢?关键时刻出现失误就心慌,只要哪个人出现一点儿波动,全队就像得了传染病似的。

澳门站最后一场1比3输给替补出战的日本队后,赖亚文找到曾春蕾,通知她总决赛要担起队长的职责,结果看她两眼通红,全是眼泪。赖亚文问了半天,曾春蕾才说:"赖导,我真的不想输给日本队。"赖亚文听后笑了:"我以为怎么了呢!回去好好加油就是了。"

年轻队员经历太少,这时候就凸显老队员的作用了。一次开队会,进国家队时间最长的徐云丽帮大家厘清了 7 个 1 和 7 的关系——

> 比赛首发出场的 7 个人，就是那 7 个 1。经过漳州集训打磨个人技术，每个人都提高了一块。北仑集训又练了各种配合，大家都能感受到球队在改变，但是为什么从比赛来看，球队的整体水平并没有明显上一个台阶呢？因为还没有形成默契，这是要通过不断的磨合积累才能实现的。

大奖赛三周分站赛打下来，因为各队实力接近，互有胜负。中国女排 9 战 5 胜 4 负，仍然以第二名的成绩打进东京总决赛。

确定获得参加总决赛的资格，郎平又开始琢磨手里的人：谁前面打得多，需要休息？谁的伤病有反应，需要康复？谁还欠点火候，该派上场锻炼？盘算好了，她又做出一个令人吃惊的决定：朱婷、惠若琪等主力队员跟赖亚文回北京调整，准备世锦赛，她自己带半替补阵容去东京。

一年前总决赛最后一场不上主力，这回干脆派半替补阵容出征，郎平是怎么想的？争个好成绩提振一下球队信心，不好吗？面对质疑，郎平没回应，她有她的打算。

到东京第一次给队员开会时，郎平透了底："我可不是带你们来混的。"分析对手，准备比赛，所有的程序和规格都和带全主力出来比赛一样，看到郎平这么认真，队员们真正感受到了压力。

第一场比赛对阵冲击力强劲的欧洲新军比利时队，郎平要求场上队员有担当，喊出来，但是在比赛中，根本没人喊得出来。

次战对阵分站赛全胜的巴西队，在进攻受阻时，主攻刘晓彤有些无奈地看看郎平，郎平就说了一句话："你甭看我，朱婷在北京呢，我没人可换……"

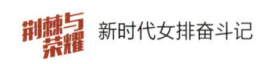

到了第三场，0比3输给东道主日本队，郎平火了。

从体育馆到酒店，一路沉默。

放下东西开会，郎平说："知道什么叫霸气，什么是拼搏精神吗？你技术没到，但你还有精神！不管和谁打，到场上都得有舍我其谁的劲头，刺刀见红的杀气。我拼了，人家咣咣拦我几个，我认了！""铁榔头"现身说法，令人不服不行。

"刘晓彤，别老觉得自己年轻，你们都24岁了，年轻吗？我24岁的时候已经拿了三次世界冠军了！你们到这个年龄还在给自己找退路吗？打得好与不好，赢和输那是能力问题，但是你首先得做到逼自己豁出去，这才叫使命感！一看困难就说我不行了，那还不如不打！"撂下这些话，所有队员心里的小火苗都被郎平点燃了。

第四场对阵土耳其队，局分1比2落后，姑娘们在困境中爆发。担任队长的曾春蕾拿出了舍我其谁的霸气，眼神特别坚定；每次有困难球，刘晓彤都大声喊："给我！"小将袁心玥凭借连续高质量的发球改变了战局，也终于有机会第一次向世人展示她的大心脏。

决胜局双方战至19平，最终中国女排以21比19赢下。获胜那一刹那，郎平用力挥了挥拳头，相比起成绩，她要的是这样有价值的胜利。

2014年，恰恰是这个半替补阵容在困境中表现出的韧性，让人看到了这支中国女排的希望。

9

结束大奖赛连续四周高强度的工作，8月25日，郎平带队返回北京。给参加总决赛的队员放了两天假，她自己没休息，第二天就赶到训练馆跟留守北京的主力会合，带她们训练。8月31日，全队开赴北仑进行世锦赛前的封闭集训。9月4日,她一个人从北仑赶到深圳指挥国家二队出战亚洲杯,9日又返回北仑。

9月10日,上午训练结束时,郎平看到手机上有姐姐打来的好几个电话。"我姐一般不在我训练时打电话,除非有事。"郎平心里一惊,这半年多,她一直惦记春节后突发脑梗的父亲,老人家已经在医院里躺了七个月了。前两天跟姐姐郎洪通电话时,她就感觉老爸情况不好。

郎平赶紧把电话打回去,姐姐的声音很低:"小平,老爸今天早上走了。"虽然有心理准备,郎平还是瞬间怔在那里。"老爸走得很安详,这边的事你不用操心。你踏踏实实带队训练,到老爸告别仪式时再回来就行。"过去几个小时,姐姐、姐夫已经把家里的事都安排好了。这么多年,全家人都支持郎平干事业,遇到事都是自己扛,尽量不让郎平分心。

赖亚文、安家杰闻听噩耗,先后敲开郎平房门,除了安慰,两人都劝郎平回家看看。

郎平也很想回趟北京。从父亲生病到现在七个多月,球队在北京时,郎平会抽空去医院探望。一直为女儿感到自豪的郎爸爸,每每听到郎平的声音,精神都会好上几分。但是带国家队不是在外集训就是外出比赛,郎平能到医院陪伴父亲的次数屈指可数。她翻开9月的日程表,距离出征世锦赛还有9天,队伍在北仑的集训只有一周了。冲刺阶段,每一天都很重要,她现在回去,这一周的训练都盯不了了……"家里有老姐呢,我还是晚几天再回去吧!"郎平下了决心。

"我的老革命父亲今天早上安详离去,他一直为我而骄傲,而我只能祝他老人家在天堂平安。"写下这条微博时,郎平止不住地流泪。

队员们每个人都在想办法安慰她们深爱的教练。此时无声胜有声,大家都把想说的话写在微信里发给了郎平——

郎导,您别太难过了,您还有我们,我们和您一起度过,

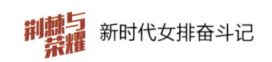

相信爷爷肯定也希望看到您健康和开心,您一定要保重。

郎导,刚刚得知您父亲在上午永远离开了,此时您还在为了捍卫女排的荣誉和尊严战斗在第一线。感谢您的付出。郎导节哀保重!

郎导节哀。请您好好保重身体。您为了我们付出了特别特别多,我们都看在眼里记在心里。我们一定会好好努力,不辜负您对我们的辛苦付出。

队员们的每一条微信都让郎平热泪盈眶,而姑娘们在微信群里的表态则格外令她感到欣慰。

队长惠若琪说:"同志们,咱们现在能做的就是好好训练,少让郎导操心。世锦赛备战还有最后一个多礼拜了,我们克服困难,坚持到底,把枪磨得亮一点儿!"队里的"大姐"徐云丽说:"大家一起努力,每个人都带起头,为我们共同的目标努力奋斗!"

为了适应世锦赛的比赛时间,球队刚刚把下午的训练调到晚上,姑娘们都以为郎平无论如何不会出现在训练馆。没想到她像往常一样,背着包准时走了进来。

列队集合时,大家都低着头不敢直视郎平,可是听到她平静的声音,姑娘们也想哭。她像往常一样给队员们布置训练计划,跟大家一起热身,训练中她还是不停鼓励队员,遇到问题叫停讲解,完全专注于工作。局间休息,郎平像平时一样推着球车去另外一块场地,但是这次,她的背影让队员们感觉非常伤感。

"我在心里一遍一遍对自己说:一定要让郎导的付出有所回报!"惠若琪说。

"我感觉心抽得慌,真的像心疼自己妈妈一样心疼郎导。大家都觉得一定要把这几天的训练完成好,让郎导放心回北京送爷爷最后一程。"曾春蕾说。

魏秋月流着泪转发了郎平的微博,她说出了此时女排全队最大的心愿:我们会尽自己最大努力一起为世锦赛拼搏!

10

四年一次的世锦赛,又来了。

从北京取道罗马飞往意大利南部最大的城市巴里,漫长的旅途中,郎平和赖亚文的话题总也绕不开世锦赛。

这是郎平 32 年来第六次出征世锦赛,也是赖亚文 24 年间的第六次世锦赛之旅,更是她们俩第三次携手出战。1990 年世锦赛,她们是队

郎平和赖亚文最初是队友,后来是师徒,再后来是默契的搭档,以及生活中知心的好友,她们共同见证了中国女排最近三十年来的风雨历程。

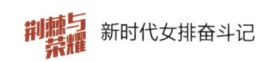

友，1998年世锦赛，她们是师徒，这次，她们是搭档。前两次，在中国女排处于困境时，她们肩负使命而战，不负使命而归，两枚亮闪闪的银牌，铭记了她们的奋斗，也深藏着心中的遗憾……

这么多年过去了，郎平还记得1998年世锦赛决赛输给当时不可一世的古巴队以后，最后一次为国征战的赖亚文哭了。

那次世锦赛，中国女排一路坎坷，意外输给韩国队把自己推上绝路，又绝处逢生闯进四强，半决赛对阵俄罗斯队"虎口拔牙"，但在决赛中虽然拼尽全力，还是没能迈过古巴队这道坎……

那是赖亚文作为运动员的告别之战。她年初患上严重的肝病，曾隔离治疗68天，用了不到6个月的时间恢复，又站到世锦赛的赛场上。半决赛赢了俄罗斯队，队员们都哭了，就赖亚文一个人没哭，她说还有决赛，那是她的最后一搏，她梦想着一枚金牌！从1989年入选中国女排到1998年退役，九年国手生涯，赖亚文四次与世界冠军擦肩而过，她太想甩掉"千年老二"的帽子。

无独有偶，当运动员时拿了很多冠军的郎平，作为世界顶尖水平的教练，还从未在世界三大赛上见金。

人生中又一次携手战斗，这一次她们有机会实现梦想吗？

事实是，她们想都没敢想！她们只希望并肩而坐，彼此支持，带着这些孩子们走得更远一些。

代表中国女排出征世锦赛的14名运动员中，只有徐云丽、魏秋月、沈静思参加过四年前的比赛，徐云丽是唯一的"三朝元老"。面对里约奥运周期第一个世界三大赛，每个人都有一个美好的期盼。

抵达巴里，赛前务虚会，最后发言的魏秋月说出了力争站上领奖台的心愿："我们队有希望，让我敢去憧憬，所以我把心里的愿望说出来，我们一起努力去实现！"

魏秋月的发言，赢得了掌声，虽然大家都清楚即将到来的世锦赛，路途十分凶险。

11

中国女排要迈过的第一道坎，是日本队。

和日本队同分一个小组，在伦敦奥运会中日之战前，这都是一个上上签。但那一次失利，改变了很多人的命运，也打破了过去30多年中日两队之间的某种平衡。再战赛场，日本女排不像过去那样未战先怯，中国女排也不敢再自信满满。

对手来势汹汹。因为率领日本女排拿到伦敦奥运会铜牌，主教练真锅政义看上去春风得意，他津津乐道所谓的"MB1"新战术，面对日本电视记者的采访，他表示要战胜中国队拿小组第一，还要向世界冠军发起冲击。

伦敦奥运会后功成身退的队长竹下佳江，作为世锦赛主播电视台TBS的解说嘉宾来到巴里。中日之战前，日本队教练组采取"人盯人"方式现场观看中国队对阵比利时队和古巴队的比赛，竹下佳江也和他们坐在一起。他们目光灼灼注视中国女排的样子，充满了挑战的意味。

为了报道中日之战，TBS电视台还专门请来了会说中文的记者，制作的中日之战专题片大量使用了伦敦奥运会中国女排在四分之一决赛输给日本队的画面。

第一个比赛日，日本女排出人意料输给身材高大的阿塞拜疆队，把自己逼上华山一条路。但队长木村纱织对日本记者表示：战胜中国队就是小组第一。

在中国女排阵中，日本记者最关注的人是郎平，他们好奇地向中国记者打听伦敦奥运会的时候郎平在哪里，他们承认这场比赛，日本队有一点害怕郎平。

世锦赛第五个比赛日，中日女排迎来正面交锋，谁赢谁是小组第一。

这是伦敦奥运会中国女排憾败日本队被淘汰出四强之后，两队首次在世界大赛上相遇。

郎平最担心的是队员的心态。中国女排的首发阵容中，有五个人经历过伦敦那场失利。魏秋月、惠若琪、徐云丽、曾春蕾、杨珺菁，每个人心里都有属于自己的伤，都有战胜对手改变命运的强烈欲望。郎平提醒说：把日本队当成一个普通的对手去打，做好过程，才有结果。

比赛一波三折，中国女排开局不错，先下一城，不甘示弱的日本女排奋力扳回一局。第三局中国女排一路领先，没想到在23比19领先时，形势突然急转直下。

日本队凭借一次一攻得分拿到发球权，新秀石井优希连续两个发球，中国队一传直接失误。换上汪慧敏接一传，她勉强把球垫起，中国队无攻过网又被对手打死。

"稳住，还有！"队员们互相鼓励，希望顶过对手的这一波顽强反扑。

郎平用朱婷替换汪慧敏，没想到一传又丢一分。

连得五分，日本队瞬间实现反超，又一鼓作气赢下局点。中国女排连失两局，丢掉了一个积分，也把自己逼到了悬崖边上。

这届世锦赛，在中国女排所在的大组，除了同分一个小组的日本队，还有意大利队、多米尼加队、德国队也正虎视眈眈。只有在大组中打进前三的球队才能进入米兰的六强决赛。为了不在最后陷入比小分的尴尬，每一场比赛都要全力以赴，尽量少犯错误。

关键的第四局。

开局不久，石井优希一记重扣击中徐云丽的面部，队医赶紧拿着冰袋跑进场查看。郎平正考虑换人，只见徐云丽努力站了起来，表示自己还可以坚持。她擦去满脸泪水，红肿着双眼继续比赛。

在全场观众热烈的掌声中，被徐云丽带伤作战的精神所激励，中国女排终于让比赛进入自己的节奏，她们在网前筑起高墙，多次拦死对手的进攻，一点点把日本队的气势压了下去。

决胜局15比11，中国女排3比2力克日本队锁定小组第一。队员们激动地抱在一起庆祝胜利，对于里约周期重新出发的中国女排来说，咬下这场艰苦的比赛，意义超过了胜利本身。

12

复赛输给意大利队，郎平一个人躲进洗手间，落泪了。

巴里的最后一个比赛日，中国女排和东道主意大利队争夺大组的第一名。

比赛之前，意大利队刚刚"罚"中日两队利用六天时间跑了一趟长途。从意大利最南端的巴里，中转首都罗马，赶到最北部的城市的里亚斯特，在那里和德国队、克罗地亚队交锋之后，中日两队要马不停蹄再折返回巴里，对阵早早来到这里等候她们的意大利队和多米尼加队。

这次转战，连续晚睡早起，舟车劳顿，体能和精神消耗都很大。转战在路上的那两天，都是前一天打完比赛忙到后半夜，第二天一早起床出发，接近傍晚才到达，大半天时间都在路上。下了飞机就上车，一直窝在狭小的空间里，根本休息不好。

但为了打好这两场比赛，并为后面更艰苦的战斗储备好体能，要求一点儿不能放松。全队到了目的地放下行李收拾一下就去训练，回来以后看录像学习，开准备会。

徐云丽的眼睛还肿着，魏秋月每场比赛打完都要配合康复师的治疗到深夜，场场主力的朱婷，本来就瘦弱，又吃不惯西餐，东奔西跑，体

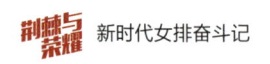

能在慢慢下降……郎平很心疼队员。

在的里亚斯特，面对雄心勃勃的德国队和网上实力突出的克罗地亚队，中国女排打了两个干脆利落的3比0，以七连胜的战绩成为这个大组第一支晋级六强的球队。返回巴里第一场对阵多米尼加队，女排姑娘和对手苦战五局，3比2艰难取胜，把连胜的场次增加到八场。中国队和意大利队的这场比赛，在两队都已确保进入前六名的情况下，放眼日后的竞争，战略意义更大。

说起中国队和意大利队，这些年算是"冤家对头"。

在欧洲球队中，意大利队的打法接近亚洲，队员身材不算高大，但身体素质出色，她们技术扎实，打得快，变化多，加上意大利的职业联赛风生水起，成了培养和锻炼球员的沃土，国家队从中受益颇多。2001年以来，九次世界三大赛上，意大利女排三次拿到冠军，超过了分别拿到两次冠军的巴西队、中国队和俄罗斯队。

这些年中意交锋，每次碰撞都能擦出火花，从最早的陈忠和与博尼塔，中间也曾有过其他教练进进出出，到现在郎平和博尼塔，两位斗法多年、亦敌亦友的主帅又作为中意两队主教练正面交锋。

因为意大利队的技术特点，这些年中国女排和对手交锋总显得比较吃力，成绩负多胜少。郎平上任以后，梳理里约奥运周期的对手，意大利队这关是一定要想办法过的。

8月的大奖赛，中意两度碰面。经过漳州集训的中国女排个人技术提高了，和对手较上劲了，但是在萨萨里客场被裁判黑了，2比3委屈告负。赛后，一向风度翩翩的郎平直言有想掀桌子的冲动。转战香港再战意大利队，中国女排憋着一口气，漂亮取胜，还以颜色。

这场世锦赛的复赛，是双方2014年的第三次交锋，东道主拿出了志在必得的气势。

巴里的场地并不大，开赛以来第一次爆满，啦啦队鼓乐齐鸣，全场观众和着曲子边唱边跳,让人一进场就感觉被声浪卷裹包围。

曾在意大利执教多年的郎平见识过这样的氛围,赛前她就给姑娘们打了"预防针",还特别提到了"主场哨",提醒大家做好心理准备,每局先让出对手三分。

中国女排准备充分,进入状态很快,因为一直压着对手,观众的情绪没有被调动起来,等对手醒悟过来,中国队第一局已经拿下。不过比赛中一个细节已经显示了东道主一定要拿小组第一的决心:前一天还获赞"比鹰眼更准"的郎平,居然被裁判的判罚气笑了,录像回放明明是中国队挑战成功,裁判已改判中国队得分,但看意大利主教练博尼塔不服,裁判又改了主意,郎平上前讲理,竟然吃了一张黄牌。

第二局后半段开始,场内场外因素一起发挥作用,中国女排最终没有敌过东道主,以1比3结束了她们的八连胜,意大利队如愿抢走了这个大组的第一名。

按说这样一场失利对于经过太多大风大浪的郎平来说算不上什么,但没想到赛后在混合区,她接受采访刚刚聊了几句就说不下去了,捂着脸快步走向洗手间。几位女记者追了过去,看见洗手间化妆镜前,郎平正用纸巾擦眼泪……郎平是性情中人,伦敦奥运会中国女排四分之一决赛输给日本队,她曾在接受采访时动情落泪。"铁榔头"对中国女排的感情,溢于言表。

走出洗手间,郎平解释说:"孩子们很辛苦,又受委屈,我心里不好受……"

13

终于可以去米兰了。再次一路向北,中国女排上上下下的心情已经大不一样。

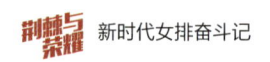

打进前六名进军米兰，这是中国女排此番出征世锦赛前提出的目标。回头看，14 天 9 场比赛，每一场都是拼过来的，能顺利达到预期，每个人都感觉心里一块石头落了地。但继续往前看，巴西队、多米尼加队、意大利队、俄罗斯队、美国队像是五座大山，中国女排还能赢下几个，还能再走多远？

郎平有个习惯，每次带队员开准备会之前，会先给她们留 40 分钟时间，让她们自己聊聊，沟通一下。六强赛前的沟通会，平时话不多的魏秋月主动要求发言。她上来就"自揭伤疤"，说起了四年前的世锦赛。那一年，她才 22 岁，作为中国女排年轻的队长、主二传，对于自己排球生涯中的第一届世锦赛，抱有很多美好的憧憬。然而经历连续换帅的中国女排实力下降，虽然每一场比赛她和队友都拼尽全力，但迎来的却是输球、输球……

"现在让我回忆起 2010 年世锦赛，我还是觉得非常的黑暗，好像我的世界就没有亮过。我们从第一场比赛就开始输球，刚缓过一口气又输，到后来每一场比赛前都面临着回家，每一天都是屏着呼吸度过，心情特别压抑。最后我们只得到第十名，虽然只是第十名，也是我们一场一场拼来的，每个人都承受很多苦。"魏秋月话锋一转，说到现在，"我们能来米兰，有机会在最好的舞台上展现自己，真的是非常幸福的事。世锦赛四年一次，我一直以为我没有机会抹去 2010 年那段黑色的记忆了，所以我非常珍惜现在……"很多年轻队员被魏秋月说哭了。

"接下来的比赛，我们一定要敢于争胜，争取打好每一个球，无论最后是什么结果，不要给自己留下遗憾。"魏秋月说。没有比这样一番话更好的动员了。

但是六强赛第一场，面对世界排名第一的巴西队，中国女排又输了，而且是 0 比 3 脆败，几乎没有还手之力。六强赛刚开始，中国女排就面临危机。如果不能战胜第二个对手多米尼加队，就要提前回家。如果想把进军四强的主动权掌握在自己手里，必须全取三分。

2014年10月9日晚，中国女排迎来这届世锦赛上最残酷的考验。

多米尼加队几门重炮施压，上来就先赢两局，中国女排全取三分掌握出线主动权的希望早早破灭。第二局结束，双方交换场地。等教练布置完，徐云丽、魏秋月和惠若琪主动把大家聚在一起："前面的都过去了，后面还有机会！""别放弃！放开去打！""拼了！再不拼真的没有机会了！"……

第三局，郎平不断调兵遣将，每一个上场队员都全力在拼，但比分还是一直落后。20比17，多米尼加队领先三分进入局末，她们已经依稀看到了胜利的曙光。

危急时刻，惠若琪硬生生防起了对方重炮手德拉克鲁斯从高空砸下的"炮弹"，曾春蕾反击得分，成功扼制对手连续涨分的势头。凭借曾春蕾、朱婷的进攻和杨珺菁的拦网，中国女排连追4分反超。

双方继续缠斗，局面令人窒息。朱婷一攻命中，中国女排24比23艰难获得局点。关键时刻徐云丽移动中与惠若琪形成双人拦网，拦死了多米尼加队17号马布鲁的二号位强攻。就在大家激动庆祝中国女排艰难挺过一关时，突然发现徐云丽痛苦倒地。队友、教练、队医、工作人员都迅速围了过去，因为拦网落地时踩在对方伸过来的脚上，徐云丽瞬间失去平衡，脚踝严重扭伤。

等待担架进场时，疼得满头大汗的徐云丽迷迷糊糊中听说要换边，她才意识到比赛还要继续，那个球拦成了，中国女排扳回一局。急救车来了，徐云丽被担架车推走。17岁小将袁心玥替补上场。

比赛继续进行，中国女排完全放开了。已经是一只脚踏出悬崖，还有什么可怕！她们得到的每一分，都会让自己更安全，更踏实。倒是差一点就3比0完胜的多米尼加队，因为错失良机一度变得畏首畏尾，患得患失。

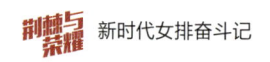

第四局双方战至23平，关键的两分，曾春蕾一攻下球、朱婷二号位反击得手，中国女排胜在关键时刻毫不手软。

决胜局依然胶着，多米尼加队一度以11比10领先，双方又打到12平。曾春蕾发球制造了两个打探头球的机会，袁心玥和魏秋月都抓住了。

中国队赛点！

曾春蕾走向发球区，背对着球场，努力让自己平静下来。转过身时，她紧盯着教练席上负责指挥发球的安家杰，确认最后一个发球的落点。每场比赛，每个发球之前，教练员和运动员都有这样的交流，有时意见一样，也有时想法不同。但是这一次，安家杰给出的手势和曾春蕾计划中的落点一模一样！

曾春蕾再次默念动作要领，然后拍拍球，准备，抛球，起跳，击准部位，球飞过网划出一道优美的弧线，正好落在多米尼加队两名队员的结合部，中国队得分！

锁定胜利那一球落地，郎平、赖亚文和安家杰紧紧拥抱在一起，姑娘们瞬间泪奔，袁心玥领喊的尖叫声，几乎能穿透米兰的夜空。

此时，大家忘了出线，忘了名次，只为这一场大逆转，只为这支年轻的球队永不放弃的拼搏精神。

中国女排为什么能赢？

曾春蕾说：

> 因为有信念，
> 这种信念，
> 不是相信自己一定能赢，
> 而是绝对不会轻言放弃！

14

徐云丽的房门开着,她坐在地上,把受伤的左脚抬高搭在床上。她已经在地板上睡了好几天,因为米兰酒店的床垫太软,她担心哪天睡觉醒来老腰出了问题,打不了比赛。谁想每天小心翼翼,防伤防病,好不容易顶到关键时刻,却在比赛场上出了意外。

到医院拍了片子,确定骨头没事,但是接下来的比赛,她只能拄着双拐到现场给队友加油了。那段受伤的视频她反反复复看了很多遍,每一遍看到自己落地的一瞬都觉得后背发凉,她发了一条朋友圈,配文是:我的世锦赛就这样结束了……队友纷纷安慰她,而魏秋月的那句话,能让徐云丽记一辈子:放心,丽,我们会加油的,我们要一起上领奖台!

不过在巴西队和多米尼加队的比赛结果出来之前,中国女排还没有资格谈未来,她们只是"还活着"。

郎平已经做好了最坏的打算:"如果巴西真输给多米尼加,我们后面就没有比赛了,也不错。反正机票也改不了,干脆找个大巴带队员去逛逛。来意大利快一个月了,除了机场、酒店、比赛馆,她们还什么地方都没去过呢,带她们出去玩玩也是不小的收获。"

和专程前来米兰为她加油的朋友到市中心的意大利餐厅吃了午饭,匆匆逛了周边几个小店之后,郎平就想回酒店了,巴西队和多米尼加队的比赛傍晚开打,她想看看电视直播。

回到酒店在一楼大堂,郎平看到好几个队员正坐在沙发上等着看比赛。放假让队员到周边走走放松一下,她们也感觉心里有事。虽然聊起意大利,她们脑子里有一堆想逛的店,想买的东西,想品尝的美食,但此时,她们最大的愿望是巴西队打赢多米尼加队,中国女排可以进入四强,继续比赛。

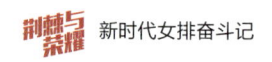

中国女排上次进入世锦赛四强,还是12年前。在世界女排三大赛中,世锦赛参赛球队最多,赛制最复杂,竞争也最激烈,相对来说,中国女排最不擅长打的也是世锦赛。从二十世纪八十年代的"老女排"到"黄金一代",中国女排拿了七次世界冠军,只有两次是世锦赛夺魁,而且还是在遥远的1982年和1986年。

这次出征世锦赛,进六强是目标,再往前走,大多数人没敢想。谁知道拼着拼着,机会来了,即使是一线希望,也要努力争取。巴西女排接近最后的胜利,姑娘们起身相拥,互道"我们是四强了"。

楼上的房间里,郎平已经打开电脑,投入对半决赛的对手——意大利队的准备。

"小袁你要加油,带我上领奖台啊。"徐云丽用这样的方式鼓励袁心玥。袁心玥一点儿不含糊,哑着嗓子说:"得令,丽姐,不过你得容我先去拜拜,希望丽姐附体!"

征战世锦赛,分配房间时,郎平和赖亚文特意把徐云丽和袁心玥安排在一起,希望在这样的大赛中,老将能多带带新人,帮助她们尽快成长。

天天跟袁心玥在一起,徐云丽常常会想起八年前的自己,那时候她是周苏红的"小跟班儿"。2006年春天,徐云丽入选中国女排,秋天就跟队出征世锦赛。当时的中国女排,刚刚夺得雅典奥运会冠军,一举一动都颇受注目。和技术成熟、经验丰富的"黄金一代"大姐姐们在一起,20岁的徐云丽压力很大。待人热情又善解人意的周苏红对徐云丽关照有加,除了毫无保留地传授经验,也常常给徐云丽做心理疏导,给她指点迷津,引领她耐心提高自己。

八年后,看到袁心玥遇到困难着急上火,徐云丽总是像当年周苏红那样耐心地开导:"慢慢来,还有时间。"但徐云丽一受伤,袁心玥突然没时间了。

确定要和意大利队打半决赛,中国女排马上行动起来,受伤的徐云丽接到任务：给袁心玥补课，看录像，讲技术，教袁心玥如何判断意大利队二传分配球，帮她分析传快攻和传后攻的动作区别，告诉她这位二传到关键分时比较信任哪位攻手……临危受命，袁心玥必须在24小时之内把所有的要点都记在脑子里，落实在行动中。晚上睡觉之前，看着袁心玥躺在床上抱着平板电脑认真学习的样子，徐云丽恨不得把自己身上的一份力量加在她身上。

中意赛前准备会上，郎平给队员们打了一针"鸡血"："面对东道主，一定要拼！观众喊，你让他们喊去，反正你也听不懂，就当他们是给你加油呢！他们再干扰你，也不可能拉着你的手不让你扣球，他们再喊，对手得一分也不能算两分。放开拼，给她们压力，逼她们犯错误，逼她们心理起变化，只要给她们的压力到一定程度，相信我，出问题的一定是她们！"

15

日有所思，夜有所梦。

中意半决赛前的那个晚上，捧着平板电脑入睡的袁心玥做了一个梦——这场关键的比赛，中国女排打得特别顺。自己第一次在这么重要的比赛中首发，打得非常清楚，最终，中国女排赢了！但她没敢跟任何人说这个梦。

半决赛开始前，另一半区巴西队和美国队的半决赛刚刚结束，此前11连胜的巴西女排居然0比3输给美国女排。这已经是连续三届世锦赛，巴西队只输一场比赛就被淘汰出局。世锦赛的偶然性之大，可见一斑。

夺冠大热门巴西队被淘汰，对晚上争夺另一个决赛席位的中意两队来说是一个感觉很刺激的消息。不过两队站在不同的位置，被刺激的点是不同的。

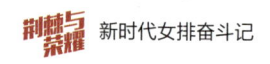

对于东道主意大利队来说，主场作战十分期待12年前的旧梦重温。2002年世锦赛，意大利女排历史上第一次获得世界冠军，而当时球队的主教练就是博尼塔。12年后世锦赛重回欧洲，意大利人心气很高，他们在夺冠路上最忌惮的强敌，无疑是风头最劲的两届奥运会冠军、世界排名第一的巴西女排。

整个世锦赛，东道主千算万算，首先就是希望在打进决赛之前尽量不碰巴西，这也是他们在复赛中一定要战胜中国女排拿大组第一的原因。六强赛和美国队、俄罗斯队在一个半区，意大利队分别以3比0和3比1胜出，半决赛对阵年轻队员为主的中国队，全部都在他们的如意算盘之中。如今，在半决赛打响之前，又传来了巴西队被淘汰的消息，这难道不是上帝为意大利队夺冠写的剧本吗？

美国队爆冷战胜巴西队，给中国女排的启示就是：一切皆有可能。

2014年10月11日晚，米兰这座能容纳12000人的体育馆座无虚席，现场人声鼎沸，观众的每一次狂呼都令人心跳加快，血脉贲张。赛前奏国歌，不论陌生或熟悉，意大利人张开双臂，紧搂着相邻的同胞高声齐唱，尤其是乐曲结束时全场整齐的一声"嘿"，十分令人震撼。

袁心玥抬头看看这盛大的场面，不但没有紧张，还有些兴奋。她跟自己对话：光脚不怕穿鞋的，我就抡圆膀子上去跟她们干了！

赛前赌博公司开出的赔率一边倒地看好意大利队获胜，而且是3比0赢。

相比起主场作战、心气甚高的意大利队，涉险杀入四强的中国女排早早甩掉了心里的纠结和包袱，她们从一开场就表现得十分洒脱。好的心态带动技术发挥，意大利队还没有把精力集中到比赛上，做足充分准备的中国女排已经先胜两局。

眼看着渴望的胜利渐行渐远，意大利队如梦方醒。借助人员调整，利用中国女排稍有松懈，意大利队强势扳回一局。

2014年女排世锦赛半决赛,朱婷(左)和队友庆祝胜利,她在自己的第一次大赛中就有出色表现。

中国女排在意大利队的主场力克对手晋级世锦赛决赛，从此，郎平执教的中国女排与意大利队成了一对老冤家。

关键的第四局，双方紧咬比分，争夺进入白热化。局末战至23平，中国队三次领先获得赛点都没能抓住，意大利人也拼了！

现场很多观众都不敢看了，这时候场上哪个队员有一个手软、一点失误都可能葬送全局，越是关键时刻，越要迎着困难勇敢向前冲，大胆心细，果断忘我！

28平！袁心玥尖叫着一记高点快球命中拿下关键一分。接着，惠若琪拼尽全力，终于扣死赛点一球！

30比28！中国女排3比1战胜意大利队闯入世锦赛决赛！

时隔16年，中国女排再次打进世锦赛决赛，上一次，主教练也是郎平！

姑娘们兴奋地高高跃起，相互拥抱庆祝，她们像一群快乐的小鸟纷纷扑向主教练郎平，紧紧地拥抱着她，忘情地尖叫。受伤的徐云丽拄着双拐冲进场地，加入欢庆的队友行列，袁心玥大声说着"丽姐附体"。魏秋月满眼热泪和徐云丽拥抱："我们终于可以上领奖台了！"

16

中意赛后的新闻发布会很长，郎平几次看表，显得有些着急。不到24小时后就是世锦赛决赛，中国女排和美国队这个阵容还没有碰过。

此时，姑娘们正在大客车上开心地等待郎平，她们希望给主教练来一个惊喜。手机不停在响，全都是祝贺信息，此时此刻，千言万语，每个人都很想在微博和朋友圈说点什么，姑娘们忙着找照片，写文字，好不容易发出去，还想再多看两眼，给队友点个赞。

这是郎平最担心的。

郎平上车，姑娘们又是鼓掌，又是尖叫，郎平只好等她们喊够了，鼓掌鼓得累了再说话："孩子们，祝贺你们！你们很英勇！但是现在，比赛还没有结束,大家要尽快平静下来,别松劲儿,还有决赛在前面等着!"在距离梦寐以求的世锦赛冠军只有一步之遥时,郎平鼓励队员:心怀一颗追求冠军的心,要克服困难,坚持到底。

想到十几个小时以后就要开始的决赛,队员们也知道该收心了。但是历经世锦赛这一路的艰难闯关,先是八连胜,进六强,然后上演大逆转,进四强,又掀翻东道主意大利队进入决赛,一次次惊喜的叠加,令第一次迎来人生巅峰时刻的姑娘们内心久久不能平静。躺在床上准备休息,姑娘们的脑子里还是反复出现各种比赛和欢庆的场面……

这是一个不眠之夜。

为了准备迎战美国队,郎平也几乎一夜没合眼。第二天上午带着队员们看录像学习,午休后开准备会,世锦赛的最后一个比赛日,时间过得飞快。

此时,12场比赛几乎出满勤的朱婷,正为自己的体力担心。

其实结束复赛进军米兰,朱婷就感觉腿有些发沉了。作为队中第一得分手,又兼顾一传防守,看上去身体单薄的朱婷咬着牙顶下了12场比赛。直到半决赛战胜意大利队,得到全场最高的32分,朱婷开心之余第一次透露自己确实累了。

世锦赛的决赛到了,可惜中国女排并没有准备好,一切都像做梦一样。输给美国队赢得亚军,曾春蕾心里更多的是遗憾——

半决赛战胜意大利以后,我们更多的是沉浸在打进决赛的快乐中了,没有时间,也无法静下心来真正投入对决赛的准备,我觉得这是我们和冠军的差距。

颁奖仪式上,姑娘们盯着属于美国女排的冠军奖杯,深深地理解了什么叫这么近,却又那么远……

10月14日,中国女排从米兰返回北京。上百位球迷自发前往机场迎接,人群中郎平看到一条醒目的横幅:十六年,青山在,人未老。

> 作为强者，
> 就要面对所有困难

2015

2015年9月6日，中国女排获得第12届女排世界杯冠军，这是郎平此次执教国家队后所获得的第一个三大赛冠军。经过她两年多的调教，中国女排正式成为世界顶级强队。

郎平对2014年世锦赛的反思，从拿到银牌那个晚上就开始了。

距离冠军只差一步，遗憾吗？

肯定有，但再给一次机会，就能拿冠军吗？

不管是哪个方面不够，都是差距，只能说接下来要做的工作还很多。

目标前六，结果闯进了决赛，惊喜吗？

肯定有，该赢的球全赢了，不该赢的或者比较纠结的球也赢了，但比赛重新再打一遍，还能都赢吗？

拿到世界亚军，不等于世界一流，这个结果只能说明中国女排现在的方向是对的，做对了一些事情，正走在一条正确的路上。但是那些在训练中存在的问题和在实战中发现的新问题，如果不抓紧解决或是解决不好，很快又会掉队。

因为侯大夫和康复师Elizabeth要从米兰直接返回美国，颁奖仪式结束回到酒店，两个人找郎平开了个短会，就球队接下来需要解决的伤病问题给出了专业建议，其中需要尽早做决定的，是魏秋月的膝关节清理手术。

第二天，中国女排有半天自由活动时间，在米兰大教堂前的广场，郎平和魏秋月说起了到美国接受手术的想法。像是早有预感，也早已考虑清楚，被膝伤困扰多年一直抵触手术的魏秋月竟然一点儿没有犹豫，当时就跟郎平表示："我愿意！"

返回北京，郎平的大脑仍在高速运转。如何帮助朱婷把身体状态调整到更好？中国女排的自由人位置如何挖掘和培养新人？还有张常宁、丁霞那帮年轻队员，经过这一年的积累和锻炼，明年能拉得起来吗？

2014年12月9日，北京大风。

魏秋月和妈妈裹着羽绒服出现在北京首都机场，这个冬天，她们将在被白雪覆盖的芝加哥度过。

一天以后，郎平54岁生日，她收到一册金色的日记本。

即将告别艰难攀登、收获惊喜的2014年，她在扉页上写道：2015，努力做好每一天！

1

从训练局大院门口到女排训练馆，长路两旁的大树，记录着冬去春来，四季流转。当又一年的寒冬越过枝头，中国女排又向着新的目标，悄然出发了。

2015年1月28日，郎平率领的中国女排，正式进入里约奥运周期的第三年。

时间过得很快，快到让人无暇停下来喘息，更来不及品味爬坡路上收获的喜悦；时间又好像很慢，一天天，一周周，见证了这个团队跋涉的艰辛。不知不觉中，他们已经走出很远———两年时间，中国女排又重焕活力，成了一个很有战斗力、特别能打硬仗的团队。球队的框架初步搭建成型，得益于郎平持续推动的"大国家队"理念，考察、选拔并培养了一批有事业心的年轻教练和有潜力的年轻球员。经过2014年的世界大赛历练，整个团队逐渐进入角色，找到感觉。从被动到主动，球队成员养成了很好的学习习惯，不断向高标准看齐，慢慢认识了排球项目的规律……

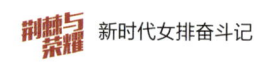

第一天进训练馆,郎平习惯性地打量了一下"战场",眨眨眼提醒赖亚文道:"记得加座儿哈。"赖亚文心领神会。

2015 年的国家队集训名单,"老同志"(赖亚文一般这样称呼郎平)一共写进了 26 个球员的名字,第一期北京集训,她计划调来 22 人,其中自由人的位置就有 5 人,这在国家队集训的历史上非常罕见。训练馆的位置不够坐,细心的赖亚文早已经安排了。在等待队员做训练前准备的工夫,郎平走到两位新来的自由人——来自福建的林莉和来自山东的王梦洁面前,笑眯眯地和她俩打招呼:"两位小不点儿,你们好啊!"

这是郎平和两位小将第一次面对面,之前通过关注联赛,她被她们身上的一些特质吸引,把她俩的名字写进了集训名单。在郎平看来,判断一个球员,一定要调到自己手上练过。

郎平亲切的方式大大缓解了小将初来乍到国家队的紧张。林莉腼腆地笑着,小声向郎平问好;相比之下,王梦洁更开朗一些,她笑意盈盈地回应:"郎导您好!"

三个月不见,徐云丽感觉朱婷又长个儿了。没想到她一提这个话茬儿,朱婷就连忙否认。看上去又长高了,这对于高个子女排运动员来说是个敏感话题。身高接近两米的袁心玥最怕提长个儿,不论谁问身高,她都坚称自己 1 米 99 点 9。有一次她突然出现在一位老大爷面前,个子太高吓了人家一跳。听老大爷问"孩子你有几米啊",袁心玥反应很快:"大爷,我跟您一样,一米多。"

"郎导、赖导,朱是不是又长个儿了?"徐云丽急着拉来"裁判"。看郎平和赖亚文笑呵呵走过来,朱婷红着脸跑开了。

"朱现在应该有 1 米 97 了,因为以前我看她的眉毛要稍微往下看一点点,现在我要稍微抬眼看了!"听身高 1 米 96 的徐云丽揭秘朱婷的最新身高,时隔一年重返国家队的副攻颜妮笑得眼睛眯成了一条缝儿。

2

22人训练的第一天,平日里宽敞的排球馆突然显得很"拥挤"。场地工作人员按赖亚文的要求,沿着墙边又多摆了两条长凳,平时放香蕉和酸奶的方桌,只好堵在通向过道的小门前。

集合站队,22人分成两排,这样的大长队应该是中国女排历史上的头一回。因为有多位新成员加入,姑娘们列队时不得不重新比量一下身高。

像检阅自己的部队,郎平迅速审视了一下眼前的队员。她的开场白有些出乎意料——"耳环、项链那些饰物要取下来。平时可以戴,但是训练比赛不要戴,场合不对,也容易出现划伤。"转入正题,郎平把她的选人计划和盘托出,"我们把全国最有潜力、最有希望的运动员选来参加第一期集训,希望通过训练看到还有哪些队员有潜力和我们一起完成里约周期的任务。在这个过程中,我们会给大家机会,但是时间不会持续太长,因为人太多,就很难做到精。我们会看准、选准十六七个人,然后就得冲着今年的两大任务——亚锦赛和世界杯去了。"

她又拿袁心玥举例,鼓励新来的队员,强调"一切皆有可能":"你根本不知道未来会发生什么事情,所以你要做好准备。小袁一年前来的时候,很多人说她年龄小,是国少的,我拉她是浪费时间,但是这一年小袁成长速度多快,也抓住了机会,所以真的是什么事情都有可能发生。现在既然教练给了你机会,你要全力以赴,挑战自己,认为自己行就拼命往上顶,心里要有个目标,每个人来了都是有机会往上冲的。"

热身训练,新来的康复师Brittni望着22位球员围成的一大圈儿,有点不知所措。新的一年到中国女排工作的Brittni,和去年的康复师Elizabeth来自同一家康复中心,是2014年美国女子职业篮球联赛芝加

中国女排的外籍体能师、康复师和医生,他们有的打短工,有的一待几年。与本土教练队医精诚合作,保障队员们的体能和健康,他们是中国女排一路走来的幕后英雄。

哥队的康复师。魏秋月在芝加哥接受膝关节清理手术以后，一直跟着 Brittni 进行术后康复训练。

刚刚和中国女排磨合了一年的 Elizabeth，因为家庭原因不能继续来中国工作，郎平和队员都感觉很遗憾，Elizabeth 也依依不舍，说起分别几度落泪。过去一年，为了来中国女排工作，她把家里一个一岁半、一个才出生几个月的孩子扔给当大学教授和排球队教练的老公。她本想举家搬到中国生活，但 Elizabeth 需要跟着球队四处征战，两个孩子实在太小，难以适应北京的生活。折腾了一段时间，Elizabeth 的老公只好一个人带着两个小孩回美国了。坚持到和中国女排的一年合同到期，Elizabeth 下定决心回归家庭。

新来的康复师能不能和球队磨合好，暂时没有人能回答，但是相比一年前，每个人都认识到引进一些先进的理念和手段，中国女排可以变得更好。

3

三块场地，七个教练。

除了单独跟康复师训练的魏秋月，21 人分成四个小组，教练人手不够，忙完领队的那摊事，赖亚文也得换衣服上场。

中间一块场地，郎平带边攻手练防守，她亲自上手扣球，姑娘们迅速见识了昔日"铁榔头"指哪儿打哪儿的功力。连续好几个球，队员还没来得及出手球已落地，郎平大喊："慢啦！慢啦！"

打球的人多，捡球的人不够，两位队医——卫雍绩和王凯冲好运动饮料，在瓶盖上一一写好队员的代号，跑步加入训练大军。

生于二十世纪六十年代初的卫雍绩，山西人，学中医出身，1993 年来中国女排工作，这么多年球队起起伏伏，他一直没离开过。1995 年郎

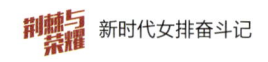

平执教中国女排时，30岁出头的卫雍绩跟在"老女排"的队医田永福身后，不声不响，踏实学习，一晃二十年过去了……

喝完水后轮换项目，卫大夫刚要推着球车往场边走。"小卫，你来帮我们二传组接一下球！"一听就是郎平，她是这支球队里唯一管卫大夫叫"小卫"的。只见"小卫"迅速跑到球网前，贴着一侧立柱站好，他负责把郎平喂给二传、二传传出的球再递回给郎平。

此时，另一位队医——2005年加入中国女排、总是乐呵呵的小胖子王凯已经站到了整个排球馆的制高点——发球机的高台上，负责自由人组的教练包壮一发令，他就把排球塞到发球机的喷射口，向隔着网子做好防守准备的自由人"开炮"。

为提高自由人接重球的能力，球队新购置了一台发球机。除了包壮和陪打教练李童，王凯是队里最早掌握发球机使用方法的一个。每次站上高台，王凯的体态和神情都很像电影《甲方乙方》里英达饰演的搞笑版巴顿将军，让人不禁捧腹。

"自由人组！"包壮一声大喊。

"嗨！"单丹娜、黄柳燕、王梦洁、林莉和王唯漪，激烈竞争的五个自由人齐声回应。

轮到林莉上场，黄柳燕负责接应林莉防起的球，单丹娜站在场边提示动作要领，王梦洁和王唯漪大声喊着"莉莉加油"。她们都很清楚，在从北京去漳州集训之前，五个人里至少要淘汰两个，但是这并不影响她们在有限的时间里互相学习，彼此支持。

一组发球机训练后，发现队员们对迎面而来的重球有畏惧心理，包壮又出招了。他把姑娘们带到训练馆一个角落里，李童搬着半米多高的方桌跟在后面。

"谁先来？"把队员逼到墙边，包壮问五个自由人。

王梦洁看看队友，第一个站出来："我来！"

只见李童站上距墙三米左右的方桌,对着后背紧贴着墙的王梦洁,一次次发力把球砸在她的前后左右。包壮站在旁边计数,挡起十个算过关。

在退无可退的情况下勇敢面对高处砸下来的重扣,无所畏惧地接球,这项训练的目的就是练胆量。五位自由人轮到谁上场,无一不是大眼圆睁,毫无惧色,就差豪迈地说出"向我开炮"。

"抓紧时间喝口水。"看各小组这一项训练完成得差不多了,郎平吹了一下手中的哨子,招呼大家休息。

从副攻组那块场地走过来,赖亚文一边走一边有感而发:"咱家孩子真多……"

年龄最小的教练李童正往自己的座位上走,见要和赖亚文撞上,他有意停了一下,让领队先走过去。转眼间这已经是"小帅哥"李童来中国女排的第二年了。1995年生于江苏宿迁的他,身高1米95,但他这普通人看来的大高个儿,在对身高要求越来越高的排球世界里,发展空间受到很大局限。2013年代表江苏参加全运会青年组比赛以后,听说中国女排试训年轻的陪打教练,经领导推荐,李童来了北京。

"当时根本不敢上手打,因为合格的陪打教练要求指哪儿打哪儿,我做不到。"李童说。2014年作为陪打教练的新鲜血液,李童入选中国女排,郎平把小伙子交给公认手法最好的教练包壮重点培养。"包导带我练了好几个月,才算是把我的手法练上去了。"

李童给人印象最突出的,是他那张几乎挑不出任何瑕疵的娃娃脸。因为长相招人喜欢,脾气又好,他在队里很有人缘。从一进队,姑娘们就叽叽喳喳打听他的年龄,一听比自己还小,姑娘们按着李童,"逼"他叫姐。

看着李童和队员们说说笑笑,打打闹闹,郎平常常会心一笑,这份二十出头在特定环境里建立的革命友谊,很像她们和陈忠和当年。

4

2015 年 3 月，郎平和陈忠和又在漳州见面了。两位老友每次见面，都少不了郎平轻松的调侃和陈忠和笑红的脸。

"欢迎领导来视察工作。"自从 2009 年陈忠和升任福建体育局副局长，郎平见到陈忠和，回回都这样寒暄。

"哪里哪里，我是来看望领导的，你是我的领导啊！"陈忠和一逗就脸红，跟年轻时没有两样。

1979 年，22 岁的陈忠和乘火车赶到中国女排报到，第一次见到当时只有 19 岁的郎平。陈忠和第一天加入训练，袁伟民就安排这个技术出众的小伙子和他重点培养的运动员郎平一起打防。那几年，开朗的北京姑娘常常说俏皮话逗笑腼腆的闽南小伙，不过相比起老大姐们，小陈忠和三岁的郎平还是不敢对这位小教练太"放肆"。

郎平正和陈忠和热络地聊着各自的近况，队员们进入喝水休息时间，朱婷和李童从场地的另一边走过来，两人边走边兴奋地说着什么，临回到各自的座位之前，不知李童说了句什么，朱婷一把搂住他的脖子，佯装要锁喉，吓得李童赶紧央求放过，朱婷满脸得意，要求不高："快，叫姐！"

这一幕令郎平和陈忠和笑中带泪，当年一起经历老女排的爬坡，一起体味成功的喜悦，30 多年过去，他们从现在的孩子们身上看到年轻时的自己。

最美好的青春，他们为"五连冠"奋斗，那段征程刚刚结束，1986 年，他俩一个退役出国留学，一个返回福建当教练。

1995 年，郎平回国执教中国女排，组建教练班子，她第一个想到的人就是非常熟悉了解女排又非常敬业的陈忠和。一到北京她就给陈忠和

郎平与陈忠和相识40年，一开始是训练场上的伙伴，后来是国家队教练组的搭档，再后来先后率中国女排成为世界冠军和奥运冠军。40年来他们的友谊始终如一。

打电话："忠和，你孩子还小，我也不忍心再让你离开家，这一干起码两年。"陈忠和回答得相当干脆："没问题啊，你跑这么远都回来了，我这点路算什么！只要你郎导一句话，我很愿意跟你合作。"作为郎平的第一助理，两个人又一起拼了四年。

2001年，新一届中国女排即将组建，郎平力荐最了解女排的陈忠和担纲主教练。

2005年，郎平想有更多时间和女儿在一起，面对美国排协的合同，她第一时间打电话征求陈忠和的意见，希望得到他的理解和支持。此后四年，两个人从朋友到对手，其间一共经历了八次"和平之战"。

2009年，赛场硝烟散去，虽然还是各自忙碌，但每一次匆匆见面都温情满满。

时间，成了他俩友谊最好的见证。他们的故事，也成了跨越中国女排40年发展历史的一段佳话。

"现在这帮小孩子条件真好！"陈忠和一边看训练，一边感慨。眼前的中国女排，攻手的平均身高超过了1米9，而且大都是20岁出头的年轻队员，正处在可塑性最强的黄金时期。

"可不是，跟她们站一起，咱们都成矮个儿了。"

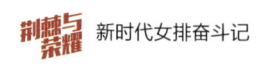

听郎平这么一说，陈忠和想起当年在中国女排，郎平就是最高的，自己1米77，可以模仿对手的主攻——

"放在现在，我连陪打都当不了了……"两个人哈哈大笑。

"朱婷和你当年真的很像！"爱才惜才的陈忠和，跟郎平说着话，目光却一直跟着朱婷移动，"郎导，你把她培养出来，中国女排又要起来了！"

1986年郎平退役之后，中国女排一直在寻找"铁榔头"的继承人，经历30年的等待，这个人终于出现了。

5

"宝宝，进攻注意撤步，现在的习惯一定要改！"分组对抗，替补一边的张常宁刚刚完成一次进攻，郎平鸣哨叫停，严肃地提醒。

连续第二年参加中国女排集训的张常宁，正经历一次痛苦的自我改变。

1995年11月出生的张常宁，还不满20岁。她的父亲张友生，是和郎平同期的男排国手，1984年曾经参加过洛杉矶奥运会，后来因病早早退役。20年后，张友生把儿子张晨送进了中国男排，上演了一段"父子国手"的传奇。

将门出虎女，张常宁从小受父亲和哥哥的影响练习排球，因为身体条件出色，14岁就被选入沙滩排球国家队，作为希望之星获得重点培养。原本，张常宁可以和她的搭档拼搏在另一条奥运冠军成长路上，没想到2013年，为增强参加全运会青年组的实力，江苏青年队临时借调了打沙排的张常宁。结果在完成比赛任务以后，张常宁死活不肯再打沙排，铁心回归室内排球，即使因此遭遇禁赛也决心不改。

2014年初的大集训，郎平调来了刚刚解禁的张常宁，但是漳州集训

朱婷、袁心玥、张常宁分别在 2013 年、2014 年和 2015 年冒出来,当时她们都不到 20 岁,在郎平的培养下进步迅速,并逐渐挑起大梁。2015 年,"朱袁张"首次在大赛中合体,帮助中国女排拿到了世界杯冠军。

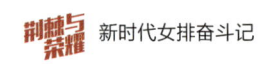

结束以后就让她先回去了，主要是她很多动作都是打沙滩排球的习惯，不拿出足够的时间盯着她，很难有大的改变。不过这么好条件的苗子，郎平肯定不会轻易放过。

2014年，世锦赛和亚运会时间冲突，中国女排派出二队参加亚运会，张常宁担任主力，在主攻和接应的位置上展示了强大的进攻能力，表现可圈可点。

进入2015年，郎平和教练组决定腾出手重点"收拾"张常宁。

郎平执教中国女排以后，2013年拉起了朱婷，2014年培养了袁心玥，里约奥运周期第三年，外界普遍看好的新人是20岁的张常宁。第一次把朱婷、袁心玥和张常宁放在一起谈论，人们就发现，如果这令人期待的"朱袁张"组合能成型，中国女排有望在未来几年迎来"洪武盛世"。

郎平听到这样的说法，只是淡淡地笑笑。相比起"朱袁张"挑大梁的愿景，她眼下更看重的是，在基本固定主力阵容的同时加强替补的力量，缩短替补和主力的差距，早日实现全员作战。

6

从3月7日离开北京开始漳州集训，到5月10日结束北仑集训返回北京，中国女排封闭训练了整整65天。

拒绝打扰，安心训练，65天里除了排球还是排球，生活相当单调。郎平不时提醒队员：中国女排想上一个台阶，就必须熬过这个艰苦的过程。

通过一帧一帧的录像，把那些在过去一年比赛中发现的问题切割成一个一个的分解动作，哪里出了问题，就花时间修正哪里，解决好每个细小环节，再把动作连贯起来。个人的问题解决了，接下来要练几个人的组合；开局时的阵型确认了，还要通过训练确保在多回合交锋中一直能保持阵型。

除了磨炼技术，体能和身体素质也要提高。想在比赛中做出快速反应，身体的平衡和肌肉的力量至关重要。加强核心力量，改善不平衡的肌肉，身体训练达到精确到每一块肌肉的程度。

白天练技术练身体，晚上看录像学习，不仅要调动身体，还要武装头脑。掌握阅读比赛的方法，提高阅读比赛的能力。一遍遍看对手的录像，不仅要研究自己如何应对，还要看世界上最好的运动员的动作和习惯，努力向高水平看齐。

第二阶段北仑集训，更加强了针对性。亚锦赛横在面前的三个主要对手——日本队、韩国队和泰国队，如何跟上对手的节奏，盯住对方的连续防反，所有想在比赛中做到的事，都要在训练中反复演练成千上万次。

参加集训的球员，从最初北京集训时的22人，已经逐步"瘦身"到14人了。先是王唯漪、黄柳燕、王云蕗离队，然后轮到姚迪和王琦。

给郎平和女排团队打击最大的，是主力副攻徐云丽在漳州集训时遭遇重伤离队手术。

那是一个周四下午，训练接近尾声，队员们分成两组，正在激烈的分组对抗中。世锦赛关键比赛伤了左脚踝还在恢复阶段的徐云丽，在一次背飞进攻后应声倒地。徐云丽痛得撕心裂肺惨叫，赖亚文的第一反应是：肯定伤得不轻！

卫大夫马上跑去拿木板准备固定，工作人员第一时间拨通了120。到医院检查，确诊是右膝前十字韧带断裂，需要手术。卫大夫第一时间打电话向郎平汇报，郎平听后马上拨通国际长途找侯大夫，和他确认最快来北京为徐云丽做手术的时间。

挂了电话，郎平心里很难过。从她再次接手中国女排，徐云丽一直

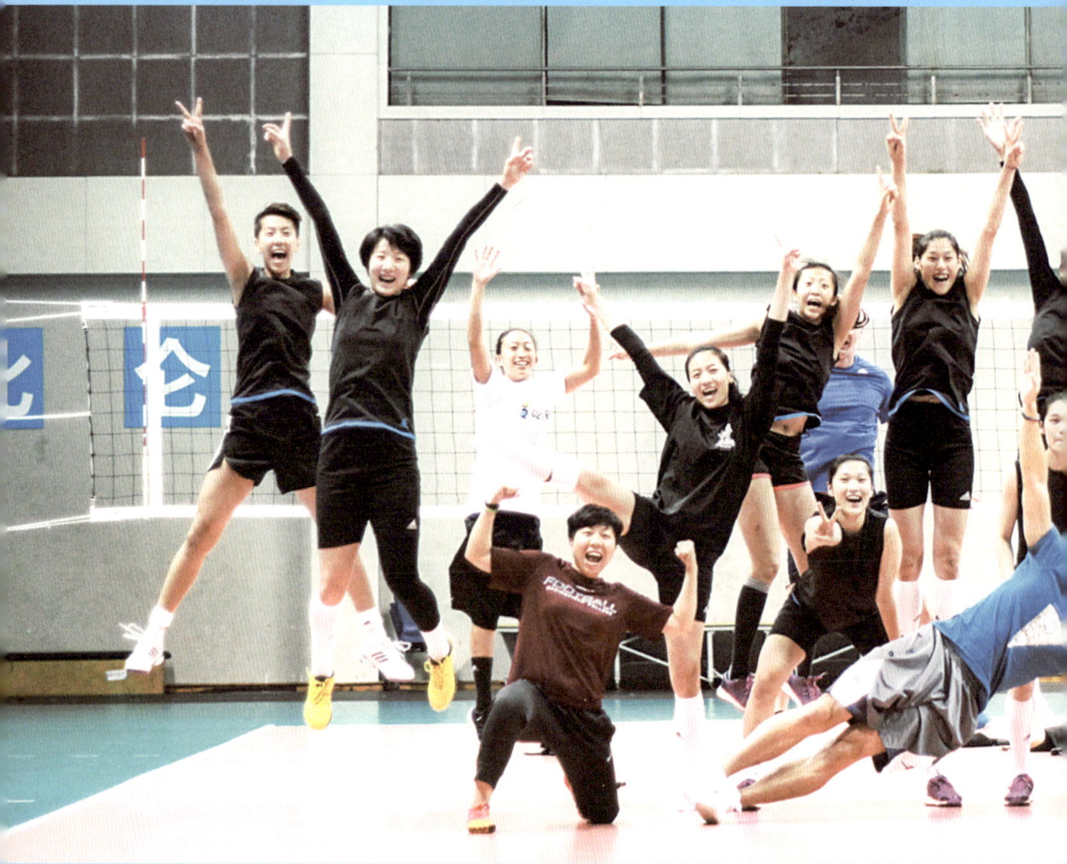

从漳州到北仑，中国女排封闭训练了整整65天，白天练技术练身体，晚上看录像学习，努力向高水平看齐。枯燥的训练之余，队员们偶尔也来点搞怪拍照，放松一下心情。

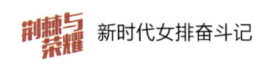

很努力，也很有担当。她像一个坚强的战士，在世锦赛的生死关头奋力起跳拦网，把球队从悬崖边救回来，自己却受伤倒地，如今旧伤还没痊愈，她又一次倒在球场上……此时，郎平很想抱抱徐云丽，她强忍着眼泪推开徐云丽的房门，坐在她的床前，等她回来。

听说了自己的伤情，从医院回宿舍的路上，徐云丽一直都在流泪。被教练背进房间，她没想到郎平会在。

"哎呀，我们的小丽回来啦！"郎平强忍着心痛问候，热情迎上前拥抱。徐云丽再也无法控制自己的情绪，抱着郎平大哭起来……

两周后，等徐云丽的膝关节消肿了，侯大夫从芝加哥上了飞机。在赖亚文陪伴下，徐云丽回北京手术。

"一位坚强的斗士倒下了，我们都很难过，但是我们相信只要相互鼓励，坚强面对，我们一定能等到黎明到来！加油小丽！我们等你！"接受手术的前一天晚上，徐云丽收到郎平发来的微信。

与此同时，赖亚文在队员的微信群里说："姑娘们这两天练得怎么样啊？明天上午有一位小伙伴九点就开始做手术了，大家给她加油鼓励，预祝她手术顺利！"

微信群里呼啦啦进来几十条信息——

队长惠若琪第一个发言："相信你，棒棒地回来！"

朱婷说："加油丽姐！"

颜妮说："小丽加油，等着你回来！"

魏秋月在"丽丽加油"的祝福之后，特意加了三个拥抱的表情。此时，正在术后康复、心情起起伏伏的魏秋月，最能体会将上"战场"的徐云丽忐忑的心情。

徐云丽最后发言："谢谢亲爱的小伙伴们，我会加油的！大家一定要好好加油！等我回来哦！现在好想好想你们啊！"

因为徐云丽受伤，副攻线上人手不足，四川女排的张晓雅接到国家队调令。同一天，辽宁的二传丁霞也在收拾行装准备赶往漳州。虽然她有些不情愿，她担心过不了多久，自己又要"灰溜溜"地回来。

不久后，刘晏含、王梦洁、郑益昕被郎平派到23岁以下青年队，她们将作为主力参加一年一度的瑞士女排精英赛。送三位小将出征时，郎平明确告诉她们：这不是调整，不是离开，而是去执行任务。与其在国家队排队等着上场，不如作为绝对主力去经受比赛锻炼。关键球怎么打，如何在场上有担当，怎么才能带动全队，一定是经历过才知道。

从北仑返回北京时，郎平已经和助手商定了参加亚锦赛的12人名单。

2015年的中国女排，将从亚锦赛起步，开启新征程。

7

郎平一直记着两年前的9月，亚锦赛——那个刚刚起步就跌倒的地方。

过去20个月，从没有人问过她，那个亚洲第四是不是个意外？她也从没为此纠结，输了，就承认差距，埋头提高。

那次失利之后，中国女排与泰国队、韩国队每次相遇都能顺利赢下比赛。但正所谓从哪里跌倒，就从哪里站起来，郎平和姑娘们心里的那道坎儿，必须要在亚锦赛上迈过去。

整个比赛的进程和20个月前一模一样，中国女排从小组赛到复赛都没有遇到强手，进入四强就在半决赛遭遇泰国女排，上次泰国队是东道主，这次她们是卫冕冠军。

从2009年泰国女排历史上首次战胜中国队，这支球队的核心一直没有变化：主教练加提蓬和他培养的"黄金一代"——边攻手奥努马、维拉万、玛丽卡，副攻普莱姆吉特、二传努特萨拉。这六年，球队也有

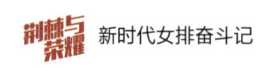

人员进进出出，不过主力框架始终未变。

而中国女排的六年，变化可以说是天翻地覆。参加2009年亚锦赛的12名运动员，2015年仍在国家队的只有徐云丽、魏秋月、惠若琪和沈静思四人了。因为伤病原因，徐云丽和魏秋月都没能进入2015年亚锦赛12人名单。对比两年前的亚锦赛，中国女排的12人阵容更新了7人，只有惠若琪、曾春蕾、沈静思、杨珺菁和朱婷五人参加过上届亚锦赛。

20个月时间，全新出发的中国女排已经站上了世界亚军领奖台，在这个时候夺回亚洲冠军，特别是在泰国队和韩国队身上赢回来，对这支球队来说至关重要，也具有特殊意义。

半决赛前的备战日，球队的气氛有些凝重。从地处梅江的酒店到天津体育馆训练，20多分钟的路程，只有坐在大巴第一排的郎平和赖亚文不时悄声耳语。她俩已经把队员们此时的心情分析得透透的了——

为了这场比赛，全队在一起做了很多准备，无论技术上的还是心理上的，比赛马上要来了，肯定想赢，但又没有把握，毕竟一场定胜负，对手打法很有特点，开赛以来状态又很好，万一打不好怎么办？

训练前集合站队时，郎平并没有多说什么，只是要求每个人都打起精神，抓紧在比赛馆训练的仅有的一个小时，针对泰国女排六轮的特点，一轮一轮再过一遍。她特别提醒队员精力要高度集中，尽量不受外界干扰，换项时跑步前进，不要东张西望。

中泰战前，准备会是重头戏。大家充分发言，相互动员，做足困难准备。把可能在场上发生的事情都预见到，并做出预案，这也是中国女排多年的传统。

1984年洛杉矶奥运会中美决赛之前，全队开准备会。因为中国女排小组赛输给过美国队，袁伟民开门见山就问：你们到底怕不怕美国队？都说美国队是中国队的克星，你们是不是也这样看呢？把最尖锐的问题

那些输过的对手，都要想办法一个个赢回来。2015年亚锦赛，中国女排在半决赛中战胜泰国队，决赛中战胜韩国队，重新站上亚洲之巅。

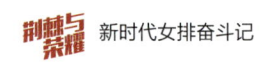

抛出来，大家反而坦然了，开始静下心来考虑如何在决赛中压制对手。

这次亚锦赛半决赛又遇泰国队，中国女排的姑娘们在担心什么？泰国队打得快，我们一直很吃力，万一练了这么多，到比赛中还是跟不上对手的速度怎么办？比分落后怎么办？第一局拿不下来怎么打？连丢两局怎么办……无非是这些。那就一个问题一个问题地讨论：真到那种情况，心态怎么摆？再上场怎么打？郎平提醒队员：比赛中还有更多种可能，比如我们上来领先两局怎么打，又被对手连扳两局，决胜局怎么打？所有的预案都有了，姑娘们的心终于定了一些。

努力专注每一分。毕竟再想赢的比赛，也得一球一球地打，一分一分去拼。

8

中泰半决赛第一局双方战至22平，中国女排连丢三分。最后两分，替换惠若琪上场的小将张常宁一个进攻被拦，一个扣球下网。泰国女排兴奋地抱在一起庆祝赢下首局，天津主场热烈的气氛，骤然间变得紧张。在如此关键时刻派上第一次代表中国女排出战的年轻运动员，郎平的魄力也着实让人吃惊，大家都担心这笔学费过于昂贵。

易边再战，面对彻底放松下来的泰国队，中国女排更加紧张，开局又连丢了三分。好不容易顶起对手的第四个发球，在朱婷的一记强攻得分后，轮到副攻杨珺菁发球了。她一边往发球区走一边给自己鼓劲，希望在球队如此被动的时候，自己能勇敢站出来。

2011年入选中国女排的杨珺菁，一出道就赢得"暴力副攻"的美誉，但此后四年的路，走得并不顺遂。2012年伦敦奥运会、2013年亚锦赛，杨珺菁都在阵中，虽然作为年轻队员肩负的责任没那么重，但是输球的苦涩都实实在在累积在心里。

这两年，杨珺菁练得很苦，看着比自己年轻五六岁的"朱袁张"崛起，这位中生代球员希望自己能担起更多责任。平时在队里，杨珺菁和张常宁一个房间，因为杨珺菁小名"小丹"，外界称她俩为"丹宝组合"。宝宝遇到困难或是烦心事，都会求助"丹姐"，就像这一次出征亚锦赛之前，宝宝曾奶声奶气地问她："丹姐，你觉得我行吗？"杨珺菁是那种充满豪气的姑娘，她的回答就像她的强力进攻一样让人内心充满力量："行！肯定行！不行咬牙顶，就行了！"

现在，真到了中国女排每个队员都要咬牙往上顶的时候了。半决赛前，朱婷给自己鼓劲：一定要当决赛来打！曾春蕾激励自己：你觉得你行，就把练的本事都拿出来！

这是24岁的惠若琪第四次参加亚锦赛，前三次中两次饮恨而归，拦路虎都是隔网相对的这支泰国队。利用暂停的时间，惠若琪提醒队友：咬咬牙，定定神。不想结果，只想眼前这个球，这一分。

到第二次技术暂停时，中国女排终于以16比15反超。整整用了一局半的时间，中国女排才渐渐松弛下来，找到节奏。虽然双方仍然紧咬比分，但姑娘们的技术发挥正常多了。

第二局局末连抓关键分，中国女排以25比22回敬对手一局。

两队重新回到同一起跑线，第三局僵持到7平，中国女排突然发力，逐渐拉开比分，很快就以25比10赢下第三局。

原以为泰国女排无心恋战，其实那只是泰国队主教练加提蓬看到第三局落后太多，选择了策略性放弃。

第四局，泰国女排又重新杀了回来。在开局落后的情况下，泰国队把她们的小快灵发挥到了极致。在主攻手奥努马的强发球轮，场上风云突变，泰国队竟然连追6分反超。比赛打到这个份上，到了比拼意志品质的时候，就看谁能咬住了。

球迷的心又绷紧了，中国女排这一次暂停时，姑娘们的手，紧紧握

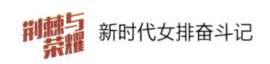

在一起。

抑制住对手连续得分势头的一球，是朱婷的一次高点强攻。球应声落地时，她怒吼着挥了挥拳头。中国队追平，领先，又被追平，被反超，一直缠斗至局末，中国女排凭借朱婷的一记重扣 25 比 23 锁定胜局。

3 比 1！

胜利来临的那一刻，替补席上的姑娘们全部冲进场内，12 名球员紧紧抱在一起。虽然对于 20 个月前的失利，这支球队中有多一半的运动员并没有切身感受，但是她们一样能从这个团队卧薪尝胆、逆境奋起的过程中，感受到这场胜利的意义和价值。

依靠全队的力量咬牙迈过了前进道路上的这道坎，是中国女排在亚洲赛场上一次彻底的释放。在决赛中一鼓作气 3 比 0 战胜金软景领衔的韩国女排后，中国女排终于如愿以偿重新站上亚洲之巅。

9

那些输过的对手，都要想办法一个个赢回来。在亚洲范围内的泰国队如是，世锦赛决赛输过的老对手美国队亦如是。

2015 年初，收到美国女排主教练基拉里到美国参加比赛的邀约，郎平痛快地答应了。

世锦赛决赛前夜匆匆研究美国队，在郎平看来是个教训。凭着曾在美国女排执教四年积累的经验，直觉告诉郎平，在里约奥运周期的终极较量开始前，她和整个团队需要对这个冒尖的对手有更多的了解，队员们也需要通过比赛适应这支把高快结合发挥到极致的球队。

亚锦赛之后，中国女排访美，从夏威夷到洛杉矶，两地十天四场比赛，中美两队胜负各半。在学习和交流中体会不同的排球文化，也是郎平希望姑娘们得到的实实在在的收获。

6月的某天，结束在北京一天的训练，助理教练吴晓雷突然对李童说："你有没有感觉，现在跟这帮姑娘们打对抗，想赢她们有点费劲了？"

李童像是被吴晓雷的话点醒了："我还说最近怎么感觉肌肉反应那么大呢，现在每天我都加了力量训练！"

能让网对面的男教练顶下一天的训练筋疲力尽，郎平执教中国女排的第三年，这队年轻的姑娘终于全速冲起来了。

聊到两个月后的女排世界杯，吴晓雷和李童都觉得有戏。球队的这股上升势头，在世界女排大奖赛上体现得更充分。三周分站赛九战全胜，只因为在香港3比2战胜美国队丢了一个积分，总排名在巴西队之后。因为巴西作为里约奥运会东道主不参加世界杯的角逐，国际排坛更加看好世锦赛亚军中国女排在世界杯上有所作为。

2015年的中国女排，就看世界杯这一仗了。

由于世界杯参赛的报名人数是14名，正在北仑集训的16名球员中必将有两人落选，还在术后康复期的魏秋月、大奖赛才被征召入队的自由人陈展和第四副攻张晓雅，没有人怀疑，郎平将在她们当中最后做出三选二的决定。

8月14日，中国女排北仑集训杀青。第二天一大早，陈展在北仑和返回北京即将踏上征程的教练、队友们告别。

而最后的悬念，一直拖到了8月17日——中国女排出征的前一天。

第二个落选者是队长惠若琪，所有听到消息的人都认为这太像是个愚人节的玩笑。在大家的印象中，如果选一位中国女排这几年的全勤标兵，那一定是惠若琪。2013年开始担任队长的她，更是组队以来唯一没有缺席过任何一期集训的运动员。但是在中国女排出征前的最后一堂训练课上，惠若琪的身影消失了。因为在北仑封闭集训结束前突发心脏不适，惠若琪去医院检查发现患有严重的心律失常，第一时间请北京的专

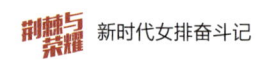

家会诊，结果仍不乐观。

出于对运动员健康的考虑，排管中心最终决定不派惠若琪随队参加世界杯。

10

出征前的最后一堂课，惠若琪在训练馆门口探了一下头，很快就离开了。虽然过去几天，她一直在努力消化这个突如其来的打击，但是看到训练场上生龙活虎的队友，她还是忍不住想哭。她最知道自己过去两年艰难突破瓶颈的苦和难，她刚想潇洒地甩开膀子大干一场……

年少成名的惠若琪，是中国女排阵中一员年轻的"老将"。她的名字第一次出现在国家队大名单上是 2008 年，那一年她只有 17 岁。能跟"黄金一代"一起训练，对于人小心高的惠若琪来说是最好的激励。从国家队回到江苏队，她的心里有了更高远的目标。

2009 年，伦敦奥运周期的中国女排全新组建，她如愿以偿成了真正的女排国手。作为全队年龄最小的队员，她是不服输的新生力量。

2010 年，惠若琪成了中国女排的一员主力。遗憾的是 19 岁的"拼命三郎"发力过猛，不到半年就遭遇伤病打击。她不得不接受肩部手术和痛苦的术后康复。

2011 年，20 岁的惠若琪已经是国家队三年级学生了。肩伤恢复之后，她在中国女排最困难的时候扛起重担。亚锦赛和世界杯，她场场拼尽全力，毫无保留，最终她和队友两次站上领奖台。伦敦奥运周期的四年，赢得亚锦赛冠军和世界杯季军的过程，是她们难得的快乐时光。

2012 年，惠若琪成长为中国女排不可或缺的"全能战士"，但是人生的第一次奥运会，她只能无奈接受负于日本队止步四强的结果。

开启里约奥运周期，在期盼中，惠若琪等来郎平接手中国女排，她兴奋极了，做好了吃苦的准备，投奔名师"深造"。从郎平手中接过队长袖标，惠若琪给自己提出了更高的要求，她希望不负使命。但就是在这一年，她发现自己被"成长的瓶颈"卡住了——新的球队、新的人员配备，需要惠若琪适应新的角色。

作为伦敦奥运周期中国女排的主要得分手，惠若琪喜欢摧城拔寨、冲锋陷阵的感觉，根据球队需要转型为保障型主攻，为队友输送炮弹，无论是技术还是心理，惠若琪都需要有所突破。

走出舒适圈，肯定会遇到困难，在那个发展的瓶颈，她差不多卡了一年多，状态时起时伏，心情时好时坏。

顶过2014年世锦赛，又熬过2015年的两期集训，坚持到亚锦赛夺冠，惠若琪终于感觉自己和球队一起跨过了成长路上的一道坎。世界杯前的北仑封闭集训，她和队友一起瞄准了更高的目标。作为铁定的主力、首发，她成为郎平打造中国女排流畅攻防体系中不可缺少的一环。郎平经常对她们说：流畅，是排球的最高境界。

然而就在这支球队渐入佳境时，负责把大家串联在一起的惠若琪突然生病了。大战当前，想到为站上最高领奖台和伙伴们一起努力了那么久，惠若琪一时间无法接受这残酷的现实。而队长突然因病不能出征，球队"伤筋动骨"，整个女排团队也面对一场从未有过的考验。

出征前那一堂训练课，郎平要求队员勇敢正视困难，相信团队的力量，但承受着巨大心理落差的姑娘们，一时间无法缓过神来。

训练结束前，郎平像往常一样把大家召集到一起，这是出征前她最后一次"检阅"队伍。组队三年，郎平已经习惯了出现在第一排靠前位置的惠若琪，但是这一次，当她再一次把眼光投向那里，却没有看到队长。强忍着内心的挣扎，郎平坚持把出征寄语送给队员。回到座位上收拾东西，她突然愣了一下，然后放下背包快步跑向储物间。助理教练们以为郎平要拿什么东西，正想帮她，却看到她满眼是泪冲了进去。教练们瞬间慌了神。

时间好像突然停在那里，但是前后只不过是几分钟。储物间的门开了，擦干眼泪的郎平走了出来。

"这个时候我必须得挺住。"只是片刻的情绪失控，郎平迅速调整心情，准备出发。

11

2015年8月18日，可能是中国女排历史上最悲壮的一次出征。

这一天，是徐云丽右膝手术后的第144天，每天跟随康复师训练的她，上了早上4点钟的起床闹钟。前一天晚上，她和惠若琪商量好，一起为伙伴们送行。

从3月份受伤接受手术，徐云丽就知道球队出征世界杯时，她将是那个送行的人。但是她无论如何没想到，和她一起下楼送队友出征的，会是这些年铁打的主力惠若琪。

2015年8月18日清晨，中国女排出发前往日本参加世界杯，因伤病原因无法随队出征的惠若琪和徐云丽前来送行。她俩和队友们一一拥抱，队友则带着她俩的鼓励和祝福上路，中国女排始终是一个有爱的集体。

和每次出征前一样，队员们收拾行李到很晚。比赛服、训练服、球鞋、护具……都是形影不离的伙伴，把它们一件件放进行李箱时，禁不住会期待：此行艰难，希望一切顺利！

第二天天还没亮她们就起床了，睡眼惺忪，匆匆洗漱，拖着行李下楼。在公寓大厅看到两位因伤病不能一起出征的战友，每个人都知道该拿出什么样的精气神面对这一次出发。

袁心玥和杨珺菁跑过来，和徐云丽紧紧拥抱，她们仨，是从世锦赛一路挺过来的副攻。

"姐，你快回来吧！"听袁心玥这么说，三个人抱得更紧了。

看到不远处正和队友拥抱的惠若琪，腼腆内向的自由人林莉悄悄绕道先上了大巴。听说惠若琪会下楼送大家出征，林莉很担心自己控制不住情绪。惠若琪突然因病缺阵，从某种程度上说，对林莉的影响很大。球场上，她俩是携手稳固后防的搭档；生活中，她俩是同屋。忽然间身边熟悉的那个人换了，林莉感觉很不适应。

透过大巴车窗，林莉盯着惠若琪的身影。第一年入选国家队的林莉，将要面对她的第一次世界大赛，而她那个在场上最能依靠的人，正在和大家告别。

"林莉，你现在不跟我讲话，回来我俩没话讲了啊！"不知道惠若琪什么时候发现了自己，林莉吓了一跳。看惠若琪在笑，林莉努力忍着没哭。

出发的时间到了，姑娘们陆续上车。此刻，车上车下，每个人都用自己的方式，传达着无声的力量。

大巴启动了，徐云丽和惠若琪一直微笑着挥手，朝夕相处的姐妹们带着她俩的那份努力、坚持和期待出发了。运动员公寓楼前的空地上，只剩下徐云丽和惠若琪。她俩对视了一会儿，没说一句话，然后紧紧拥抱，抱了很久。

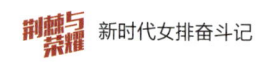

12

采用单循环赛制的世界杯,有可能第一场球就是冠亚军决战。最经典的战例,是 2003 年世界杯。陈忠和率领的中国女排首轮比赛就遭遇巴西队,3 比 1 逆转取胜对手。此后的 10 轮比赛,中巴两队都保持全胜,最终中国女排时隔 17 年再次登上世界冠军领奖台,巴西队屈居亚军。

12 年后,面对 2015 年世界杯的第一个对手塞尔维亚队,中国女排 19 比 25 先输一局,第二局又以 10 比 15 落后。

此前十年被冠以"欧洲新军"的塞尔维亚女排,随着 1997 年出生的"天才少女"博斯科维奇强势崛起,突然变得势不可挡。看到中国女排全面陷入被动,塞尔维亚队主教练特尔季奇的嘴角露出一丝旁人不易察觉的冷笑。这个少言寡语、表情严肃的男人,早在 2006 年塞尔维亚队(当时还是塞黑)第一次参加世锦赛时就是主教练,九年如一日,浑身上下一直透着一股"不服不忿"的味道。

世界杯的比赛分为三个阶段,每个阶段 12 支球队分成两个小组,第一阶段,2014 年世锦赛冠亚军——美国队、中国队和"欧洲新军"塞尔维亚队"扎堆儿"在地处日本腹地的松本。

赛前新闻发布会,看到中美两队受到的关注更多,特尔季奇有些不服,他难掩野心放出豪言:"塞尔维亚会努力赢得每一场比赛。"那底气听起来比率领夺冠大热门美国女排的基拉里还足。当然,随着博斯科维奇的崛起和米哈伊洛维奇、拉西奇的成熟,加上经验丰富的老二传奥杰年诺维奇压阵,特尔季奇确实有资本叫板。

相比之下,郎平的日子最难过。

从抵达松本到比赛打响,中间一共三天,郎平一直在琢磨:短时间内"拆东墙补西墙"的阵容万一撑不住,自己还能出什么招儿。坐车从酒店到松本机场附近的体育馆训练,看着车窗外的蓝天白云、绿树小溪,郎平的思绪飘得有些远。

"亚文,这届世界杯,是第几届?"

"老同志"经常这样突然"袭击",赖亚文倒也习惯了,她赶紧伸手去拿背包里的秩序册,她记得前两天翻的时候看到过。赖亚文刚打开秩序册,眼睛还没在纸上对好焦,就听"老同志"又换话题了:"亚文、小安,幸亏咱们自己租了训练场地,还能把这三天充分利用一下。"

其时,赖亚文非常想拉着"老同志"聊点儿别的,哪怕是片刻的放松。"老同志"也是年过半百的人了,心又重,临阵减员的打击,加上眼前需要解决的这么多问题,她担心"老同志"太伤神,撑不住。

连起床刷牙洗脸时大脑都在高速运转,这是郎平几天来的状态。她在脑子里不断尝试着各种可能的人员组合,困难摆在面前,她希望尽最大可能用好手里这14个人,打好全部11场比赛。

热身训练结束,第一次跟随中国女排出战世界大赛的张常宁坐到场边套好护臂,使劲儿睁了睁那双萌萌的笑眼,算是给自己鼓劲。自从惠若琪训练中突然感觉不适去医院检查,直接被拎到主力一边的张常宁每天训练前不是给自己打气加油,就是深吸一口气定定神。前一天晚上全队开务虚会,张常宁主动向教练和队友求助:自己主接一传把握不大怎么办?

看着被剧烈变化的形势推到主力位置上的张常宁,郎平也觉得小孩儿不容易。半年前,张常宁代表江苏打国内联赛时,还只负责进攻,一个一传都不接;3月份漳州集训时,郎平天天安排张常宁和自由人一起加练一传,就是为了让她敢接,学会接。本想给她足够的时间去磨,但惠若琪生病了,只能硬把小姑娘往上推。

"宝宝,你觉得接一传把握不大,为什么?大奖赛总决赛你为什惠若琪临时缺阵,张常宁(左)被紧急推到了主力的位置上,出战世界杯。不到20岁的她心里有些打鼓,杨珺菁(右)等老队员场上场下都为她打气,并提供减压的经验。

世界杯对美国队的比赛，朱婷突破对方拦网。

饱受伤病困扰的魏秋月，在顺利恢复后也赶上了本届世界杯。

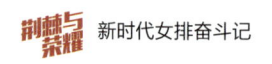

能接?"郎平问张常宁。

"那时候我比较专心,没有想去进攻,就按您的要求,一心一意接好一传,所以还可以。"张常宁很认真地回答。

郎平听罢,转向二传沈静思:"小葵,麻烦你告诉宝宝,一传和进攻哪一个重要。"

沈静思实话实说:"先努力接好一传,一传到位,二传可以给其他攻手。就算一定要宝宝打,宝宝也不用着急,我会在手上等一下,有时间。"张常宁似有所悟,用力冲沈静思点了点头。

务虚会后,郎平担心张常宁还有什么顾虑,又单独和她沟通了一会儿。

"我年轻时打球也遇到很多困难,但是再大的困难也不能害怕,要相信自己,拼出去!"郎平拍拍张常宁的肩膀,用自己的经历鼓励她。

和塞尔维亚队比赛这天上午,球队又到比赛馆的热身场地练了半小时。结束训练返回酒店前,队医卫雍绩对赖亚文说,他不跟车了,自己走回去。随队出去比赛,少坐一段车,多走一段路,利用这样的机会感受一座城,这是老卫多年养成的习惯。

路上有一家古物店,老卫漫无目的进店看看,被陈列的一幅书法作品吸引住了。"灵魂无限。"老卫一字一顿念出声来。世界杯大战开始前看到这四个字,老卫心里一动:这绝对是个好兆头。

过去20多年在中国女排工作的经历让老卫坚信:在中国女排40年的发展历史上,几代人身上始终有一种不曾丢弃的内力。这种内力不会因为一个人一件事而改变,愈挫愈勇,每一次被挤压到最困难的境地,都一定会迸发出巨大的精神力量。

中国女排对阵塞尔维亚队开局不利,输掉第一局,第二局又被动落后时,坐在助理教练席上的老卫想起了"灵魂无限"四个字。他不禁暗想:2003年中巴之战的开始也是这样,看历史会不会重演吧!

13

二传丁霞和接应刘晏含替补登场，是中塞之战的转折点。

在第二局大比分落后时，郎平换上两员名不见经传的小将，自信的塞尔维亚队主教练特尔季奇以为中国队要放弃了。

拿着换人的号码牌冲到场边，丁霞心里就一个念头：再不拼就死了！豁出去拼了！

丁霞从小就是个不怕吃苦、不甘居人后的孩子，身体素质好，拼劲特别足。她知道自己起步不算早，条件不算好，非常珍惜每一次教练给的机会。2014年第一次代表中国女排参加瑞士精英赛，为救一个球，她冲到场边撞在挡板上。在家看电视直播的妈妈心疼了，打电话时劝她"救不回来就算了"。她不认可。她说：女排精神就是每球必争，拼尽全力。

参加瑞士精英赛后，丁霞被调整出国家队。直到2015年3月中旬的一天，丁霞正在辽宁队训练，领队通知她收拾东西去漳州报到。

"我不想去。"丁霞跟队友嘟囔。大家都知道好强的丁霞天天盼着去国家队，没想到机会来了，她不想去了。"去了好几次，哪次都留不下。"她憋足了一口气飞去漳州，下决心这次无论吃多少苦也得留下。

作为替补二传跟队赢得亚锦赛冠军后，丁霞在大奖赛总决赛得到了首发的机会。不幸的是第一局球还没打完，因为意外和队友相撞，她把脚崴了。但这个自称"小蚂蚁"的姑娘居然在崴了脚的情况下咬牙爬起来，从后场一瘸一拐跑向网前把球稳稳传了出去，坚持到赢下这个球。队友们准备庆祝胜利时，她才疼得龇牙咧嘴倒在场边。

正常情况下崴了脚起码要休息三五天，但是丁霞第二天就主动要求上场。带队出征总决赛的助理教练安家杰担心丁霞伤势加重，影响她竞争世界杯的参赛机会。她大大咧咧表示："您先别管世界杯，我就想把

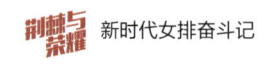

握住眼前的机会!"玩儿命拼来的世界杯参赛机会,丁霞非常珍惜。

派这么个不要命的姑娘上场,郎平本来想让她去冲一冲,试着变变节奏。但丁霞一出场,真就拿出了舍我其谁的气势。

同样是第一次在世界大赛中登场的刘晏含,一上场就进入了角色。

四个月前,刘晏含正琢磨着如何努力才能留在国家队,突然接到通知去23岁以下青年队报到,准备参加瑞士精英赛。即使是带着郎平的鼓励出征,她还是很有挫败感。直到成为中国女排征战世界杯的14人之一,刘晏含才确信:在这支大国家队里,郎导真的会看到每个人的努力,机会真的是留给每一个有准备的人。

生力军用激情带动了全队。球队每赢下重要一分,丁霞都会绕场半圈庆祝;以一记强攻突破塞尔维亚队的高拦网,刘晏含激动得振臂高呼。比赛场上又听到了袁心玥高分贝的喊声,定海神针一样的朱婷,终于得到了足够的支援。

在张常宁的发球轮,中国女排从落后到领先。局末关键分,朱婷扣球被判出界,她高举右手示意教练挑战。慢镜头回放显示打手出界,中国女排拿到局点。

塞尔维亚队像是被这群中国姑娘的激情和勇气完全压制了,随着"天才少女"博斯科维奇进攻中的一个低级失误,中国女排扳平比分,向着胜利大踏步前进。

第四局致胜的两分,都是朱婷贡献的。她的一个拦网和一次进攻,令现场DJ兴奋不已,他们用日语感叹"这果然是朱婷,好厉害",主播电视台还用上了专门制作的短片:昔日的"铁榔头"正在为她的祖国培养新一代"铁榔头"。

3比1,中国女排逆转拿下世界杯首场胜利。两队教练到中线处握手,特尔季奇满腹狐疑地看着郎平,用英语嘀咕:"你出的这是个什么阵?"

郎平耸耸肩："我也不知道……"

或许是被"搞不懂发生了什么就输了球"刺激到了，第二天特尔季奇就率领塞尔维亚女排霸气十足地战胜了夺冠大热门美国队，其中第五局，塞尔维亚队以 15 比 6 横扫。

世锦赛冠军输球，这是世界杯开赛两天以来的第一个冷门。

塞美鏖战时，郎平正带全队观看之前的技术录像，准备第三轮的中美之战。双方战至决胜局的消息传来，姑娘们有些莫名兴奋。不少人的注意力，都集中到负责关注国际排联比分直播的助理教练吴晓雷那里。第五局的最后几分，队员们隔一会儿就抬眼看一下吴晓雷，想从他的情绪变化中了解比赛走势。坐在后一排的赖亚文看出战事变化引得姑娘们心情浮躁，特别提醒大家不要分心。

最终，美国队和塞尔维亚队的比赛，以塞尔维亚队 3 比 2 胜出告终。

夺冠最大热门输球，这对于第二大夺冠热门中国女排来说算不算天降良机？借着下楼抽烟的工夫，安家杰和吴晓雷忍不住聊了几句，他俩都担心，万一明天输给美国队，算小分可能对中国队不利。

14

天赐良机是一把双刃剑。

夺冠大热门美国队输给塞尔维亚队之后，如果中国女排抓住机会赢下美国，真有早早锁定冠军的可能。但是机会面前，人往往会急于求成。

世界杯第三轮，中美两队直接对话。

世界杯开赛前，外界纷纷预测第三轮的中美之战很可能决定冠军归属。但因为美国队输给塞尔维亚队，这场中美之战的悬念，骤然变成美国队再输就彻底退出冠军竞争，中国女排告负也将失去夺冠主动权。

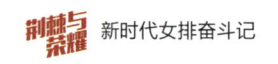

赛前准备会，除了说技术，郎平反复提醒队员摆正心态："把它看成一场普通的比赛，淡定一点。"但是回到房间，每个人进入临战状态，再梳理一遍技术要领，考虑比赛怎么打时，还是不由自主会分心琢磨这个有些特殊的对手：从世锦赛输了球就想着明年赢回来，集训时针对美国队练了那么多，虽然我们这次不是最强，但输球就说明美国队也不怎么样，一定要抓住机会，赢了她们！

"杂念多，心不定。"第二次参加世界杯的副攻杨珺菁说，"想赢，但害怕输。特别是上场以后打得不太顺，还特别接受不了别人打得好。"

其实说淡定，美国人也做不到。开局不久，美国队主教练基拉里就开始跟裁判较劲，连续三次挑战鹰眼，挑战失败后情绪激动，不依不饶。他们也想赢怕输，但凭借硬实力打出一波一波快速凌厉的进攻。中国队拦不住，防不起，队员们一个个心急如焚。

郎平和各位教练从第一局就提醒队员们拦网存在的问题，但是到第三局都没有坚决执行。暂停时，郎平急了，大喊："把动作做好，拦不住算我的！"

美国女排持续施压，中国女排输球的速度快到惊人。第三局美国队致胜一球落地，姑娘们都有些发愣，准备了很久的比赛，说结束就结束了，而且是0比3。

袁心玥哭了，张常宁眼睛直直地看着球场，朱婷面无表情，一向爱笑的队长曾春蕾，看上去很失落……

犯了错，输了球，交出了主动权……回到酒店，看队员们一个个士气低落，郎平说：世界杯才刚刚开始，还有八轮比赛呢！我们已经犯了错，主动权不完全在自己手里了，接下来我们得指望别人犯错，但是在人家犯错之前，我们得保证自己不再犯错。

8月24日的松本之夜，大家治疗、放松、拿着平板电脑看技术录像，各自郁闷着。

代替惠若琪担任中国女排队长的曾春蕾躺在床上,突然想明白一件事:有些东西不从你手里拿走,你就是洒脱不起来,真说不给你了,破釜沉舟的决心马上就下了。她是在说中国女排,也是在说自己。

因为曾春蕾开赛以来状态不佳,三场比赛都没有发挥出来,教练组决定第四场和韩国队的比赛,由张常宁代替曾春蕾担任首发接应。输球加上被"弃用",曾春蕾一直担心的事终于发生了。不过正是在那样的时刻,她和她年轻的队友一样不得不放下了。丁霞居然感觉到了前所未有的踏实:"不用算分了,不用关心别的队打得怎么样了,不做美梦了,只想着第二天训练,反正也没有什么退路了,后面全打好,还能争取拿个第二,第一时间抢到张奥运门票,也不错。"

15

四年一届的世界杯,是奥运会的前哨战。

因为 2016 年奥运会在巴西里约热内卢举行,东道主自动获得参赛资格,所以强大的巴西女排没有出现在 2015 年的世界杯上。往届,世界杯前三名能拿到第一批奥运入场券,这一次,第一批奥运门票只有两张,属于世界杯的冠亚军。早拿到奥运参赛资格就可以早点开始备战,所以世界杯拿不了冠军,这个亚军也是要努力争取的。

不过,老天对中国女排这一轮考验还没有结束。

世界杯第四轮,中国女排与韩国女排前三局打成 2 比 1,关键的第四局刚开始,绝对主力朱婷受伤了。和世锦赛对阵多米尼加队徐云丽遇到的问题一模一样,因为在拦网落地时踩到了对方 4 号金熙珍伸过中线的脚,朱婷抱着右脚踝关节倒在地上。那一刻,所有人的心都咯噔一下。中国女排世界杯前先后折损大将,如果朱婷再出状况,那真是会把这个团队推上绝路。还好金熙珍感觉到被踩但没有下意识抽脚,朱婷威

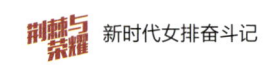

脚不算太重。虽然她疼得直哭，但还是很快站了起来，几乎没用队友搀扶，一瘸一拐走到了场边。

比赛继续。

郎平表情镇静，她用余光扫了扫坐在替补席上接受队医紧急处理的朱婷，发现她并没全部拆掉护具，还在努力尝试着活动脚踝，做着再上场的准备。

在朱婷这个年龄，郎平的右脚踝也崴过一次。当时她代表中国女排在国内参加一次比赛。赛前热身时，她起跳扣球，落地时踩在了工作人员没放好的墩布上。比赛马上就要开始，队医赶紧上来处理，她觉得还能忍，让队医把右脚踝绑得紧紧的，紧到几乎没有痛觉，又坚持上场了。差不多二十年以后，郎平去俄罗斯出差，因为右脚踝受了点伤到医院检查，医生拿着拍出的片子问她："你这里骨折过？"

在郎平身上，像这样骨折过放着没管又慢慢长上了的地方不止一处。队员们都知道，郎平的右手小拇指上半段是向外歪着的，那是30多年前被队友陈招娣扣球打断了小拇指，为了继续比赛用胶布绑紧，每天如此，半年以后，就成了现在的样子。

郎平从不给现在的姑娘们讲她当年带伤坚持的故事，科学技术发展了，生活好了，医疗水平提高了，她希望队员们的运动青春能长一些，快乐地多打几年排球，所以平时她给大家灌输的理念是：身体是第一位的，有问题及时报告，出现伤病尽早干预，磨刀不误砍柴工。但是眼下，韩国队趁乱起势，比赛可能会被拖进决胜局，郎平考虑要不要让朱婷带伤坚持。

韩国队以14比13反超，朱婷主动请战。要想在世界杯上有所收获，中国女排已经不能再输了，甚至连这一局都丢不起了。

在全场观众的掌声中，朱婷高举换人号码牌，站到了球场边。她一跛一跛走进赛场，站到她熟悉的位置上，上来第一个球，二传沈静思就交给了她。她像每次进攻时一样高高跃起，把球打到让对方防守队员最难受的地方，但不一样的是这一次落下，受伤的脚踝需要承受巨大的冲击力，落地的刹那她的脸上闪过一丝难以掩饰的痛苦，让教练、队友和球迷的心都跟着一紧。

金软景领军的韩国队使出浑身解数全力阻击，打到21比17，保持四分领先。局末这几分，老天像是想再考验一下中国女排再上顶峰的决心。而带伤作战的朱婷像个战神，无比坚定地和队友一起在困境中杀出了一条血路。

25比23！

胜利来临时，很多队员哭了。

这并不是最激烈的比赛，也不是最强大的对手，只是在成就梦想的路上必须要克服的困难、品味的苦和忍受的痛。重要的是，中国女排咬牙挺过来了。

世界杯的赛程两头紧、中间松，中国女排打完韩国，战事迎来了相对平稳的一段。

从松本坐火车转战冈山，郎平和张蓉芳坐在一起。中国女排出征世界杯，昔日的战友张蓉芳作为团长随行，让郎平感觉心里特别踏实。

想当年，"平平"和"毛毛"是中国女排的两大主攻手，也是到现在唯一的一对连续拿三次世界冠军的主攻手。孙晋芳退役以后，张蓉芳是中国女排队长，郎平是副队长，她俩带着当时正经历新老交替的中国女排拼下了中国排球历史上的第一个奥运冠军。

1986年世锦赛，张蓉芳是中国女排主教练，郎平当她的助理教练，两人联袂带领中国女排赢得第五个世界冠军，成就"五连冠"。

1995年郎平回国执教，张蓉芳是训练局主管排球的领导。每次中国女排参加大赛，张蓉芳都是领队，帮着郎平给队员做工作。困难的时候，她俩总是像当运动员时那样互相鼓励："只要我们俩合作，就不会

青年时代的郎平、孙晋芳和张蓉芳（从左至右）。郎平和张蓉芳当年是中国女排的主攻搭档，后来搭班子率队获得1986年世锦赛冠军。2015年世界杯，张蓉芳作为团长随行，让郎平感觉心里特别踏实。

失败！"

今年中国女排出征世界杯前损兵折将，困难重重，当年的好搭档张蓉芳作为团长随队出征，郎平会想起她俩曾经常说的那句话，会更多几分战胜困难的勇气和信心。

在松本的10天，球队一直在困难中挣扎。务虚会、准备会，张蓉芳都会参加，她也会跟队员传授经验。输给美国队的第二天，她给队员们讲"老女排"当年，那么好的队伍也会犯错误，但是你不放弃，机会还可能再回来⋯⋯

中国女排这次参加世界杯是三个女人领军，真是一道独特的风景。

"他们不会欺负咱们三个女的吧？"郎平笑说。

赖亚文瞥了一眼郎平，那意思是：他们也得敢呀！

⋯⋯

在冈山，战胜第六个对手古巴队之后，世界杯可爱的吉祥物跑到中国队一边的场地,郎平拉着身边的赖亚文跑过去跟小萌物合了影。她俩笑得很开心,而这大概是最近一个多月的忙乱之后,两个人第一次在一起舒心地笑。

16

名古屋是郎平的福地。

世界杯最后一个阶段,中国女排转战至名古屋。第一天到比赛馆,郎平就感觉眼前的一切很熟悉。

从1981年第一次来日本参加世界杯,这是34年间郎平参加的第五届了。永久在日本举办的世界杯,每届比赛都是中转三四个城市,一路走一路比赛,日本的主要城市,郎平都去了不止两三次,当然最熟悉的,就是一座座体育馆。

她上一次来名古屋,是8年前的世界杯。作为美国女排主教练,在2007年世界杯最后一个阶段的比赛中赢下关键球,获得世界杯季军,第一时间拿到了直通2008年北京奥运会的门票。那次在颁奖仪式后,郎平特意在这座体育馆拍照留念,并配文道:北京,我来啦!

再来名古屋,2015年世界杯进入最关键的阶段。自从第三轮输给美国队交出主动权,中国女排就调整了作战目标:做好自己,等待机会。

第七轮比赛,塞尔维亚队以3比2战胜了俄罗斯队。第九轮,俄罗斯队又3比0打败了美国队。如果能赢下最后两个对手——俄罗斯队和日本队,冠军将是中国女排!

漫长的世界杯,打到倒数第二轮出现这样的局面,经历曲曲折折但一直咬牙坚持的中国女排竟然能迎来峰回路转,前途重现光明,一切都像是最好的安排。

2015年9月5日,当地时间下午三点,中国女排迎来世界杯第十个对手俄罗斯队。

此前的种种预测，从没有人说过这场中俄之战会是世界杯真正的天王山之战，更妙的是，最终的结果，赢的球队将无限接近冠军，输的球队将退出竞争。

距离东道主的晚场比赛还有四个半小时，比赛馆里人并不满，专程从国内赶来的女排球迷助威团在看台上非常显眼，他们统一身着国旗红的T恤，手拿红色助威棒，整齐地喊着"中国队，加油！"

赛前奏国歌环节，助威团的球迷和中国女排教练、队员一起高唱《义勇军进行曲》，这带动了现场所有的中国人，齐唱国歌的声音在体育馆里回响，让人体会到众志成城的精神力量。

教练、医生和替补队员面对场地站成一排，担任首发的七名运动员听到现场主持人念到自己名字，挨个儿和队友、队医、教练击掌，再跑步进入场地中央。

作为主教练，站在最前面的郎平是最后一个和出场队员击掌的。轮到颜妮时，她特意拍了拍这个心重的姑娘。对付俄罗斯队这样高举高打的球队，擅长拦网的颜妮能不能在网前震慑住对手，对整个战局十分重要。

这是28岁的颜妮第一次参加世界大赛。1987年出生的她，和1995年出生的张常宁，都是"新人"，这对老将来说也是一重压力。对阵俄罗斯队之前，一次在冈山，一次是刚到名古屋那天，颜妮做的两个梦都跟俄罗斯队有关，而且两次都是拦住了俄罗斯队的进攻，但是没梦到结果，她就醒了。

和俄罗斯队比赛前这个晚上，开会研究完俄罗斯队的比赛录像，颜妮被郎平叫住了："妮子，明天你首发。"

"啊？"正琢磨俄罗斯队重点人的颜妮有些走神，她下意识的回应吓了郎平一跳。

颜妮是中国女排大器晚成的代表，因拦网出色被称为"北长城"。2015年世界杯，28岁的她第一次参加世界大赛，在对俄罗斯队的关键战中被委以重任。

在日本，不管中国女排转战哪座城市，都有许多热情的中国球迷现场助威。数十年来，中国女排凭借优异的成绩和良好的比赛作风，吸引了一代又一代人们的关注。

"什么情况？没准备好？"郎平追问。

颜妮赶紧解释，她站得倍儿直，很认真地表示自己早就准备好了。

晚上睡觉之前，颜妮又看了一会儿俄罗斯队对美国队的录像，她边看边想：美国人在俄罗斯 1 号主攻身上吃不少亏，我可得把手形摆好，往前伸……

比赛日这天，颜妮早上起来感觉如坐针毡，只希望比赛赶快开始。她知道这心态不对，但是第一次打世界大赛，又是最重要的天王山之战，颜妮有点控制不住自己。

出场前和郎平击掌时，颜妮正紧张得心怦怦直跳，那是世界杯前九轮不曾有过的感觉，她知道球队需要她发挥作用的时候到了。郎平那一拍，颜妮从中体会到一种托付，那一刻她体会到了什么叫"养兵千日，用兵一时"。

比赛开局，因为准备得相当充分，中国队前几个球把握得非常好，每个人都打得很顺，开局抓得成功，大家很快就投入进去了。

颜妮的第一个拦网得分，就是拦住了俄罗斯的 1 号，那个让美国队吃尽苦头的小主攻。中国女排 8 比 3 领先进入第一次暂停，再上场，颜妮先是拦住俄罗斯的第一主攻科舍列娃，紧接着又再次拦死 1 号主攻的斜线。第一局打到 13 比 4，颜妮一扣三拦，已经拿到 4 分。

此时，俄罗斯高傲的冷面美女们已经面露愠色，一向引以为傲的高点强攻被中国的青年军拦得"披头散发"，中国队一度以 20 比 13 遥遥领先。没想到不服气的俄罗斯女排奋起直追，竟然打出一波 9 比 2 的高潮，局末两队打成 22 平，又战至 23 平。

关键时刻朱婷发威，一次进攻一次拦网锁定第一局的胜利。她和颜妮联袂脆拦俄罗斯强力接应冈察洛娃的那个球落地后，与一向高冷的冈察洛娃失落的表情形成鲜明对比的，是朱婷欢快地举着拳头绕场半周与助理教练安家杰击掌庆祝。

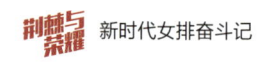

赢下第一局，一位从香港赶来的资深球迷已经情难自控，伏在朋友肩头哭了起来。他这次是带着惠若琪的比赛服来名古屋的，他太希望这件球衣能跟着中国女排一起站上世界杯的冠军领奖台。

第二局和第三局，中俄各胜一局。第四局，俄罗斯队一直保持微弱领先优势。这场天王山之战的最高潮来了。中国女排 8 比 11 时，袁心玥替换杨珺菁出场。

站到网前，袁心玥两眼圆睁，隔网怒视对手，上来的第一次触球，她一声尖叫从启动持续到完成扣球，大喊："漂亮！"此后她连续两次发球直接得分，帮助球队把比分追成 12 平。

两支最有希望夺冠的球队，对胜利的渴望都相当强烈。

朱婷不擅长大喊，但是在比分落后时，她忍不住用力拍着手扯着脖子喊："抓紧啊！不要放！"

看年轻的队友表情紧张，经验丰富的科舍列娃暂停时微笑着帮谢尔班捋了捋头发，拍拍她的双肩，给她鼓励。

20 平，又轮到袁心玥发球。只见她拿着球前后转了两圈，寻找习惯的击球部位，发球之前，她深吸了一口气。这一轮，袁心玥一连发了五个球，一直到中国队赢下比赛。朱婷的进攻、颜妮的拦网、对手的忙中出错，帮助中国女排一步步接近最后的胜利。最后一个球，对手勉强接起袁心玥的发球，组织进攻，被刘晏含和颜妮的拦网候个正着，中国队赢了！

场上队员们激动地抱在一起，替补席上的队员们也都冲了进来，郎平和赖亚文紧紧拥抱，中国女排距离世界冠军只有一步之遥。

17

时隔不到一年，中国女排又一次站在世界冠军的门前。

这一刻，郎平想到的是逐鹿米兰功败垂成的遗憾。在所有人"只要赢了日本就是冠军"的期待中，郎平和她的团队，在不断强调"只有赢了日本才是冠军"。而且，一年前输给美国队还是亚军，这次，负于日本队很可能无缘前三。一念地狱，一念天堂。

中国女排锁定与俄罗斯队比赛的胜局，姑娘们流着眼泪跪在地上激动庆祝，郎平在场边等了她们一会儿，就地把队伍召集到一起——

"祝贺大家，今天赢了，打得很好，每个人都参与其中，体现了团队精神。但是现在，我们该收收心了。不要说我残酷，因为这不是比赛的终点，我们的目标还没有实现，我们还没有拿到奥运入场券，明天还有对日本的关键比赛，大家要平静，马上做身体放松，我们抓紧回去准备下面的比赛。"

"战斗还没有结束。"世界杯第三个比赛日，中国女排输给美国队时，郎平曾经这么说。此刻，站在离冠军领奖台很近的地方，她还是这么说。

从体育馆回酒店的大巴上，大家都非常平静，听听歌，养养神。中俄大战那些精彩的回合还在头脑中闪现，这时也最想跟队友复盘那些神仙球，但是就像她们平时在比赛中出现失误后的态度一样，很坚决地说：过！

拿过世锦赛亚军的球队，果然更多了几分底蕴。

从米兰争冠到决战名古屋之巅，是经历，也是成长。

从抵达名古屋，郎平扁桃体就开始发炎，和多米尼加队比赛那天还有些发烧。好在休息了一下，这两天烧退了，可说话时声音还是有些沙哑。她没让队员知道自己生病的事，训练、比赛仍然生龙活虎，完全看不出来。她常说："老女排"那拨儿运动员有个特点，能吃苦，能忍。

在这方面，日本女排也是典范。这么多年在世界排坛，不论成绩是

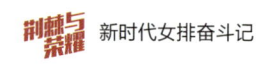

好是坏，比赛是输是赢，她们始终保持高昂的斗志，特别能吃苦，特别顽强，不到最后一球落地，绝不放弃。

"我就告诉你们，这场球日本队自己拿不到冠军，但绝对不会轻易给你。"晚上回到酒店学习日本队的比赛录像前，郎平又一次强调。

34年前，郎平第一次代表中国女排参加世界杯，最后一场就是打日本队。当时中国女排只要赢两局就是冠军，队员们上去很快就拿下两局，确保冠军到手。毕竟从来没有尝过世界冠军的滋味，庆祝之后继续比赛，大家也在不断相互提醒不能松劲，不能松劲，可就是紧不起来，一个个兴奋得脸涨得通红，没用多少时间，就被心无杂念的日本队连扳两局。

袁伟民发火了！

"这场球不拿下来，你们会后悔一辈子！"袁伟民的这句话，在郎平的记忆中留存34年了。带着新一代女排球员冲击又一个世界杯冠军的时候，她想起了这句话，也忆起了当年自己在无限接近世界冠军时的躁动和心跳。

1981年世界杯对阵日本女排，第二局中国女排以14比5领先，孙晋芳给郎平传了个好球。她思想里闪了一下，"拿了这一分我们就是世界冠军，使劲扣下去就完了"，结果就被对手拦死了……所以越到关键时刻，越不能有杂念。

最后一个比赛日，名古屋下了整整一天大雨。上午冒雨完成一堂训练课，下午分组看录像，然后就是准备会。为了不给姑娘们留时间心生杂念，教练组想办法用技术层面的东西来填充一天的时间。尽管这样，姑娘们还是感觉时间从未有过的漫长，一想到晚上的比赛，就恨不得马上开始打。

准备会上，每个队员都希望从彼此的话里得到一些力量，朱婷把郎平的一句话记在了本子上：冠军是自己打出来的！但是真一上场，她还是感觉皇冠就在头顶上方不远处,想发力起跳把皇冠摘下,但下面好像有很多人在拉着她的脚……

赛前热身训练时,教练们都看出了队员们很紧,连表情都是僵硬的。

"该说的都说了,有些关还得自己过!经历了今天这场球,她们都会成长一大截,陪她们熬吧!"郎平对赖亚文说。

18

这是 2015 年世界杯的收官之战。

这个阶段的比赛,塞尔维亚队、美国队都分在名古屋附近的小牧站。结束了各自的最后一轮比赛,特尔季奇和基拉里冒着大雨赶到名古屋观战。

中日这场比赛结果,将决定中、塞、美、俄四支球队的排名。如果中国队赢了,那冠军就是中国的,塞尔维亚队、美国队、俄罗斯队分列二至四位。如果日本队赢了,冠军将属于 10 胜 1 负的塞尔维亚队,美国队获亚军,这两支球队可以第一时间拿到里约奥运的入场券。如果日本队在四局之内结束战斗,前一天输给中国队的俄罗斯队还能拿到一枚铜牌。

如此玄妙的局势,新闻工作间里的各国记者分析得津津有味。一位日本记者把写好的稿件传送出去,合上电脑总结说:"中国队肯定是冠军,她们有郎平,有朱婷,还有一群有实力的年轻人,但是日本队一定会打一场非常棒的比赛。"

日本女排的主场,一向以秩序和热情闻名。

前一天中俄之战时看台上特别显眼、很有气势的中国球迷助威团,此时完全陷入了主场球迷的包围。中国球迷入场前还兴致勃勃商量着喊

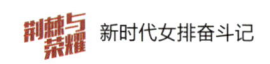

什么口号更响亮，进了场才知道喊什么都只有自己听得见。

比赛还没有开始，全场球迷已经整齐划一地手拿助威棒，持续且富有节奏感地高喊"NIPPON！NIPPON！"训练有素的现场DJ和散在场地各处的工作人员配合，工作人员拿出哪一位球员的名卡，全场就一起高喊："木村！木村！""古贺！古贺！""长冈！长冈！"

日本女排无论胜负都是第五名，球迷还能拿出这般热情，毫无疑问，他们想通过比赛获得的，是这个过程带来的喜悦和满足。

比赛开始，两队队员的压力都不小。

中国女排25比17先胜一局。第二局打到中段，日本队主教练真锅政义派出"怪球手"锅谷友理枝发球。

锅谷的发球动作很有特点，日本球迷称她的发球招式为"招财猫式"，但在中国球迷眼中，她在发球前摆的造型更像梅超风的"九阴白骨爪"。

就是在锅谷友理枝的发球轮，中国队连丢6分被对手反超，22比25输掉第二局。关键的第三局中国女排8比10落后时，郎平叫了暂停。她没有跟队员们过多说技术，只是提醒大家笑一笑，不要打得这么沉重。

"我很沉重吗？"朱婷下意识地摸了摸自己的脸。上场前，她推了推自己的嘴角，努力让表情轻松些。

13比16，中国女排仍然落后，攻拦防都没有踩上点儿，还几次出现低级失误。姑娘们紧锁的眉头仿佛是在说："不应该啊！怎么会这样？"原以为这二万五千里长征的最后一公里是向着曙光加快脚步，没想到每一步竟是如此步履蹒跚。

"咬住！咬住！"队长曾春蕾一边拍手一边喊，她想把队友，也把自己叫醒。

困难的时候，只要你自己不放弃，一直咬着，一定能看到希望。组队三年，每一天都会面对各种困难，郎平的要求就是：你可能没有足够的战胜困难的办法，但是这种精神，一定要有！平时训练中，打得不顺，配合得不好，有时郎平故意不露声色，就陪她们熬着。正常的训练量到了，郎平也不鸣哨叫停，陪她们熬到自己迈过心里那个坎，挺过极限，然后就看着她们一个带动一个，两个带动三个，这个集体一起进入配合顺畅的状态。

一次霸气的进攻得分后，袁心玥的眼睛又瞪起来了；一次后排进攻命中后，曾春蕾重新绽放笑脸，紧接着曾春蕾又是一个发球直接得分，全队都好像瞬间轻松起来。前一分钟还打得紧紧巴巴，后一分钟就能指哪儿打哪儿，靠着每一个人在困难中的坚持，中国女排终于"活"过来了！

她们打出了7比1的小高潮，不仅以20比17反超了比分，还找回了前一天对阵俄罗斯队比赛时的那股豪气。

顽强的日本队利用出色的发球追成20平，但是中国女排在局末关键分上抢得先机，以25比21赢下第三局。

挣脱了困住手脚的心灵枷锁，她们开始全力向冠军冲刺。

第四局24比21，中国女排迎来冠军点。郎平换人，由魏秋月替换丁霞。

看到魏秋月手拿黄色的号码牌微笑着站在场边，很多球迷落泪了，他们激动地站起来，等待中国女排时隔11年再夺世界冠军的时刻到来。谁也没想到在中国女排2015年这部励志大片到达高潮时，郎平竟然还安排了如此温情的一幕。

而这并不是郎平心血来潮的决定。

2014年世锦赛后，魏秋月为了参加奥运会决定手术，这八个多月一直都在艰难的术后康复中，郎平看着这位老将的努力，深知她心中的挣扎。这场中日比赛前她就想好了，如果机会好，一定要让魏秋月最后出场，给她一种参与感，给她更多的信心。

中国女排对日本的第四局,以 24 比 21 迎来冠军点时,郎平换魏秋月上场发球,让久伤初愈的她参与这特殊一刻,给她更多的信心。看到魏秋月手拿黄色号码牌微笑着站在场边,很多球迷落泪了。

站在场边的魏秋月努力保持平静,但所有人都能读懂她内心的喜悦和幸福。丁霞下场时特意搂了搂魏秋月,用这种方式传递着彼此的力量。替补席上的张常宁、杨珺菁、刘晏含、张晓雅一个个表情紧张,她们双手合十,虔诚地为场上的队友祈祷,盼望着那个期待已久的胜利时刻到来。

魏秋月发球,对手顽强顶住,打了一个漂亮的一攻。不过郎平并没有换人,坚持把这位历经坎坷的老将留在场上体验巅峰时刻的到来。

接下来这个球,双方周旋了两个回合,魏秋月连续两次把球传给朱婷,第一次日本队防守队员奋力救险,但是第二次,她们拼尽全力,也只能眼睁睁地看着朱婷的扣球落地,得分。

25 比 22,中国女排赢了!

3 比 1 锁定 2015 年世界杯冠军,时隔 11 年重回世界之巅!

扣下致胜一球,朱婷转身时故作平静地等待兴奋冲上来的队友,八个月没敢全力起跳的魏秋月落地时才意识到自己居然跳了那么高。

助理教练安家杰、包壮和郎平、赖亚文拥抱之后跑到场地中央,吴晓雷、李童、王凯从运动员席上冲了下来,负责技术统计的袁灵犀、于飞也第一时间加入到庆祝的队伍中……这是幸福的时刻,大家一起抱着在场地中间转圈,想怎么笑就怎么笑。

不知是谁提议,14 名球员手搭着手围成一个圆圈边跳边转,大家快乐响应,都准备好了,忽然发现少了朱婷,就看她正在场边,用细长的手臂把郎平搂了个结结实实。

三个美国人——侯医生、康复师 Brittni 和新来的体能教练 Rett 挨个儿和大家拥抱击掌。开朗的 Rett 的"出场"方式最特别,他把每个姑娘都当作久未谋面的朋友,夺冠后"偶遇",充满惊喜。

谁也不敢相信,如此艰难曲折的世界杯,中国女排接连遭遇伤病打击,又开局不利,硬是凭借不懈的坚持和努力,成了最终的胜利者。

时隔 11 年重新获得世界冠军，感觉是如此美妙，3 比 1 战胜日本队的比赛结束，姑娘们激动地拥抱在了一起。本届世界杯，中国女排接连遭遇伤病打击，又开局不利，硬是凭借不懈的坚持和努力，笑到了最后。

中国女排登上领奖台。因伤病未能出征的惠若琪、徐云丽等人的球衣异常醒目。不抛弃任何一个人，弘扬团队精神，这是中国女排成功的秘诀之一。

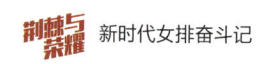

张晓雅、刘晏含、王梦洁，抬眼望着这座此刻属于自己的胜利殿堂，"我们是世界冠军啦！"她们这样说完，还想再尖叫几声，让感觉来得更真实一些。

魏秋月和一路跟随的妈妈紧紧相拥。魏秋月的妈妈一直是郎平的粉丝，这个夜晚，因为郎平在冠军来临时的那次换人，她感动落泪，哭成泪人。

场地的另一边，作为主教练第一次获得世界冠军的郎平正接受采访。她的嗓子已经完全哑了，回首艰难的世界杯，她突然哽咽："在困难之中，我的教练袁伟民给我很多鼓励。他说过：作为强者，就要面对所有困难！"

> 顽强拼搏是中国女排的名字，我们永不放弃

2016

惠若琪探头球得手拿下最后一分，场上6名球员忘情庆祝，郎平则望向她一时激动扔到空中的圆珠笔，这定格的一幕成为永恒经典。2016年8月21日，里约奥运会决赛，中国女排3比1击败塞尔维亚队，时隔12年再夺奥运冠军。

2016 年，农历丙申年。

新年假期，郎平和姐姐逛街，被一块巨大的广告牌吸引，大红色的背景，金色美猴王头像，上面写着：二〇一六，大胜之年。看到美猴王，郎平会马上想起属猴的女儿白浪。

"又到浪浪的本命年了，女儿都 24 了。"郎平感慨。

此刻，白浪正在从旧金山飞往北京的飞机上，她回来参加妈妈的婚礼。

时间过得真快，很多人印象中的白浪，还是 1996 年亚特兰大奥运会坐在妈妈腿上给中国女排加油的 4 岁小女孩，以及 2008 年北京奥运会时跟妈妈一起回家的 16 岁高中生……

想到那个小女孩，就会想起 1995 年她的妈妈为了低谷中的中国女排放下了只有两岁的她，还有她最看重的家。

自从女儿长大成人，她开始操心妈妈什么时候能有个伴儿，她心疼妈妈一个人走了太远的路。

2016 年 1 月 16 日，这一天终于来了。

白浪身着礼服出现在妈妈的婚礼现场，她手捧婚戒款款走向舞台，很郑重地送上女儿的爱和祝福。

五天后，郎平喜气洋洋投入工作，迎接里约奥运周期的终极挑战。

1

女排训练馆的灯光渐渐亮起,奥运年的大部队集结完毕。

"世界冠军不是终点,而是全新的起点。"郎平讲话的时候,目光落在第二排正中间那个肤色黑黑的小女孩身上。她穿了一件宝蓝色的长袖训练服,在一群穿浅黄色短袖 T 恤的队员中间显得很特别。

问起四个月前国家队解散时布置的"家庭作业"完成情况,其他人都忙着汇报,忙着笑,只有她,脸上是一个大写的"蒙"字,作为国家队的新人,她完全是一张白纸。

五个月前,中国女排夺得世界杯冠军,她刷手机看视频全程关注。看到郎平带领中国女排站上最高领奖台,她对妈妈满心羡慕地说:"中国女排真棒!"曾经拿过第七届全运会女子重剑团体冠军的妈妈鼓励她,把进国家队当成自己的目标,努力去实现。她说:"从小就觉得中国女排是特别厉害的地方,是最高水平运动员才能去的地方,我离中国女排还太遥远了。"

然而,不过是三四个月的时间,1 月 12 日,江苏队的队友张常宁告

里约奥运会只有几个月了,中国女排的最终人员框架还没有完全固定,郎平还在寻找最后的拼图,来自江苏的小将龚翔宇进入了她的视线。

进入奥运年,中国女排的训练也更加紧锣密鼓,墙上"为国争光"的标语时刻提醒着大家的使命。

二十多名球员参加奥运备战,但最后只有12人能去里约。郎平说:"替补的水平越高,中国女排的实力就越强。"

诉她：你进国家队大名单了。她像被电了一下，然后默默收拾行李，懵懵懂懂跟着张常宁进京了。

这个女孩，就是本书开头提到的，那个2013年春天还在国少队打二传的龚翔宇，1997年4月21日出生，司职接应，上调江苏一队"帮忙"不到半年。

龚翔宇来了，袁心玥终于将这个"全队年龄最小"的头衔让出去了。当年的国少小姐妹想都没敢想，不到三年就在国家队会合了。郎平鼓励她们："小朋友要有大梦想，中国女排是年轻人的战场！"

看着一年一年，大国家队越来越人丁兴旺，赖亚文提醒"老同志"："现在21个人，再加上正在康复的小丹（杨珺菁），最后只能带12个人去里约啊……"作为郎平曾经的弟子，赖亚文最了解她，带队用心动情，到决定名单让她做选择时，她一定会觉得手心手背都是肉。

"里约之后，还有东京啊，我奥运会结束退休了，不得给你们留点东西啊？"郎平的回答是赖亚文最不愿听到的，因为此时距离里约奥运会开幕，只有不到200天了。

"小于，你来帮我压一压腿，我这胯疼得不行。"郎平招呼陪打教练于飞，回过头又跟赖亚文补充一句，"明年我这两边的胯都得做手术，忍了好几年了……"

年轻的时候条件艰苦，训练强度大，郎平留下一身伤病。用她自己的话说，从颈椎到脚踝，凡是能活动的地方都有伤。过去20多年，仅是各种关节清理手术，郎平就做过十次。每天早上起来身上没有太疼的地方就很幸福。这样的感受，伴随着每一位"老女排"队员，从打球到退役，从青年到暮年。

"轻点儿，轻点儿。"郎平一脸痛苦。适应了这一级的疼痛，她又让于飞"加点力"，"我必须得练了，冬训马上就要开始了！"

2

猴年春节一过，2月12日，中国女排正式吹响备战里约奥运的号角。

这一天，对于郎平和中国女排来说是有特殊纪念意义的日子。21年前，1995年2月12日，34岁的郎平被当时的国家体委任命为中国女排主教练。那是作为主教练的郎平第一次和中国女排牵手，留给她的时间只有一年半。

当时的中国女排因为在亚运会上输给韩国队丢掉冠军，世锦赛又只得第八名，正处于"五连冠"后的最低谷。郎平给自己确定的工作目标，是在1995年9月下旬的亚锦赛上夺回亚洲冠军，在11月的世界杯上获得前三名拿到奥运资格，力争在一年半后的亚特兰大奥运会上打出好成绩。

闻听这三大目标，关心郎平的人都为她捏了一把汗。但犹豫两个月后，下了决心的郎平，带上送给自己的八个字"坚定信念，卧薪尝胆"，毅然出发。

上任之初，她曾给中国排协写了一份书面报告，谈到了五个问题——

一、从零开始。新组建的中国女排必须充分认识中国女排的辉煌历史已成为过去，要立足现在，认真分析失利原因，承认落后，不甘落后，冲出亚洲，走向奥运。

二、一分为二地看待自己。新组建的中国女排首先要真正地看清自己的问题：技术不细腻，战术没特点，作风不过硬，心理不稳定。同时，也要认识我们的优势和有利条件。压力和动力并存，有难度更有可能。

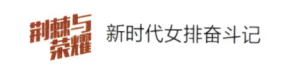

三、狠抓作风，狠抓基本功。老女排的体会是：世界冠军是从每一堂训练课中走出来的。我们要从目前的低起点向高水平迈进，只有横下一条心，狠抓作风，狠抓基本功。

四、严格遵循排球的规律。排球是一个集体项目，没有坚强的核心，就不可能取得集体项目的胜利。所以，要从难、从严地培养骨干、造就核心。

五、看清世界排球的发展趋势，更坚定自己的路。世界女排技术、战术的发展有两大新的特点，一是在新的高度上更趋全面；二是女子技战术男子化。这两个特点反映了一个问题，对我们女子排球运动员的身体素质和协调性要求更高了。但在把握趋势的同时，我们必须走自己的路，更好地发挥中国女排快速、灵活、配合多变的特长，努力做到，人人有绝活，全队有特长。

2013年郎平第二次在中国女排低谷时出山，面对的问题何其相似。当年，她带领赖亚文、孙玥那一批运动员在一年半时间内用努力改变命运。第二次出山，同样是一年半，新一代女排姑娘站上了世锦赛亚军的领奖台，又用不到一年，克服重重困难勇夺世界冠军。

两次临危受命，两次带领身陷困境的中国女排崛起，郎平用持续不断的努力书写着传奇，她因此成为"感动中国"2015年度十大人物之一。

"感动中国"给郎平的颁奖辞一经发布，引发全社会强烈共鸣——

临危不乱，一锤定音，那是荡气回肠的一战！拦击困难、挫折和病痛，把拼搏精神如钉子般砸进人生。一回回倒地，一次次跃起，一记记扣杀，点染几代青春，唤醒大国梦想。

因排球而生，为荣誉而战。一把铁榔头，一个大传奇！

"铁榔头"的传奇，是中国女排的传奇；在她身上，体现了中国人自强不息、不怕困难、勇于奋进的可贵精神。

3

奥运年冬训，中国女排的第一要务——攻克巴西队。

"虽然咱们拿到世界冠军了，但是巴西和美国，咱可都还没赢过呢！"冬训开始前，郎平给全队做动员，"奥运会上咱们想拿奖牌，这两个队躲不过去的，打到半决赛必碰其中之一！"

论打奥运会，郎平最有经验。

1984年作为中国女排队员夺冠，1996年作为中国女排主教练摘银，2008年作为美国女排主帅拿到亚军，每隔12年参加一次，三次全部闯进决赛。

里约奥运会，是郎平的第四届奥运会。

"奥运会和世锦赛、世界杯不一样，进了八强就是淘汰赛，四分之一决赛、半决赛，谁输谁下。我们只有自身有所突破，才有可能进入最后几场球。"而突破的重点，是中国女排过去8年18场连败的巴西队。

冬训的第一个月，被称为"巴西月"。顾名思义，这一个月就练怎么对付巴西队。

"巴西月"的训练计划，郎平和安家杰在球队集中前就做好了，大到一个月要实现的目标，小到每一堂训练课的安排，都已经讨论过了。甚至连奥运会时在里约租用训练场地的事，郎平也联系了在巴西工作的朋友帮助落实。

万事早做准备，这是郎平多年的习惯。她把需要的录像资料清单早

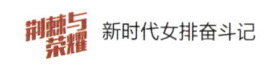

早发给负责技术统计的教练袁灵犀。仅是巴西一支球队的,就包括中国女排和巴西队最近的几次交锋,以及美国、塞尔维亚、俄罗斯等强队战胜巴西队的比赛。

球队一集中,郎平马上召集教练员开会。安家杰、包壮、吴晓雷、袁灵犀、于飞、李童,六位助教就是郎平的"左右手",在一起磨合两年,他们的配合越来越默契。

根据袁灵犀整理出的视频资料,吴晓雷负责把巴西队的轮次落实到图表上,于飞要画出每个重点人的进攻线路和落点,李童分管发球。"教材"准备好了,教练们再按位置分工,结合录像、图表和文字"备课",然后再一点点带着队员学习。

到训练中,每一项训练内容都结合巴西队的特点,比如防守训练,教练们出手的时机、掌握的球速,都尽量按照巴西队的方式。

负责模仿巴西女排主攻娜塔莉亚的李童,这一个月里的每一次出手,都要拿出娜塔莉亚的力量和速度。当运动员时就习惯在接应位置上快上快打的安家杰,模仿起巴西队核心谢拉的进攻节奏得心应手。副攻出身的吴晓雷一人饰二角——巴西队的两位顶级副攻法比亚娜和塔伊萨。塔伊萨的强项是二传身前的进攻,法比亚娜的背快和背飞威力大。为了在训练中演得逼真,又能给运动员们足够的压力和难度,吴晓雷身前球、背后球一起发展,特别是法比亚娜的背飞直线斜线切换自如,有的抢速度下手很快,有时又利用滞空能力等对面的拦网手下落才出手。吴晓雷练到后来掌握得相当纯熟,郎平开玩笑说:"吴导你打完奥运会可以复出了。"

高水平的男陪打教练拿出真本事,姑娘们一开始有点不适应。连续两个回合没有防起对手的进攻,郎平鸣哨叫停。她用手指着刚才球的落点厉声问:"都别动!谁的?"自由人林莉和主攻朱婷保持防守姿势站在原地考虑了几秒钟,两人几乎同时说:"我的,我的!"

这不是郎平想要的回答。"我不是让你们认错呢!下次这种情况,

安家杰、包壮、吴晓雷、袁灵犀、于飞、李童，六位助教就是郎平的"左右手"，在一起磨合两年，他们的配合越来越默契。陪打教练们会模仿欧美强队攻手的特点，在训练中让队员们适应，这是老女排时代延续下来的传统。

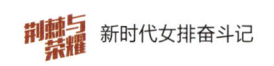

谁接？"

林莉赶紧跟朱婷沟通了一下："朱，我能照顾得到，还是我来吧，你准备进攻！"

"好，下次不明确时喊一声！"朱婷建议。两人达成共识解决了问题，训练继续，去寻找新的问题。

下午的一传训练课，需要强化一传的张常宁，被分在了包壮主抓的自由人组。

包壮能在巴西队特点性能不同的各种跳飘球中自由切换，为了让队员做好准备，包壮常常一边发球一边用他逗人的东北口音报着人名："谢拉来了啊，准备！""看着，加雷，走你！"……

每天下午技术训练结束，趁队员们去练身体，安家杰和包壮抓紧时间汇总几本"小黑账"上的数据，计算出当日一传成功率，没达标的晚上加练。

看着姐姐们略带兴奋和紧张议论晚上的加练名单，最后进队、年龄最小的龚翔宇十分坦然：因为"每次都有我"！

这天晚上，自由人王梦洁的名字没有出现在加练名单上。

"梦洁，你晚上终于可以休息了。"刘晓彤对王梦洁说。

"如果我是一个老队员的话，我就心安理得去休息了，但是，我不是，所以，我还是来吧！"王梦洁想了想，认真地说。

晚饭后休息一会儿，教练和队员陆续来到训练馆，安家杰吃了一惊：一共通知参加夜训的是8个人，怎么来了15个！

4

2016年的"巴西月"，已经是中国女排连续第三年的冬训固定节目了。但是前两年，吃了苦，受了累，还是没能翻越巴西队这座高山。

"天天跟你们说不足,带你们去提高,不是打击你们的自信,而是我们只要每天都在努力进步一点,就又缩小了一点和对手的差距,相信我们有朝一日一定可以战胜她们!"每隔几天,郎平会给姑娘们灌点"鸡汤",鼓励她们坚持。

3月12日这天,她给已经归队、正在努力康复的徐云丽发了这么一段话:

> 人生就像一只储蓄罐,你投入的每一分努力,都会在未来的某一天回馈于你。而你要做的,就是每天多努力一点点,让自己每天进步一点点。别人拥有的,不必羡慕,只要努力,时间都会给你。努力了才叫梦想,放弃了就只是妄想。小丽加油,我们等待你强势回归!

这一天,是徐云丽右膝前十字韧带断裂一周年。

就在之前几天,全队开会时,说到坚持,郎平提到了魏秋月和徐云丽,说她俩做过手术能够坚持到现在,都是一点一点熬过来的。郎平说着,突然提到徐云丽曾经给她发的一条信息,那是徐云丽术后康复最艰难的时候,她非常想早日战胜伤病重回这个有爱的集体。"郎导,别丢下我。"这六个字,让郎平热泪盈眶。一位入队十年的老将,两只脚的韧带都断了,又伤了膝关节,手术康复那么艰难,还是怕掉队,她继续拼搏的愿望有多么强烈!

徐云丽显然对郎平的话没有任何思想准备,就这一句话,彻底冲开了她的情感闸门,辛酸的往事一幕幕重新被记忆勾起,眼泪不由自主地流下来。她怕队友们看到她哭,想用本子挡着脸,那一瞬间,她看到坐在正对面的龚翔宇正朝她竖大拇指。

带队员开完会,郎平再跟教练们一起讨论业务。训练中发现的问

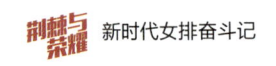

题，要及时商量解决方法，再研究下一个课题。教练组需要一遍一遍看录像，自己吃透了再带着队员学习，每次一到分组讨论，几个小时都说不完。

白天挥臂次数是运动员的几倍，训练强度太大，教练们的老伤复发了。等运动员治疗完去休息了，教练们开始在两位队医的房间里扎堆儿，有时候看时间太晚担心影响队医休息，他们干脆把治疗仪搬回自己的房间。

1970年出生的包壮，转眼间奔五十岁了。1996年郎平第一次执教中国女排时，当时还是辽宁男排队员的包壮被借调进队当陪打。2001年陈忠和组队，退役的包壮正式开始了他的陪打教练生涯。2013年郎平刚接队时，43岁的包壮还是一头浓密的黑发，还能模仿韩国球星金软景的大力发球，但是郎平觉得，得给"老包"找个接班人了，毕竟年龄不饶人。随着李童进队，包壮不用再承担大力跳发的重体力活了，但是自从成为分管一传防守、主管自由人的教练，操碎了心的"老包"真是一夜白头。

"岁数也到了。"乐天派的"老包"安慰自己。他拉着差不多年龄的安家杰，指指李童，说，"你说咱俩要是早点要孩子，是不是现在带着儿子一起训练中国女排。"

安家杰本来觉得自己挺年轻，他问李童："你父亲多大？"

李童没好意思太打击他："比您和包导小一点儿……"

正在旁边拿着杠铃片儿练力量的卫大夫捡乐儿，被包壮发现了："老卫今天怎么也练上了？"卫大夫指着徐云丽说："她昨天吓唬我，说再不锻炼拿针头手都会抖，我练给她看看！"

晚上在餐厅，因为一周里第二次看到红烧猪蹄，幽默的"老包"边吃边跟卫大夫逗："你跟膳食科长建议一下，别老吃猪蹄啊。"

卫大夫调侃说："不是为了提高脚力嘛，吃哪儿补哪儿。"

"老包"乐了:"那也吃点跑得快的……"

"豹子跑得快,不是逮不着嘛……"平时不多说话的卫大夫,突然来一句就能让姑娘们笑喷了。

5

进入 4 月,张常宁的心情有些小雀跃,她等待已久的"丹姐",终于要回来了。

七个月前,张常宁和杨珺菁一起站上世界冠军的领奖台,在那个无比开心的晚上,她俩相约为征战奥运而努力。

不幸的是,世界杯夺冠才 20 多天,杨珺菁就在代表八一女排参加世界军人运动会时右腿膝关节受了重伤。在距离奥运会还有不到十个月时接受手术,杨珺菁很清楚自己的奥运梦就这样渐行渐远,但她还是想挑战一下自己,万一出现奇迹呢!

和杨珺菁一样不得不把自己的奥运梦想和奇迹联系在一起的,还有在半年里接受了两次心脏手术的队长惠若琪。世界杯出征那天目送队友出发,惠若琪就开始了属于她的"比赛"。

那天,她爸爸到运动员公寓接上她直奔医院,检查、找专家会诊、确定治疗方案,几天之内她就做好了所有准备,住进医院准备接受心脏射频消融手术。因为错过了世界杯,惠若琪不想错过一年之后的奥运会,她希望抓紧时间手术,为术后恢复争取更多时间。

为了找到病灶,惠若琪一度因为术中诱发的心率失常昏厥过去,又依靠电击才苏醒过来。因为全程清醒,中间她几度难受得想要放弃,但还是咬牙挺下来了。

手术后躺在医院的病床上,惠若琪通过电视直播看到队友拿着她的 12 号球衣站上世界杯冠军领奖台。"看到她们举着我的比赛服,我知道,

2016年4月28日,接受了第二次心脏手术的队长惠若琪回中国女排报到,在北京下高铁后,她在火车站开心地吃了碗面条。此前她一度觉得自己要坚持不下去,郎平说"我们的队伍还需要你",让她看到了努力的希望。

我得努力恢复,她们还在等着我。"

做完手术不到两个月,惠若琪就开始慢慢恢复身体,为回归做准备。目睹惠若琪每天和时间赛跑,江苏省队的教练和队友十分感慨:"小惠太要强了,再怎么苦都咬牙坚持,她真的很渴望早日走上赛场。"

谁也没想到,惠若琪努力等来的,是一次更沉重的打击。

她原计划春节之后回归国家队,但是就在联赛的最后阶段,她最担心的心律失常又来了。她不得不再去做检查,医生认为她还需要做第二次手术。听完会诊结果,惠若琪已经是满脸泪水。五个月的努力和期盼全部归零，此时距离里约奥运会开幕还有不到半年了。

回到运动员公寓，惠若琪含着泪敲开郎平的房门，泣不成声："郎导，我可能坚持不下去了，可能我追求梦想的道路只能到此为止了……"

郎平心里也很难过，她努力让自己平静了一会儿，对惠若琪说："我们还有五个多月的时间，你再去争取一次吧。即使是有 0.1% 的希望，我们也要尽全力去争取，万一奇迹在这个时候发生了呢，我们的队伍还需要你！"

原本，因为第一次手术的过程太痛苦，效果也不理想，惠若琪很抵触再次接受手术，但就是郎平这一句"我们的队伍还需要你"，让她决定豁出去再搏一次。

第二天，她就收拾行李从北京回到江苏，联系第二次手术。在和医生确定手术日期时，她又想到了第一次手术时险些发生的意外，对于一个 24 岁的女孩来说，那是她第一次感受生与死的界限。想到再过两天就是自己的生日了，她对妈妈说："等我过完这个生日吧！"

2016 年 3 月 5 日，惠若琪在她 25 岁生日的第二天再上手术台。幸运的是，这一次手术非常成功。术后不久，她就在医生监督下开始恢复性训练。

4 月 28 日，带着角逐奥运的梦想和对未知前程的忐忑，惠若琪回来了。

6

22 选 12，这是中国女排历史上第一次在奥运会开赛前三个月面对这样的选择题。

在每个位置上都有更多的人才可用，这是郎平想要的局面。中国女

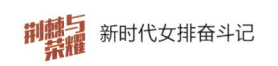

排这么多年都是主教练带十四五名球员打天下，怎么到了郎平这儿变了呢？这要从10年前郎平吃过的一次大亏说起。

2006年世锦赛，是郎平作为美国女排主教练第一次带队参加世界大赛。组队、训练、研究对手……各种准备都做得差不多了，还有一周该带着球队出发了。一天训练前，主二传突然找到郎平说自己不能去比赛了。郎平的第一反应，以为美国人跟自己开玩笑呢。从当运动员到教练，快30年了，中国女排哪一次不是把参加世界大赛当成最高的目标，别说是主动放弃，就是有伤也会咬牙坚持。但是美国二传是认真的，而且放弃的原因是：要回家挽救爱情。

主力二传走了，之前的磨合都白费了，距离出征还有不到一周……郎平后来和朋友聊到这件事，曾幽默地说："当时我真的不是想抽她，我想抽我自己。"

吃了亏长记性，从那次以后，她告诉自己：绝对不能在一棵树上吊死，一个位置一定要多培养几个人。

2013年，郎平执教中国女排，上任就极力推动组建"大国家队"。第一年组队仓促，她汇集各方信息，用老将新兵组成了23人的大名单。

2014年，她下决心重新打鼓另开张，开出了史上最庞大的27人国家队集训名单。2015年和2016年，大国家队都保持了26人的规模。

奥运会前两个月的世界女排大奖赛，中国女排上报了一份21人名单，跟队投入到奥运会最后备战的20人都获得了出场机会。包括绝对主力朱婷，每个人都需要在训练中积累，通过实战提高，虽然获得的比赛时间有多有少，但每个人都有证明自己的机会。

"副攻组！"看训练中大家都有些沉闷，袁心玥带头喊了起来。

"嗨！"小将一提醒，徐云丽、颜妮、杨珺菁、张晓雅马上响应。备战奥运的最后阶段，她们五个人，是一个紧密的团队。

其时，徐云丽的身体已经恢复了八成，只是心里的阴影还在，能不能成为奥运会的"三朝元老",她自己也不是很有底。

和徐云丽年龄相近的颜妮,很想抓住机会参加人生的第一届奥运,这个什么事都做最坏准备的老实姑娘,不到水落石出,只想一门心思努力。

杨珺菁刚刚度过术后的第六个月,每天训练之后反应都很大,她知道时间太紧了,可能来不及赶上奥运,所以训练中、开会时,她主动分享自己的经验和体会,希望能为"副攻组"贡献多一点力量。

五个人之中,只有张晓雅一直是替补,她早就做好了去不成奥运的准备,但是她记得郎平说的话,替补队员的水平越高,中国女排的实力越强。每个人都要努力提高自己,成为球队需要的那个人。

没有最好的个人,但是可以有最好的集体。郎平经常跟队员们说,这是排球、是集体项目的魅力所在。

"最后去里约的 12 名球员,不是幸运地把队友 PK 下去了,而是肩扛全队梦想出征,这是使命,更是责任。"郎平说。

7

里约奥运会前的最后一个比赛任务——世界女排大奖赛总决赛,中国女排兵分两路。安家杰带 12 名球员出征泰国总决赛,郎平留了八员大将在北京"特训"。

看到参训人员骤然减少,郎平和赖亚文都感觉很不适应。

"你觉不觉得习惯了乌泱乌泱二十几人,突然变成八个人,特冷清?"郎平问。

赖亚文点点头:"可不,好久没这么少人了。"

"可是,亚文,现在是八个,咱觉得人少,到奥运会也就 12 个人,这队列也长不到哪儿去啊……"郎平说这话时,语气颇有几分惆怅。

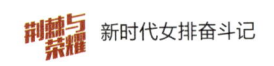

过去这三年多,"大国家队"已经让大家习惯了中国女排"人丁兴旺"的感觉,但是随着奥运会一天天临近,最残酷的一次选择就在眼前了。

安家杰、包壮、于飞都去总决赛了,教练人手不够,郎平只能亲自上阵。这一段时间,郎平给自己增加了训练量,她笑称这是在为奥运会"热身"。

每次重要国际大赛,允许进入比赛场地的教练人数都有限制,到奥运会时,只有郎平、赖亚文、安家杰和包壮四位教练可以参与队员的赛场热身。

"比赛场地热身的10分钟很宝贵,四个教练,'一个萝卜一个坑',我必须得上手。"郎平早就跟赖亚文、安家杰念叨过这个事,所以奥运年一开始,她就给自己上量了。

看郎平一次次挥臂扣球,赖亚文心疼了,跑过来要求替换郎平。平时训练,赖亚文给队员们讲的多,很少出手扣球,结果这一亮相,把大家都惊到了。魏秋月、朱婷、王梦洁,连续好几个球,谁接都是沾手就飞。

"是不是平时接男教练的球接多了,不适应我的球啊!"赖亚文笑道。姑娘们都不知道该怎么回答,球明明不重,就是接不起来。

作为赖亚文曾经的教练,郎平当然知道这位得意弟子手上有绝活儿:"亚文,我看你做做准备,比赛咱们打不开局面时我把你换上去,对手还没明白过来咱们就赢了。"

赖亚文白了"老同志"一眼:"别老惦记我。我要是上场,对手肯定是被吓死的。"说着,赖亚文起身比画了几下,"现在换我拦网,只有眼神能到了。"

姑娘们都被赖亚文逗笑了,只有不远处的朱婷默默喝水,看上去闷闷不乐。

最终只有 12 名球员能出征奥运会,对教练组来说是一个艰难的选择。这张图上除魏秋月(右一)外,姚迪、杨珺菁、刘晏含、王梦洁、张晓雅(从右至左)最终都无缘里约,但她们都希望陪出征的队友多走一段路,让队友们带上她们的希望和力量。

"朱,你怎么了?"郎平示意徐云丽去关心一下"小朋友","老大姐"马上热情地跑过去。

"丽姐,没事儿。"朱婷习惯性地摇摇头,手里摆弄着饮料瓶。她偷偷往郎平的方向瞄了一眼,盼着郎平赶紧鸣哨,早点儿切换掉这尴尬的场面。

"嘟——"善解人意的郎平一声哨响,朱婷第一个从座位上蹿起来,快步走进场地,等着进入扣球训练。

差不多一个月前,郎平就觉察到朱婷最近有变化。朱婷本来就不爱说话,这一阵子更少言寡语。特别是大奖赛有些场次表现不是很强势,外界有些议论。虽然她屏蔽外界影响的能力挺强,但作为球队的技术核心,第一次参加奥运会的朱婷渐渐感受到了真正大赛的压力。

这支球队确实太年轻了。目前在队的 20 名球员中,有奥运会参赛经历的只有五个人:徐云丽、魏秋月、惠若琪、杨珺菁和曾春蕾。最近

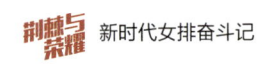

这一年，徐云丽、魏秋月、惠若琪和杨珺菁或伤或病，都曾离队手术康复，比赛打得很少，而唯一坚持下来的曾春蕾，状态又一直出不来，她自己也很着急。

8

7月13日，北京，一个晴朗的夏日。

天坛运动员公寓六层，长长的楼道尽头，一间房门开着，一个女孩推着行李箱走了出来。她回手关上房门之前，又探头往房间里看了看。走廊里，只有她一个人。路过每个房间，她都会抬头看看门牌号，想想房间的主人。过了惠若琪、朱婷、沈静思的房间，就是郎导的房间，再往前走，顶头的一间，是赖导的。她在赖导的房门口停下，把用了四年的运动员公寓门卡放在了门对面的窗台上。

刚要转身去电梯间，她好像想起了什么，又折了回来。她从窗台上又拿回了自己的门卡，想拍照留个念。这时她才注意到，和她一起离队的队友——杨珺菁、刘晏含、姚迪、张晓雅的房卡都在。杨珺菁、刘晏含回北京红山口的八一队，姚迪回天津，交通更方便，昨天就走了，晓雅回成都，昨晚上也彼此告过别了。

她对自己说：陈展，一个奥运周期结束了，这可能也是你在中国女排的最后一天了。

在公寓住的最后一夜，陈展没怎么睡着。她第一次感觉公寓的夜晚这么安静，静得让人伤感。从2013年入选中国女排，断断续续，陈展在这里度过了运动生涯中最美好、最有动力的四年。她是个特别清醒的女孩，早就预感自己去不了里约，但她本想坚持到大部队出发那天，再和郎导、和姐妹们拥抱一次。但此时，她的15位队友正在北仑进行奥运会前的封闭集训，其中三位队友，会坚持到出发前离开。

12 人名单的最后悬念，落在曾春蕾和龚翔宇——一老一新、技术特点相似的两名接应身上，带谁去奥运能帮助中国女排更好地完成比赛任务，郎平陷入长考。一边是世界杯冠军队长，在球队最困难的时候接过队长重任，但最近这一年状态迟迟出不来；一边是初出茅庐的小将，完全没有世界大赛经验，入队半年进步速度惊人。做最后的决定之前，教练组和领导开了两次会，三位世界杯冠军成员——曾春蕾、沈静思和王梦洁成了最终的落选者。

从 2013 年组队到 2016 奥运年，里约奥运周期四年在国家队大名单上出现的运动员一共 41 人，四年全部都在名单上的仅有十人，曾春蕾和沈静思是十分之二。她们跟随这支球队一起经历了从低谷中起步，在黑暗中摸索，为梦想攀登的全过程，在这个集体即将出征奥运时离开，她们的心情绝非"遗憾"两个字可以概括。

在短短十天内，七位战友先后离队，里约奥运的临战气氛越来越浓。带着战友的力量出征，对于 12 名队员来说，既是动力，也是压力。

得知自己成为代表中国女排出征奥运会 12 人之一，满打满算进队五个月的龚翔宇"吓傻了"。教练和队友都感觉到小孩儿极力掩饰着内心的紧张，压力之下表现有些反常，毕竟才 19 岁啊！

"我 18 岁时袁导为了培养我，用我打亚运会，我发挥很一般，但是到奥运会时就不一样了。"关键时刻，郎平又想起了恩师当年的选择。

1978 年亚运会，袁伟民力排众议，使用刚刚入队的郎平代替竞技状态仍在高峰的老将杨希担任主力。第一场对阵南朝鲜队，郎平强攻表现突出，打响了头炮，但是第二场打日本队失误频频，被替换下场。袁伟民初衷不改，哪怕付出一些学费，也要破格使用有前途的新人，到 1981 年世界杯，21 岁的郎平已经能挑起大梁。

此时，郎平很关心最后一个离开的队员——王梦洁的日程安排，她叮嘱赖亚文别把小孩留到送大家出征那天："她是为了帮助球队训练才

中国女排出征奥运会，沈静思搂抱送别袁心玥。从2013年组队开始，沈静思四年来一直都在中国女排名单上，跟随球队一起经历了从低谷起步、为梦想攀登的全过程，却在最后时刻遗憾离开。

留到那么晚的，咱们都走了就剩小孩儿一人，怪可怜的，最后一堂训练课结束，就让梦洁早点回家吧。"

没想到王梦洁收到订票信息就直接改了票，她想和从家里赶来的曾春蕾、沈静思一起送大家出征。虽然心里免不了会更难受，但是她还是想跟郎导、各位教练还有姐妹们再多待一会儿，她舍不得这个有爱的集体……

9

出征，是一个新的起点。

去往机场的路上，徐云丽的手机响了，是郎平发来的短信："小丽，恭喜你再次代表祖国出征奥运。这是你一年多不懈努力追求梦想、战胜伤病的结果。经历过艰难时刻的人会更懂得珍惜。望你带领年轻的队员们在奥运会上不怕困难，团结一致，勇往直前。加油！"

在这支球队中，郎平很看重徐云丽作为老队员的带动作用。她入队时间最长，经历的大赛最多，热情开朗又细致周到，擅于做思想工作，是值得年轻队员信任的"知心大姐"。中国女排此去里约，9名队员是第一次参加奥运会，大赛的残酷性，只有亲身经历过才能知道，郎平相信徐云丽这样的老将一定会在关键时刻发挥特殊的作用。

出发之前商量在奥运村如何分配房间，郎平和赖亚文都认为要最大限度发挥老队员的作用，她俩把徐云丽、魏秋月和惠若琪三位有奥运经历的队员分派在三间单元房中，每间保证有一位老将带三个新人。考虑到技术核心朱婷的心态和发挥至关重要，还特意安排徐云丽和朱婷同屋。

一年前站在大巴旁边挥手为队友出征送行，如今满怀信心踏上第三次奥运征程，在这个时候收到郎平的鼓励，徐云丽知道作为这支球队年龄最大的队员，自己需要在奥运会承担更多，努力帮教练分担更多。

"郎导，谢谢您一直以来对我不离不弃。正因为有您对我的帮助、鼓励和信任，让我有超强的动力坚持到现在。这份机会来之不易，我会倍加珍惜，全力以赴，与大家一起为梦想战斗！"这是徐云丽反复酝酿以后给郎平的回答。放在平常，她可能会很快就写好信息回复郎平，但这一次她感觉有些不同，她似乎能预感到球队在里约不会那么一帆风顺，甚至可能会遇到一些问题。

从北京中转法兰克福，在圣保罗停留两日再赴里约，30多个小时的飞行把中国女排带到了地球的另一端。从北京的夏天进入里约的冬天，想到11个小时的时差意味着黑白颠倒，和国内的亲人是隔着地球脚心对着脚心站立，大家的感觉都有些特别。

第一场比赛，中国女排对阵奥运年异军突起的欧洲劲旅荷兰队。

一大早从奥运村出发去球场，在楼下整队集合时徐云丽就感觉手里

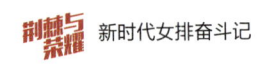

少了点什么东西,都检查了一遍也没发现问题,只能跟着队伍出发了。从集合地点到奥运村停车场,步行大概需要七八分钟。中间要过两道小门,第一道是从生活区进入国际区,村内村外的人,可以在国际区见面聊天,奥运会的特许商品店还有免费的麦当劳餐厅,都在这个区域。再往前走是一排帐篷房,里面设有多个通道,工作人员在这里查验证件,进行安全检查。

走过国际区,马上就要进入帐篷房了,徐云丽忽然一身冷汗,她发现自己竟然忘带比赛鞋了。出发去比赛没带鞋,这就像是战士上战场没带枪啊!想到自己要在三个小时后的比赛中首发出场,徐云丽的心都快跳出来了。幸好发现得不算晚,她赶紧跟身边的朱婷小声交代了一下,然后神色慌张往回跑。其他队友不知道发生了什么,但能猜到应该是忘了什么重要的东西。

徐云丽跑回房间,看到鞋包就在床上放着,抄起来转身就跑,坐电梯下楼时,她感觉不安,打开背包又逐一确认了一下物品。电梯门一开,她拿出百米冲刺的速度冲了出去。跑到停车场,看到大家正在排队上大巴,终于没有出现全队等她一个人的尴尬局面,徐云丽这才长出了一口气,一摸身上的衣服,里里外外都湿透了。

坐到座位上等着发车,徐云丽使劲安慰自己就当是提前热身了,但越想越觉得蹊跷:自己一向心细,这么多年从来没有出过这样的事故,奥运会第一场比赛之前居然发生这样的事,到底是怎么了?她感觉惴惴不安。

从奥运村到体育馆,单程需要一个多小时,一路上没有人问她早上的事,大家关注的焦点,似乎都在如何干净利落赢下"开门红"上。

10

首战荷兰队,决胜局打到 13 比 14,中国女排落后,荷兰队拿到赛点。那个时候，还是没有多少人相信中国女排会输。

翻看两队交手记录，中荷胜负场次比为18比6，中国女排优势明显，而且为了拿下这场奥运首战，全队把荷兰女排当作主要对手做了细致的研究，进行了反复演练。对于里约奥运会内定目标为一枚奖牌的中国女排来说，首战拿下荷兰队，不只是赢下"开门红"，讨个好彩头那么简单。因为和世界排名第一的美国队、世界杯亚军塞尔维亚队同分在一个小组，同组还有冲击力强劲的两支欧洲劲旅——荷兰队和意大利队，中国女排所在的B组是名副其实的"死亡之组"。

如何杀出"死亡之组"，闯进四强，站上领奖台，郎平和教练组反复开会确定作战计划，并分阶段确立了目标：首先保证小组出线，再争取在小组好的排位，最好以小组第一的身份出线，在四分之一决赛中占据有利位置。想拿小组第一，必须战胜荷兰队。

自从意大利人古德蒂接手荷兰女排，一年间这支青年军进步速度飞快，能在强队林立的欧洲杀入奥运会就很说明问题。

奥运会前的世界女排大奖赛，荷兰女排分站赛排在第五，总决赛杀入四强，3比2战胜老牌劲旅俄罗斯队获得季军。荣获最佳接应的新锐得分手斯洛特耶斯进攻杀伤力惊人，是荷兰女排的头号"重炮手"。

赛前准备会，郎平提醒队员：做好第一场就是恶战的准备，对手有可能打疯……

首场比赛荷兰队的赛点一球，就是斯洛特耶斯一记强攻得手，13比15，比赛戛然而止。全场比赛，斯洛特耶斯砍下26分，比中国女排的"得分王"朱婷还多两分。

郎平面色平静，但心里一沉："坏了！要有麻烦了！"

她保持风度接受记者采访，耐心听完了新闻发布会上对方主教练古德蒂眉飞色舞的点评。

从带领德国女排崛起，到用一年多时间率荷兰女排挺进奥运，在里

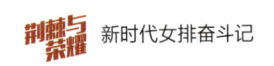

约第一场比赛就战胜世界冠军中国女排，还是和心目中最牛的教练郎平掰赢了手腕，性格外向的古德蒂兴奋得有理。想当年，因为郎平在古德蒂的家乡——意大利摩德纳的俱乐部队执教，古德蒂有机会就去看郎平带队训练。虽然当排球运动员并不成功，但是他对排球很有兴趣，年纪轻轻就转做教练了。

郎平到现在都记得，古德蒂看了几天训练以后，感觉只用眼睛看、用笔做记录不够，想拍视频，但被她拒绝，之后古德蒂每天来看训练时几乎目不转睛。那时或许他们都不会想到，有一天两个人会在奥运会的赛场上一决雌雄。

在回奥运村的大巴车上，郎平没说一句话，她想让队员们静一静。此时，每个人都在回想这球是怎么输的。

安家杰悄悄问徐云丽：打到后面是不是打不动了？徐云丽一愣，犹豫了一下说："没有。"她不想找理由，她在想为什么自己一个在国家队打了十年球的老队员，会在这么重要的比赛中，因为各种其他因素消耗了那么多体能。不过直到这时候，徐云丽才意识到，从2014年世锦赛对多米尼加队那场比赛受伤，23个月了，她只是在不久前的对抗赛、大奖赛上过场。比赛前一天听到首发七人中有自己，徐云丽紧张得心脏都快跳出来了。一年多的手术和康复，让这位老将无法抑制心中复杂的情绪：紧张、兴奋、害怕、担心……

"直到第一局转了两轮，我的心情才渐渐平静下来。"徐云丽说，"决胜局我有一个前飞被拦死，当时脑子发热，心想以往打这个战术基本上百分之九十都能下球，但当时体力有些透支，脑子跟不上了，一心想着什么战术有效，却没有想着给自己做假动作掩护。"

晚上开全队会，大家一起找问题。用郎平的话说，球输了没关系，得知道怎么输的，输在哪儿。大家列举了很多表象，比如感觉对方扣下来的球特别快，可是自己扣死的球别别扭扭，打死一个球特别兴奋，但是一个没打好,心里就犯嘀咕……

郎平总结得特别到位:对手是渴望胜利,我们是认为自己应该胜利。比赛中我们有一点不如意就对现实不满,而对手满不在乎,非要咬你一口!其实首战失利,郎平就意识到中国女排被推到了悬崖边上,但是考虑到每个运动员的心理承受力不一样,她并没有过多强调局面已经很被动。

接下来两场比赛——对阵意大利队和波多黎各队,不能有任何闪失,方能确保小组出线,而争取好的小组排位机会已经不大。

雪上加霜的是,魏秋月的两条腿在抽筋后深度拉伤,走路都使不上劲儿。这个意外情况令只为膝关节伤病做足充分准备的魏秋月不知所措,心里七上八下,十分忐忑。

第一场比赛打完,已经注定了中国女排的里约之路困难重重。

11

自从到里约,小将龚翔宇每天晚上都睡不好。

平时,不管几点,她躺下就能睡着;进了奥运村,因为压力太大,她一上床脑子里就像过电影一样,翻来覆去想事情,好不容易困极了,没来得及熟睡天就亮了,第二天早上还要打起精神去训练。

和荷兰队的比赛前,龚翔宇给自己做工作:作为年轻队员,打得不够好没关系,但是一定要把冲劲打出来。结果还是太想打好,发挥得不理想,冲劲儿也被对手闷回去了,球队还输了球。第一次参加世界大赛就经历这个阵势,小孩儿的精神彻底垮了,一想到比赛,她就忍不住掉眼泪。

这半年在国家队,赖亚文和安家杰跟龚翔宇沟通比较多,看到小孩输球以后以泪洗面,他俩轮流给她做工作,开导她,鼓励她。

龚翔宇是个懂事的孩子,她知道奥运会时教练都很忙,两个教练为她一个人操心,她更加不安了。有一次安家杰跟她谈心,说着说着,她又哭了起来:"安导,我觉得对不起您,对不起大家,我拖了全队的后腿,你们真的不该带我来……"

安家杰哭笑不得,说:"小宇,决定带你来是看中你的未来,派你上场就是让你去冲,你完全不要有顾虑,你打出来了是你自己的,你打不好都是教练的!"安家杰努力引导她甩掉心里的包袱。

但是让龚翔宇破涕为笑的是她和郎平的一次对话。有天晚饭后,郎平在奥运村食堂门口看到龚翔宇,把她叫了过来。一看主教练要找自己,龚翔宇还没在郎平跟前站住,眼泪就流下来了。

"孩子,听说你觉得我带错人了?"郎平的问话有些出乎龚翔宇的意料。她默默点头,继续抹眼泪。"那现在怎么办啊?"郎平的语气像是哄孩子,又好像是在跟她商量解决办法。

没想到这么一说,龚翔宇真的顺着郎平的思路想问题了,她不哭了。郎平继续说:"我给你送回去?再换个人?路这么远,比赛都开始了,来不及啊……"龚翔宇看到郎平很为难的表情,忍不住笑了,她也知道不可能。郎平趁热打铁,说:"所以别想别的了,我也没别人了,就是你,行不行都得上!"

不只是19岁的龚翔宇,一年前拿了世界冠军的丁霞在奥运会的压力之下也颤抖了。进奥运村之前,自认为胆子很大的丁霞像世界杯出征前一样给自己做了一番动员:别有想法,别背包袱,就当一场普通比赛打,拼就有了,敢就好了。

但是奥运会的比赛一开打,她发现压力和自己想的完全不一样。第一场比赛魏秋月的腿拉伤了,小组赛暂时只能丁霞顶了,放在一年前的世界杯,丁霞会横着膀子上场去拼,但是这一次,她感觉心里发虚。

安家杰和赖亚文主动找她,帮她卸包袱,好不容易把工作做通了,结果上场有一个球和攻手没配合好,她就嘀咕:我是不是不行啊?教练是不是也不该带我来?丁霞也觉得自己不至于,她还跟自己对话呢:

"你不是挺自信的吗，怎么说怀疑自己就怀疑上了？没出息！"

和意大利队的比赛是中国女排小组出线的关键之战。赛前郎平把朱婷叫到一边特别叮嘱了两句："这场是生死战了，你一定要顶住！"朱婷听后用力点点头，连说"有数"。不能有失，背水一战，这样的话郎平没敢在全队面前说。她身经百战，最知道这个时候要用不同的方法去调动不同性格的球员。

其实这场中意之战，比赛的过程并不纠结，中国女排始终占据主动，但因为事关小组出线，每个人都背着想赢怕输的包袱，球打得紧紧巴巴。

朱婷每得一分都显得很激动，有人开玩笑说她的状态像是在打鬼子。

看队员们踩不上点，越着急越用力过猛，越发力越没有节奏，郎平也着急，但是她鼓励自己耐心带队员们坚持，她们一定会苏醒的。

12

小组赛第四轮，中国女排对阵塞尔维亚队。

休战日的训练课前，最先做好准备的魏秋月和丁霞坐在地上聊天。

"霞，今天几号了？"魏秋月问。

"11号，月姐。"丁霞答。

魏秋月一愣："啊？奥运会开幕才六天吗？我怎么觉得过了好长时间了。"

丁霞也有同感："可不是嘛！咱们才打了三场球，我怎么觉得这么累呢！"

"哎！熬着吧！还是希望能多熬些日子，最后离开的球队成绩是最好的！"魏秋月说。

四年前在伦敦，魏秋月也曾经这么熬日子。当时她膝关节的伤就

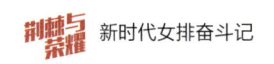

已经很严重了，比赛后肿胀出水，疼痛难忍。小组赛阶段有一堂训练课下来，坐在场边放松的她看着空空的场地，突然感觉很凄凉，情绪失控大哭了一场。即使每一天都很难熬，她还是想多熬几天。毕竟四年的努力，终极目标就是奥运会，熬过四分之一决赛就是四强了，再熬过一关，就进决赛了……可惜的是两分之差，她们被日本队挡在了四强门外。那场失利，成了魏秋月心里抹不去的伤痛。

选择再干四年，在2014年世锦赛后毅然决定手术，为了重返赛场又承受那么多痛苦，魏秋月是想来里约弥补遗憾的。即使球队出师不利，她也想努力熬过去。

和塞尔维亚队这场小组赛，郎平继续派丁霞冲在前面，魏秋月的腿部拉伤还没有恢复，膝关节的情况也不算好，郎平打算留着这位老将在关键的四分之一决赛中发挥作用。

中塞这些年交战次数不少，中国队很少输球，世界杯仓促上阵都以3比1赢了对手，队员们对这场比赛还是有信心的，但没想到稀里糊涂就以0比3败下阵来。面对对手的重炮轰击，中国女排疲于应付，场面难看。

直到中塞之战结束，队员们都没回过神儿来：到底怎么回事？明明前一天训练都细致准备过的东西，怎么到比赛时一点儿没用上？第一场比赛输球总结原因说是感觉紧，都打到第四场了，为什么还是紧？大会小会开了那么多，怎么收效不明显呢？

四战两胜两负，中国女排这样的成绩和赛前的预期相差太远了。最后一轮塞尔维亚队对阵荷兰队，只要两队打成五局，荷兰获胜，那中国女排即使赢了美国队也是小组第四。

四分之一决赛对阵另一个小组的第一名，十有八九是东道主巴西队。中国女排此前8年连续18次输给巴西队，只有大奖赛澳门站突袭赢了一次。如果是这个对阵，那中国女排的里约之路就真的快走到头了。

中塞战后在休息室里，看队员们一个个眼神迷茫，郎平半开玩笑地

里约奥运会对塞尔维亚队的小组赛，中国女排信心十足，没想到稀里糊涂就以0比3败下阵来，对手主帅特尔季奇（中图）在场边显得颇为"嚣张"。

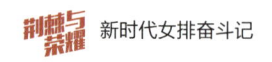

鼓励大家："打得这么差,咱们还活着,就是活得惨点!没关系,咱们喜欢刺激,最不怕的就是困难,困难大,咱们就迎着困难上!"

在返回奥运村的大客车上,郎平收到很多朋友发来的慰问短信,她不想看:"这个时候我必须顶!一定要战斗到最后!"

危急的形势,最强劲的对手,最糟糕的状态,当这一切同时降临,中国女排迎来里约奥运会上的至暗时刻。

回到奥运村,正是中午时分。郎平对安家杰说:"你们去吃饭吧,我想回房间抓紧时间看会儿录像。"安家杰听了心里一紧,以为郎平着急上火吃不下饭。打比赛折腾了一上午,正是又饿又累的时候,郎平血糖本来就不稳定,最怕饥一顿饱一顿。出征奥运之前,丈夫王育成担心郎平工作起来不要命,特意拜托安家杰和赖亚文,督促她吃好一日三餐,避免过度劳累。

安家杰冲赖亚文使使眼色,两人一起把郎平拉进餐厅,坐下一聊才知道,郎平琢磨着在生死大战到来之前给队员们放放假,留给她们一些思考的时间,自己也调整一下。女儿浪浪请假来里约看比赛,明天就要回去了,母女俩打算下午去麦当劳餐厅坐坐,还一直没机会聊天呢。

回到房间,郎平打开电脑一边研究录像,一边等女儿,赖亚文本来想睡一会儿,没躺几分钟又坐起来,一会儿长出一口气。

"亚文你怎么了?"郎平问。

"胸闷呗。"

听赖亚文的口气,郎平就明白了,但她装没听懂,故意逗乐:"今天热,气压低,你要保持深呼吸。"

赖亚文俏皮话也多:"我觉得回北京咱俩有必要一起去做个体检,看看经历这样的折磨,我俩的心脏能比正常人大几圈……"调侃了一会儿,感觉心情好些了,赖亚文套上衣服往外走。

"你把我扔在屋里看录像,你自己出去玩是吧?"平时郎平总是跟赖亚文这么逗闷子。

"我有心玩吗？我去找孩子们谈心去……"赖亚文临出门，做了一个活不下去的表情，她在楼道里还能听到"老同志"爽朗的笑声。

事情往往是这样，坏到一定程度，就会往好的方向发展。

13

那天晚上，袁心玥失眠了。

里约奥运会的比赛已经打完四场，球队一直处在困境中，袁心玥每次出场，不管是打首发还是当替补，都希望自己能像2014年世锦赛、2015年世界杯一样成为天降奇兵，但她期待的神力一直没有出现。那一晚，袁心玥辗转反侧，她努力回想世锦赛和世界杯那些记忆深刻的场次，试着找回当时的感觉，思来想去，她找出了问题所在：上场就能发挥作用的时候，都是抱着拼的想法，根本没有去想能得几分，能不能发死对手，会不会成为奇兵，但是在里约，在奥运会的比赛中，她的想法有点多，一直在期待幸运，等待神力出现，总是觉得自己差不多该爆发了……

"睡神"朱婷也瞪着天花板看了很久。让她百思不得其解的是，奥运会的压力到底是什么呢？发现徐云丽也没有睡着，朱婷就把憋在心里的问题说了出来。

八年前参加北京奥运会时，徐云丽也被这个问题困扰。"世锦赛、世界杯也是世界大赛，但那是单项赛事，你不会每天和不同项目的运动员一起出发去比赛，也体会不到人家比赛回来拿了金牌带来的压力。但是在奥运会，每天都有这样的经历，肯定会有压力，你得学会转化。"徐云丽轻声讲给朱婷听。

朱婷听着感觉很有道理，她又往徐云丽的方向转了转身："丽姐，你说，怎么转化？"

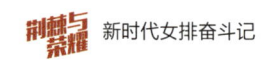

"你换个角度考虑就好了,我们各个项目的运动员都是代表中国,他们谁拿了金牌,都是咱们中国代表团的光荣,他们拿得越多,我们应该对自己越有信心才对啊!"

听徐云丽这么一说,朱婷感觉心里敞亮多了:果然是之前的思路有问题,给自己添了不少不必要的烦恼。

隔壁的房间里,张常宁和丁霞念叨:"我爸妈今天出发了,他们打算从四分之一决赛开始看,这么大老远来一趟,我真的不想让他们只看一场球就走。"丁霞理解"宝宝"的心情,但是不知道该怎么回答。

另一个单元里,惠若琪和林莉也在开"卧谈会"。她俩一个活泼幽默,一个沉稳少言,每一次聊天,都是惠若琪起头。

"莉,你到底有什么不开心的,快说出来让我开心一下吧!"惠若琪的一句话,就把林莉逗得笑出声来。其实林莉知道惠若琪心里也很压抑,她也想帮助惠若琪,但又觉得自己不擅表达,不知道该说些什么。

"其实我心里很不是滋味,来里约这一趟也没发挥什么作用,我这个队长一点都不称职。"惠若琪忍不住说出了在心里藏了好几天的话。

"惠姐,不会的,你上场站我身边我就感觉很安心!我相信你,你没问题的。"林莉很认真地说。

在林莉看来不过是一句大实话,却把惠若琪说到哽咽:"莉,就冲你这句话我也不能放弃,我得找回状态,得拼!"

第二天的训练,郎平拒绝所有人探访,她要带姑娘们"思考一下人生"。

分组对抗开始前,郎平把徐云丽叫到身边,说:"小丽,你要带头喊一喊,把大家这股气调动起来!"

团队项目,情绪这个东西很奇妙。无论是积极的还是消极的,团队成员彼此之间会互相影响,一个人的正能量可以感染到其他人,一个人的坏情绪也会蔓延到整个团队。

中国女排前一天输给塞尔维亚队，很可能就是小组第四了，打到这个程度，开赛时的浮躁情绪已经被糟糕的局势消解掉了，但随之而来的，是悲观、无助和对结果的担忧，甚至恐惧。

徐云丽知道郎平此时想要的是什么。

从 2006 年进入中国女排，十年间徐云丽经历过太多球队的艰难时刻。2010 年夏天匆匆换帅之后，在她们一群年轻队员感觉缺少主心骨，前途很灰暗时，复出的老将周苏红像是一道光，瞬间照亮了整个集体。训练中总是能听到周苏红带头给队友加油鼓劲："没关系""好球""再来"。因为她是"黄金一代"，是过来人，她的一句鼓励和肯定让年轻队员感觉心里很踏实。比赛场上周苏红除了要打好自己的位置，还要把大家的情绪都带动起来，让每个人都相信：我们可以一起战胜困难。

2010 年亚运会，中国女排在决赛中跟韩国队打到决胜局，12 比 14 落后，如果没有周苏红站出来，可能也就没有那个亚运会"三连冠"。周苏红带给球队的改变，让徐云丽第一次深刻体会到为什么一支年轻的球队中需要老队员。

"郎导，这个时候，您需要我干什么我都会努力去做，只要能帮助到球队。"徐云丽自己都想不到，她到场上能比一群二十出头的小姑娘喊的声音还要大，还要嗨。

"小丽都这么嗨了，大家一定要跟上！"站在场边的赖亚文，在一旁大声鼓励着年轻人们。

14

里约奥运会留给中国女排改变命运的时间，还有最后 50 个小时。

8 月 14 日下午的最后一轮小组赛，中国女排 1 比 3 输给老对手美国队，彻底坐实了 B 组第四，如果不能在两天后的四分之一决赛中战胜东

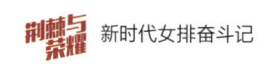

道主巴西队，中国女排就要提前打道回府。

结束和美国队的比赛回到奥运村，天色已经暗下来了。郎平、赖亚文和安家杰商量了一下晚上的安排，他们打算先找徐云丽、魏秋月和惠若琪一起聊聊，看看接下来怎么分头摸摸队员的情况。

都说集体项目难，难就难在所有的队员要努力打好一个球，心往一处想，劲往一处使。打顺风球的时候，这一点不难做到；一旦遇到困难，每个队员的想法都来了，担心自己的，怀疑队友的，惧怕困难的，感觉憋屈的，闹小情绪的，而且不到一定程度，谁都不愿说出心里话。

在非常有限的时间里，把每个队员心里的小疙瘩都找准、摸透、谈开，这几乎是一个不可能完成的任务，但是他们认为值得努力一下。

郎平找到颜妮时，这个倔强的姑娘还琢磨着怎么能自己迈过这个坎儿。

"妮儿，还憋着呢？"郎平一开口，颜妮就哭了。

"郎导，我觉得自己心里有愧。"颜妮说完又抹了一把眼泪。这回答在郎平意料之中，但用词之重，也有些出乎她的意料。

一听才明白，善良的颜妮是心疼郎平，她感觉在郎平肩上的担子这么重，承受这么大压力的时候，自己作为全队年龄最大的队员不但没帮上教练什么，还要麻烦教练操心她，开导她。

"我心里感觉很不安，很愧疚。"颜妮甚至不敢看郎平，但她听到郎平笑了，还伸手搂住了自己的肩膀。这样的时光，颜妮很想再多享受一会儿。

"妮儿啊，跟队来里约参赛的球员都是最优秀的，我们作为教练很信任你们，也很理解你们现在的心情。但是咱们这么长时间的努力，是为了大家一起往前走，为了实现共同的目标。虽然前面输了三场比赛，但是咱们还没'死'，还有最后的机会，所以现在需要咱们平静下来，把精力集中，打好最后一场球。不管最后结果怎么样，咱们争取不给自己留遗憾……"

听到这里，颜妮感觉自己一下子从之前很多复杂的情绪中抽了出来，承载了太多愿望的里约奥运会可能只有最后一场球了，那些感觉"剪不断、理还乱"的东西，瞬间变得没那么重要了。

"小丽，明天练技术的时候，我好好找找感觉，你在旁边帮我多看看！有什么问题你就说，我一定会调整好的！"晚上睡觉前收到颜妮发来的信息，徐云丽像收到了一张喜报：妮子可算想通了！

8月15日早起去训练的路上，看到远处的基督山，郎平悄悄问赖亚文："如果明天过不了巴西这一关，咱们带她们去山上玩玩？这么大老远飞来了，连里约什么样都不知道呢！"

赖亚文皱着眉瞥了"老同志"一眼："连四强都没进还玩，我看咱们还是乖乖回家吧。"作为球队的大管家，每次带队出去比赛，赖亚文都要操心这一大家子人的吃住行训各种安排。输给巴西队，就提前被淘汰回家。她昨天晚上就开始查回程机票了，不过未来几天都没有足够的舱位供全队乘一班飞机回国。她还操心从北京带过来的30个排球，比赛当天上午的训练课结束，就得全部从训练场地带走了。

"那些球，都撒了气吗？"她小声问郎平。郎平显然还没考虑那个问题，没有马上回答。

"咱们就带了一个小气筒，都撒了气，万一，万一，咱们赢了巴西，再打气可是个大问题。"所有的问题，赖亚文都考虑过了。

如果过不了巴西队这一关，接下来就是中国女排在里约奥运会上的最后24小时了。

15

晚饭后，郎平和赖亚文给队员们开了个短会，之后留下了徐云丽、

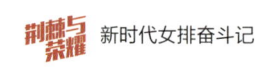

魏秋月和惠若琪三位老队员以及技术核心朱婷。这个搭配方式和30多年前"老女排"的时候一模一样——

1982年秘鲁世锦赛，中国女排小组赛输给美国队，形势一下子变得很糟糕，接下来的比赛，再输一局就进不了四强。当时中国女排刚刚拿到世界冠军，全国人民都盼望着女排再夺冠，全队上下的压力可想而知。

袁伟民带队员开完大会，留下孙晋芳、张蓉芳和年轻的技术核心郎平开小会。帮她们分析完了，就交给她们三个自己讨论研究：接下来的比赛可能遇到什么问题，能拿出什么应对办法……当天晚上没交流明白第二天继续，不管花多少时间，一定要在比赛之前把问题解决。结果中国女排在后面的比赛中连打了六个3比0，拿到了第二个世界冠军。

这天郎平和赖亚文带她们四个开会结束前，特意叮嘱三位老队员回房间再关心一下队友，看看每个人心里还有什么担心的事情，或者想不通的地方，这个时候教练担心反复找队员，会给队员太大压力。

徐云丽跟同屋朱婷商量，第二天晚上就比赛了，她担心一个一个沟通时间不够用，提议把住在同一单元里的张常宁和丁霞叫到一起聊聊。

"边吃边聊气氛是不是更好？"朱婷觉得徐云丽的想法好，她从箱子里翻出最爱吃的瓜子往床上一扔，提议道。徐云丽马上跑去招呼张常宁和丁霞，四个人迅速聚齐。

"现在已经到了生死关头，这是咱们自救的最后机会。今天晚上聚在一起只有一个目的，大家把所有心里的顾虑都说出来，哪怕是不满也不能再憋在心里。今天说的话都是对事不对人，能说的、不能说的都说出来，过了明天，我们淘汰了，回家了，再想说都没有机会了……"特别的时刻、特定的环境、徐云丽十分坦诚的开场白，把朱婷、张常宁和丁霞的心抓住了。

平时像个炮筒子、爱说爱闹的丁霞最喜欢这样交心："丽姐，第一场比赛跟荷兰,你第五局有个发球失误,我就想提个意见,到这么关键的比赛了,作为老队员,你发球能不能不失误?"

运动队里是长幼有序的,如果不是特定的场景,丁霞是绝对不会说出这话的,她的直率出乎徐云丽的意料,甚至让这位老将感觉脸颊发热。

"确实,那个失误很不应该,接下来我会努力做好。"做出这番自我检讨时,徐云丽感觉自己的心怦怦直跳。

放下所有的顾虑,敞开心扉,只为一起争取第二天一个起死回生的机会,这样的人生经历对于每个人来说都是很特别的。聊着聊着,四个人的心聚在了一起:我们好不容易来到里约,四年的努力打到这个份上,一定相互支撑,共渡难关。

听丁霞担心自己的发挥,徐云丽、朱婷和张常宁三位攻手用各自的方式给她吃"定心丸"——

"霞,只要你信任我,把球给我,我一定没问题!"

"大霞,不好的球你给我,打不下去都算我的!"

"霞姐,你给我的球都很合适,继续这么给就行!"

四个人聊到凌晨两点,张常宁和丁霞回房间了。朱婷躺在床上翻来覆去睡不着,又和徐云丽聊到快天亮。

比赛是当地时间晚上十点半开打,所以上午还有时间训练。如果晚上不能战胜对手,这堂课就是中国女排里约奥运周期的最后一堂训练课了。

"这应该是我带她们的最后一次训练,站好最后一班岗!"去训练的路上,郎平给朋友发了这样一条短信,她做好了最困难的准备。

从2013年5月10日带中国女排训练的第一天,到2016年8月16日,一共1195天。相比上任时,郎平苍老了很多,也消瘦了很多,40个月,中国女排重夺亚洲冠军,再上世界之巅,一大批新秀崛起,其中凝聚了

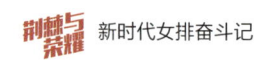

郎平和她的团队太多的心血和努力。如果不能战胜宿敌巴西队，这支中国女排的使命就结束了。

郎平已经把排球撒气问题的解决方案给了赖亚文："留一半，撒一半，但是让吴晓雷和李童留到训练以后再弄，不要让队员看到。"

中巴车上山一路直行，又到了那个绿色的大门前。

这座在里约城郊一个小山坡上的体育馆，是中国女排为了保证奥运会期间的训练专门租下来的。体育馆周围的治安状况不佳，出于安全考虑，球队每天分乘两辆中巴车前往，随车雇了两名拿枪的保安。开赛前有一天训练时，周围响起了枪声，郎平说体会到了训练也要冒着枪林弹雨的感觉。前几天训练中赶上外面刮大风，院里树上的叶子从半开放的屋顶钻进来落了一地，只好先停下来清理完场地再练。还有一天，郎平在进训练馆之前看到远处的树上有一只小猴，她喜欢猴子，本来想等哪天轻松点，去后面的院子里逗逗猴儿……

颜妮一边缠胶布一边对徐云丽说："今天这堂课，完全没有保留，最专注最用心去对待每一个球，这样走了也没什么后悔！"

"豁出去拼了！"刘晓彤鼓励队友，"最差就是现在这样，不会更差，只会更好！"

16

回奥运村吃了午饭，朱婷准备好好睡一觉，迎接晚上的生死战。虽然和教练、队友都沟通过了，心里敞亮多了，但是作为球队的进攻核心、第一得分手，朱婷还是感觉压力很大，胸口像是被什么东西压着。

上午训练结束时，郎平在训练馆门口跟李童、侯大夫聊天，看朱婷第一个洗完澡走出来，想邀请她一起去后院看猴儿，没想到朱婷一头钻进车里，闷闷地回了一句："郎导，不了，我想上车歇会儿。"

1984年洛杉矶奥运会时，24岁的郎平和现在的朱婷一样，是决定球队胜负的关键人物。小组赛郎平被对手限制，发挥不理想，中国女排输给美国队，后来的冠亚军决赛，对手还是美国队，中国女排想拿"三连冠"，郎平必须发挥水平。

作为中国女排的主要得分手，朱婷在这场生死战中承受的压力，恐怕只有郎平能懂。此时，也只有郎平能用最恰当的方式激活这位天才主攻。

"朱婷，我们俩师徒一场是缘分，我的徒弟遍布世界各地，你是最令我骄傲的。大战当前，我相信你，你也要相信自己，站在场上你就是最棒的！一切困难都是考验，相信你一定能够战胜困难！加油！"正要午睡的朱婷看到郎平发来的这条信息，躲进被子里哭了。

眼泪对于大战前的朱婷可谓一场及时雨。

从奥运会前的大奖赛开始，对自己要求很高的朱婷被状态一般的感觉困住了。原本她期待着到奥运会时爆发，没想到中国女排小组赛竟然输了三场球，作为全队重要得分点，朱婷心里的压力越来越大，她努力想办法调整，但一直没有找到释放的机会。来自恩师的信任和肯定在这个特别的时刻出现，朱婷感觉分量很重很重，她终于哭出来了，压力得到了很好的释放。等情绪慢慢平稳，朱婷酝酿了十分钟，给郎平回了信："谢谢您郎导。您一直对我特别好，能做您的队员是我的福气，我会加油拼到最后一个球。"

下午的准备会上，四年前和队友一起跌倒在四强门外的魏秋月率先"爆发"了。作为过来人，魏秋月在这场生死战前显然想了很多。

"我知道我和小丽为了再战里约付出了多少，忍受了那么多伤痛的折磨，我们不在乎这个时候再多忍一下咬牙去拼。"魏秋月的情绪有些激动，"我很珍惜这场比赛，因为这可能是我和小丽的最后一场比赛，也可能是我们大家在一起打的最后一场球，我们经历过四年前的失败，

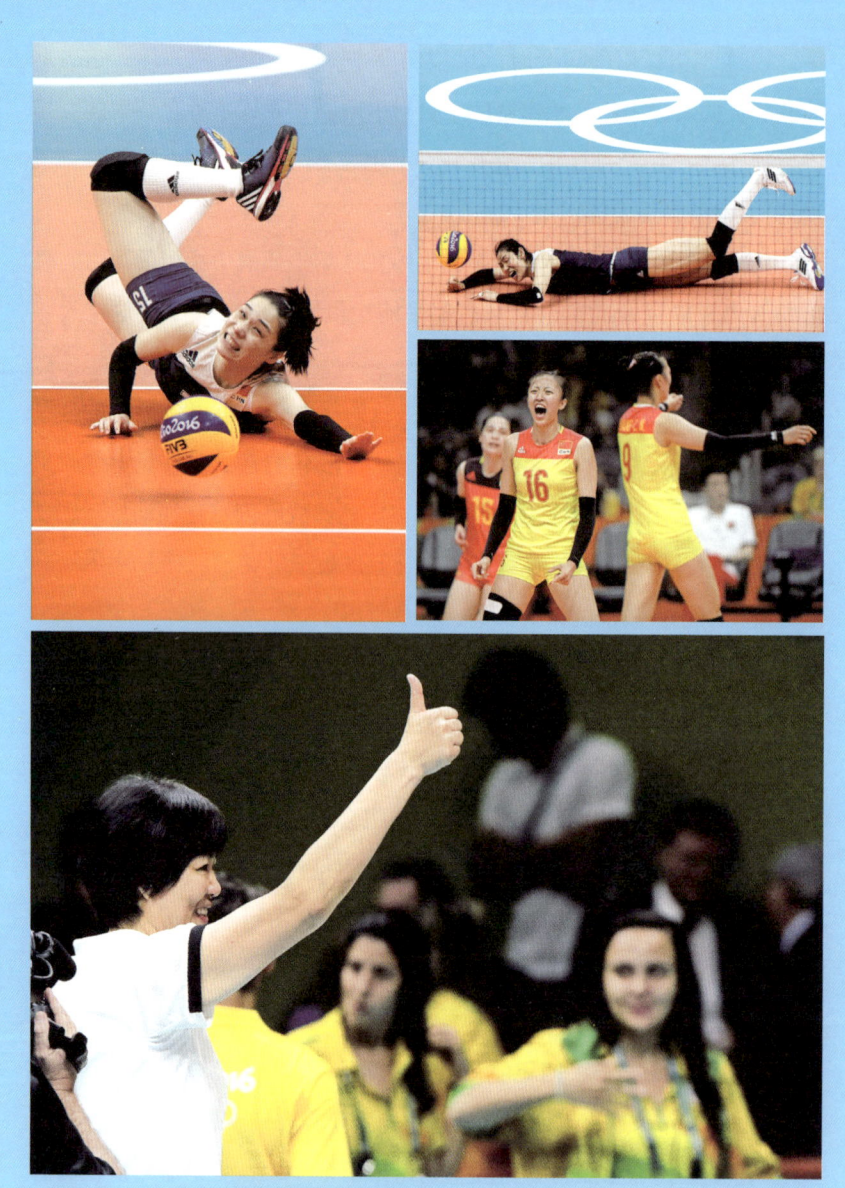

小组赛2胜3负勉强出线，1/4决赛却顶住压力掀翻强大的东道主巴西队，中国女排在里约经历了一番生死劫，郎平为弟子们也为自己竖起大拇指。

所以今天一定会放手一搏，决不能让四年前的一幕重演！"

惠若琪也是四年前那次失败的亲历者，为了征战里约，她在短短半年内接受了两次心脏手术，冒着生命危险也要重回赛场。自从随队进驻奥运村，惠若琪就很少和家人联系。她知道父母担心她的身体，但是她豁出命拼得的再次征战奥运会的机会，她想更专注地完成。

"今天这场比赛可能是咱们这些人最后在一起打的一场比赛，比赛场上的某一个球，可能就是我最后一次给队友保护，也可能是你的最后一次传球，所以我们大家至少都要做到珍惜每一个球，释放所有的能量，只要球还没落地，一切就还没有结束……"惠若琪的话，说得很多人眼中有泪。

最后，郎平又给队员们做了非常有针对性的动员，说得大家个个热血沸腾。

她用"老女排"前三个世界冠军最后一场打的都是东道主开头，告诉姑娘们东道主并不可怕。而且队员们自己也是有心得的：2014年世锦赛半决赛、2015年世界杯最后决定冠军的比赛，中国队战胜的也是东道主。

说到压力面前谁崩溃的问题，参加过世锦赛的七名队员都觉得耳熟：只要持续给她们压力，到一定程度，肯定是她们崩！

"巴西确实很强，不管我们能不能赢，都不能让她们轻松过我中国这一关！她们一定觉得中国队状态不行，只要你给她们压力大了，她们肯定慌，肯定动摇。咱们怕什么，咱们都输成这样了，是当最后一场球打的。害怕的是她们，她们没想过进不了四强，还在做冠军梦呢！"

"全场都是给巴西队加油的球迷，但是别觉得孤单。我们女排有多少球迷呢，不是吹牛，怎么说也有上亿吧，这么多人在给我们加油，我们不孤单。"

……

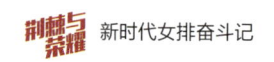

晚上 7 点 15 分，中国女排从奥运村出发，前往比赛馆。

路上郎平收到很多朋友的鼓励，她统一回复：顽强拼搏是中国女排的名字！我们永不放弃！

17

2016 年 8 月 16 日，里约马拉卡纳齐诺体育馆。

中巴女排四分之一决赛定于当地时间晚上十点半拉开战幕，这是巴西人喝酒聊天、跳舞狂欢的时间。小组赛的五轮，巴西女排都是晚上十点半登场，全场球迷身着巴西国旗黄绿两色的特色服饰，和着桑巴音乐的节奏边跳边唱。巴西女排如砍瓜切菜一样连胜五场，未失一局，甚至没有体会过一次被对手紧逼的心跳，如此轻松痛快的胜利，令每晚的狂欢都无比尽兴。

或许在兴奋的巴西球迷眼中，在巴西女排成就奥运三连冠的路上，状态不好又是多年手下败将的中国女排太微不足道，以至于两队出场时，竟有一些球迷用英语冲中国队队员高喊："Go home！ Go home！（回家！回家！）"

以双方第一局的发挥来看，中国女排确实离回家不远了。

巴西女排开局一路领先，在一个狂奔到底线挡板完成的防守之后，郎平对身边的赖亚文半开玩笑说："这防守也太好了，照这水平咱还是差点儿，回家不冤！"

第一局 25 比 15，巴西队大比分获胜，这也是她们奥运会开赛以来连续第 16 局胜利。

不过即使是在大比分落后的被动中，郎平也一刻不停地考虑着如何用手里这 12 张牌拖住巴西队。她尝试使用张常宁帮助朱婷分担一传压力，加强右翼进攻，她观察着场上每个队员的节奏，为第二局的轮次调整和人员变化做准备。

而打得顺风顺水的巴西人，此时只想尽快碾压过中国队。在中巴之战前，荷兰队已经率先闯入四强，赢了中国队对阵荷兰队，巴西人感觉这简直就是老天相助，如此一来，恐怕要到冠亚军决赛才会碰到真正的对手了。

第二局21比18领先时，吉马良斯看到郎平换人，他并没有太在意新上场的10号刘晓彤，他甚至完全忽略了奥运会开赛前约中国队打了五局比赛，前四局巴西队都赢了，中国队唯一赢的第五局，是郎平换这个队员打的。

准备和巴西队的生死战时，郎平就为刘晓彤设计好了奇兵的角色。如果担任首发的队员打不开局面，她计划换刘晓彤上去冲一冲。赛前训练时，郎平特意叮嘱刘晓彤充分准备，听候命令，随时准备上场。18比21落后，再不拖住对手，巴西队就要拿下第二局了，郎平冲替补席上的刘晓彤挥手：上！

说起来，刘晓彤一直不是这支中国女排的核心人物，但她通过持续的努力，渐渐成了这支队伍需要的人。2013年5月，郎平出任中国女排主教练后参加首期集训的14个人，最终只有三人成行里约，多次在国家队进进出出的刘晓彤能成为难得的三分之一，就因为她是来之能战的"超级替补"。在如此关键的时刻派刘晓彤上场，郎平看中这位踏实肯干的球员强大的执行力。

2014年世锦赛和德国队的比赛，被对手紧咬的时候，郎平换刘晓彤上场拦网，她坚决执行，一个脆拦帮助中国女排锁定胜局。

2015年世界杯首场对阵塞尔维亚队，第四局关键球，郎平派上了刘晓彤，给她布置了明确的任务：解放朱婷一传，帮助中国队尽快渡轮拿下比赛。刘晓彤漂亮地完成了任务，朱婷迅速轮转到前排，凭借一个进攻一个拦网，中国女排3比1战胜后来夺得亚军的塞尔维亚队。

这场中巴之战，刘晓彤上场就面临考验，反击中朱婷把球垫调到四号位，刘晓彤起跳时，看到对方的高大副攻塔伊萨和二传达尼林斯迅速捂上来的四只手。她巧妙的一个平打，球打手以后直落巴西队后区，防守队员反应不及，中国女排得分！

在困难中打下一个精彩的调整攻之后，刘晓彤就轮转到后排了，但那个球不仅带给她充分的信心，而且极大地鼓舞了队友。第二局的最后几分，巴西队仍然很凶猛，但是中国女排打顺了。双方打成23平后，在刘晓彤的发球轮，朱婷先是一个强攻得分，又是一个拦网，直接拦死了巴西队的核心谢拉。

中国女排第二局成功逆转，巴西队在领先的情况下丢掉了开赛以来的第一局球，双方看似平静易边再战，但心理的天平却悄然发生着某些变化。

第三局开局第一分，朱婷垫到巴西队后场的球直接得分，姑娘们都笑了。正像郎平赛前给她们分析的，只要给巴西队足够的压力，她们一定会犯错误，奥运会开赛以来她们打得太顺了。太顺了对一支球队来说往往不是好事。

前两局，巴西队的进攻总能像炮弹一样砸在中国队的场地上，看着中国队员拦不住，防不起，巴西球员挥拳怒吼狂笑。但现在，中国女排一次次漂亮的防守起球，特别是之前几场比赛脚步总显得有些沉重的自由人林莉，反应敏捷，脚步轻快，她像是充满了预见性，总能出现在最合适的地方。

这是进入中国女排不到20个月的林莉参加的第二次世界大赛了，但是奥运会比世界杯的挑战大太多了，因为身后没有王梦洁，林莉无论状态如何都必须顶。小组赛时郎平鼓励队员时曾说，这支球队里除了朱婷和林莉，其他位置都有替补，都可以两个甚至三个人打好一个位置。

第一局林莉还是没有找到感觉，但她想办法调动自己兴奋起来，专注在球上。第二局开始前,她对自己说:"一定要留下,不想就这么回家!"

张常宁今天的手感极好,第一局替补登场,第二局开始打主力。特别是一传,能在这么关键的比赛里作为接应承担五轮一传,而且到位率很高。赛前入场时,张常宁就在举着五星红旗的助威人群中寻找远道而来的父母。她说,从小打比赛,凡是父母到场从未输过!

中国女排逐渐起势,而球网的另一边,小组赛没遇到任何挑战的巴西女排开始心神不定。虽然全场球迷山呼海啸般地为她们加油呐喊,但身经百战的谢拉、塔伊萨、法比亚娜竟开始主动失误送分。站在场边的主教练吉马良斯不再拿一分就激动大吼,现场大屏幕捕捉到的一些巴西球迷紧张得甚至用国旗挡住了眼睛。

18

25比22,中国女排又赢一局,2比1实现反超,生死之战重现生机。

第四局第一个球,中国女排的神防守来了,不比第一局巴西队追到挡板防起的球难度小,刘晓彤在跑动中将球救起。随着朱婷一次调整攻得分,巴西队员的面部表情几乎都是僵硬的。

第四局刚开局,中国女排在漳州"巴西月"里重点研究的副攻之一——塔伊萨就被换下场了。中局一次钉地板的进攻得分之后,听到现场球迷的狂呼,谢拉像是忽然想起这是巴西队的主场,她们还有全场上万名球迷。只见她面向球场的三个方向,双手举过头顶,示意全场观众大声为巴西队加油。听到第一波回应,她继续跟球迷互动,希望声音再大一点!

或许是领先时有些分神,也有些着急,中国女排没有抓住第四局局末的好机会拿下比赛,生死大战的悬念留到了决胜局。

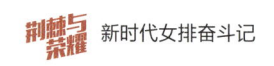

在这场比赛前，现场很多球迷从没想过巴西队会输给中国队，此时，看到中国女排队员一个个眼神坚定，甚至还能笑得出来，巴西人真的颤抖了。

8比7，中国女排领先交换场地。

12比10，看台上巴西女排主教练吉马良斯的外孙已经满脸泪水。

此时，站在替补席上的巴西奥运三朝元老杰奎琳用双手遮着额头已经不敢看了，场上巴西女排队员面露焦躁。

14比13，中国女排只要拿下这个一攻就将胜出，关键时刻，郎平叫了暂停。郎平先跟魏秋月商量了最后一个球的安排，然后转向朱婷使了个眼色："朱，准备后攻！"朱婷看了看魏秋月，发现她也正在看自己。直到暂停结束再度上场，在主裁吹哨示意巴西队发球之前，两个人什么话都没有说，就是一直对视着。

对方终于发球了，张常宁稳稳把一传顶起，徐云丽逼真地绕到魏秋月身后佯装打背飞，她成功骗走了对方的主攻娜塔莉亚。等娜塔莉亚发现被骗再回来拦朱婷时，从三米线后高高跃起的朱婷正好把魏秋月传出的球打到了她的手尖上，球飞出界外，中国女排赢了！

3比2，中国女排淘汰巴西队，闯进四强！

打下致胜一球，朱婷愣了两秒，她还在回想十几秒前心脏快要炸裂的感觉。等待对方发出最后一球时，她感觉自己的心都快跳出来了，因为太知道这一分对中国女排来说有多重要，她努力控制着心脏快要炸裂的感觉，大喊一声起跳，扣杀！

加入庆祝的队友当中，朱婷还是有点不敢相信：如此梦幻，中国女排可以相互扶持迈过最难的一关，绝处逢生！

袁心玥流着眼泪大喊着"漂亮"，拥抱每一个队友；惠若琪跑过来和刘晓彤抱在一起："打得好，彤！"

整场比赛表现出色的张常宁，此时抱着朱婷、徐云丽和丁霞哭了。

里约奥运会四分之一决赛,中国女排绝境逆袭,以3比2淘汰卫冕冠军巴西队。朱婷高举向天空的手指,昭示了中国女排争夺冠军的勇气和决心。

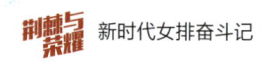

她有些后怕：这么残酷的比赛，万一哪个球没处理好……四个小姐妹想到了前一天晚上边吃边聊的谈心会，还有从奥运村出发来比赛前她们在房间门口合的那张影，她们也想知道：为什么在一个人感觉孤单无助时，集体的力量却是这么强大！

和教练、队友开心拥抱之余，魏秋月特意看了看网那边的巴西队，谢拉在哭，法比亚娜在哭，一脸泪水的杰奎琳使劲甩着她的长辫子，和队友拥抱，互相安慰。魏秋月想起四年前的中国女排，流着泪黯然离开心爱的赛场，可能再也没有机会弥补心中的遗憾……

直到这时，赖亚文才跟郎平说："昨天晚上，我做了一个梦。"她梦见中国队赢了，可是开完发布会和"老同志"一起走出体育馆，发现球队的大巴开走了，"也不知道谁从哪儿给找了辆大摩托，咱俩戴上大头盔，骑着摩托车回的奥运村。"赖亚文连说带比画，给"老同志"讲她的神梦。

"老同志"的思路清奇，说："亚文，一路上没有人认出咱俩吧？"

"哈哈哈哈……"她俩肩并肩，笑着走出赛场。

里约，这个夜晚，真美。

19

8月17日，一大早就艳阳高照。

闹钟还没响，在奥运村外驻扎的吴晓雷和李童就醒了。前一晚打完比赛回到驻地就两点多了，洗漱收拾以后躺下并没有马上睡着，两个人脑子里都在盘算着那些撒了气的排球。

前一天训练课结束，赖亚文留他俩"善后"，把带到里约的一半排球撒了气。吴晓雷问李童，如果和巴西队的比赛赢了怎么办？李童说："如果赢了，你让我把这些球用嘴吹起来我都愿意！"那时，赢下中巴之战，成了大家心里最美好的期待。

吴晓雷和李童商量好，为了不耽误球队训练的时间，他俩比平时提早一个小时出发，争取在大部队到来之前把球全部准备好。

通往训练馆的上山路，还是开车一过尘土飞扬，路边站着的村民，还是让人看上去有些不安，但一路上的心情，已经完全不同。因为一场大逆转，大家仿佛在一夜之间爱上了里约。

推开训练馆大门的那一刻，吴晓雷有一种又活过来的感觉，毕竟昨天是抱着告别的心态离开，当时曾在心里默念：希望明天还可以来训练。

满满一车排球，只有一个简易的小气筒，打几下气筒就发烫了，只能打打，等等，再打打⋯⋯

到大部队有说有笑地走进训练馆，还有几个球没有完工。来训练的路上，"赢了球李童会用嘴吹排球"的梗已经在姑娘们当中传开了，大家纷纷逗李童，要求直播吹排球的过程。

做准备活动时，郎平拿起手机给姑娘们录视频，她走到正贴胶布的徐云丽旁边，说："小丽，你和妮子，两个胶带大户，我都记着账呢！"

路过朱婷，看她在揉眼睛，郎平故意逗她："看看我们的睡神，正醒盹儿呢！"

集合站队，郎平以逗乐的方式开场："前一天都说了是最后一堂训练课了，你们不干啊，非要再来练，拼尽全力把球给赢了。当然，我知道你们也是会过日子，心疼钱，知道赖导订的这训练馆是一直订到8月20号的，提前走人家也不退钱了，所以得练够本，对吧？"一番话把大家都逗笑了。

但郎平话锋一转，提醒队员，进入四强的球队，中国队排第四。荷兰队、塞尔维亚队、美国队，都在小组赛中赢过中国队。"大家赞赏女排，不是因为咱们赢了一场球，大家赞赏的是这种精神，落后那么多，那么艰难，还能迸发出那种拼劲儿。革命尚未成功，现在咱们又要从零

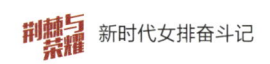

开始了，有百分之一的希望，就要做百分之百的努力！"

姑娘们列队跑步，郎平在场地边拉伸，助理教练们趁这个时间练练身体，体能师 Rett 在准备热身训练器材……那一刻恍然感觉回到了漳州，回到了北京，回到了北仑，在 2016 年从集训到比赛的 200 多天，在里约奥运周期的三年半，这个团队都是以这样的方式开始新一天的努力的。

历尽艰难终于拼来一个继续奋斗的机会，每个人都非常珍惜。

郎平又带队员玩起了分组垫球的游戏，前一天比赛朱婷靠垫球在技术细腻的巴西人身上得了分，郎平提议大家先给朱婷鼓鼓掌，再开开心心练起来。

训练中间休息，不知谁提起了奥运村，姑娘们叽叽喳喳：之前这十几天都不知道是怎么过的，到现在还没仔细看过奥运村的模样，幸亏赢了巴西队，要不真就是没看清奥运村长啥样儿就走人了。

正说着，一位"稀客"到访。

到里约开音乐会的钢琴大师郎朗日程很紧，错过了中巴之战，也赶不上中荷半决赛，从郎平那里要到训练馆地址，他直接跑来给女排队员加油了。

在跟姑娘们挨个击掌之后，郎朗说："和巴西队那场比赛实在是太提气，太感人了，祝愿大家在接下来的半决赛和决赛中打出高水平，等着回北京我给大家弹奏凯旋的旋律！谁想和我一起弹，热烈欢迎！"

在中国队和荷兰队的半决赛之前，另一半区的美国队和塞尔维亚队先打。结果世界排名第一的夺冠大热门美国女排苦战五局不敌塞尔维亚队，这对里约奥运周期对阵美国队负多胜少的中国女排来说，绝对是前进道路上的重大利好消息。当然，前提是中国女排必须要先把荷兰队斩落马下。

中荷战前准备会上，郎平要求大家要一场当两场打，言外之意，必须冲过荷兰队这一关！

出发去比赛之前，朱婷、徐云丽、丁霞和张常宁先在客厅里来了个小型"誓师"大会——四个人搭着手一起喊："今晚加油！拼了！"出门前，张常宁又提了一个小要求："丽姐，如果今天赢了，回来给我们煮面当奖励吧！"

对手那边，里约奥运会女排比赛成色最足的"黑马"荷兰队正磨刀霍霍，有了小组赛首战虎口拔牙的经历，她们更有信心向世界杯冠军中国女排"叫板"。

马拉卡纳齐诺体育馆外，两支球队的支持者相遇了。

看到身穿中国体育代表团团服的教练吴晓雷，一身橘黄的荷兰球迷"挑衅"："我们第一场就赢了你们，今天我们赢定了！"

吴晓雷不动声色，回话却非常有力："中国女排从来不会在一次比赛中输给同一个对手两次！"

第一局比赛，中国女排以24比21手握三个局点，但被荷兰队顽强地把比分扳平，最终依靠朱婷持续的强攻以27比25艰难赢下。

第二局双方继续相持，荷兰女排对朱婷的防守非常成功，使得她每得一分都要付出更多体力。局末，荷兰队主教练古德蒂派上了奥运首战让中国队吃尽苦头的替补接应普拉克，这一招果然奏效。荷兰队以25比23扳回一局。

两局打下来朱婷已经拿到20分，再被对手拖下去，她的体力能不能行？第三局开局，中国女排0比6落后，大家开始担心了。

"一局而已，再来啊！"

"士气不能下，要咬住啊！"

2比8落后时，中国女排换人，站在场边拿着号码牌的，是小组赛输给荷兰队之后一度以泪洗面的小将龚翔宇。

八进四对巴西队的生死战，龚翔宇是12名队员中唯一没上过场的。或许是被姐姐们赢下生死之战的激情感染，中荷半决赛前，龚翔宇对二

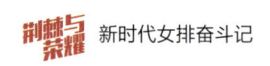

传丁霞说:"郎导派我出场,你就大胆给我,只要给我,我就敢扣死!什么都不想了,来球我就防,给球我就打!"

结果上来第一个球,丁霞就给了龚翔宇,她果断下手,赢下一分,紧接着又是一记拦网得分。上场就发挥作用,龚翔宇大喊了几声,给自己鼓劲。

中国女排开始追分,两队一直咬到27平。令人窒息的关键分,是荷兰队动摇了,一次发球失误,一次一传送探头,中国女排29比27拿下关键的第三局。

第四局,龚翔宇首发登场。在荷兰女排领先进入第二次技术暂停后,惠若琪和龚翔宇帮助中国女排反超了比分。打到23平,龚翔宇一记暴扣拿到赛点。随着惠若琪一记扣球打手出界,中国女排3比1战胜荷兰队闯进决赛,报了揭幕战2比3失利的一箭之仇,朱婷砍下她在本届奥运会上单场最高的33分。

四局比赛,每一局都很胶着,比分从来没有拉开过,用郎平的话说,这场球真是一分一分咬下来的,过程实在太考验人。

胜利时刻来临,龚翔宇冲到场边抱住郎平:"哎呀妈呀,吓死我了!"郎平搂着龚翔宇安慰道:"你打得非常英勇。孩子,记住这种感觉!"

时隔12年,中国女排又一次闯入奥运会决赛。郎平也在续写她个人的传奇:从运动员到教练员,四次参加奥运会,全部杀入决赛。

20

一切都是最好的安排。

五天前还是小组赛输了三场排名第四的球队,做好充分准备输给巴西队止步四强提前回家,结果英勇挑落东道主赢下四分之一决赛,中国女排在里约的天空突然亮了起来，形势、心情、状态……所有的东西都改变了。

拼掉巴西队，塞尔维亚队又在半决赛中把中国队最没把握取胜的对手美国队干掉，随着中国女排战胜荷兰队闯入决赛，历时四年冲击里约奥运冠军的漫漫长路上，中国女排的对手转眼间就只剩下塞尔维亚队一个了。

奥运金牌决战这天，是郎平带领中国女排开启里约之路的第1198天。

这一天，中国女排照常安排了一堂训练课，而这真的是里约奥运周期的最后一课了。

为了搭配姑娘们的橘色T恤，郎平、赖亚文和各位教练都穿了白色训练服，这和中巴之战前那"最后一课"的配色完全相同。不过她们都在背包里准备了另一件T恤，这一堂训练课结束后，他们想开开心心地合影留念。

其实五天前的"最后一课"，离开这座训练馆前，就有人提出合张影，但郎平第一个走开了，她说想出去晒晒太阳，其实是不想营造告别的气氛。后来队员们拍了张合影，问站在旁边的教练、队医要不要一起，他们都说："以后再说，以后再说。"他们期待的"以后"，当然是这冠军决赛前的一天。

"真到这一天，还挺舍不得。"颜妮感慨。

惠若琪逗林莉："今天要被塞尔维亚的大炮们狂轰滥炸了呢！"

"不行就用脸顶啊，反正我眼睛也就这么小了……"看平时不言不语的室友如此自嘲，惠若琪感觉林莉的状态出来了。

赖亚文拿出一面中国女排的队旗和一张里约奥运会的首日封，让惠若琪传给队员们签字。签名礼物是赖亚文和郎平想送给一位波兰老球迷的。从2014年瑞士精英赛开始，中国女排的比赛场边总有这位老人的身影，这次在里约，他一场不落在现场给中国女排加油，她俩想着用这种方式表达全队的感谢。

两位全程陪伴中国女排训练的带枪保镖，第一次坐在训练场边的高台阶上观看。之前中国队的训练时间，他们大都在院子里走走坐坐，聊聊天或是玩手机。听说中国女排进决赛了，离冠军只有一步之遥了，他们想看看这支球队到底有多厉害。

针对最后一个对手塞尔维亚队，郎平重点安排了拦防训练。相比起一周前备战塞尔维亚队时，姑娘们明显气顺了，找到打球的感觉了。男教练们模仿塞尔维亚队三门"大炮"——主攻米哈伊洛维奇、接应博斯科维奇、副攻拉西奇的球，还是原来的力度，但姑娘们的起球效果好了太多。中间休息队员们都小声议论，如果小组赛时有这个水平，可能赢了呢！

魏秋月笑着说："这样的经历，不也挺好的嘛。"完全是苦尽甘来的甜蜜。此时，魏秋月已经准备好了在最后一次赛前准备会上要说的话。

"最后一天的比赛，只有冠军和季军是赢家，所以，我们要赢！"

"对，我们要赢！"

大家互相打气，相互激发求胜欲望，但是谁也没提夺冠，不想因为过多考虑结果而忽略了做好过程。从经历2014年世锦赛闯进决赛因大喜过望功败垂成，到体会2015年世界杯冠军到手前的心跳，站在里约奥运冠军门前的中国女排，已经成长为有冠军底蕴的世界强队。

赛前私下里聊天，惠若琪故意把对手的发球和进攻说得特别强大："对手越强，越会激励我们充满斗志！"

"对方再凶，我也敢用身体去顶，去扛。"这场金牌决战，袁心玥打算拿出"黄继光堵枪眼"的勇气。

即使如此，第一局比赛，中国女排也没能阻挡住塞尔维亚人的凶猛火力。19比25，中国女排先失一局。

第二局，郎平果断变阵，中国女排一直保持五分以上领先优势，以 25 比 17 扳回一局。

双方重回同一起跑线，塞尔维亚队霸气强力，中国女排坚韧耐心。依靠徐云丽、惠若琪的连续拦网得分，中国女排渐渐拉开分差，把比赛带入更适合自己的节奏。中国女排在网上不断施压，塞尔维亚队的两门"重炮"连续出现主动失误，中国队一度领先对手 8 分，但又被对手追到只差一分。打到 23 比 22，朱婷顶住压力，一个扣球得分、一个发球直接得分，帮助中国女排拿下第三局。

第四局最后阶段，中国女排迎来冠军点。

塞尔维亚队暂停，郎平换人，在场下站了三局的张常宁上场发球。四分之一决赛对巴西队，张常宁的发球就很出色，半决赛对荷兰队，最后一个球也是张常宁发的。但此时换张常宁发球，确实需要相当的魄力。

张常宁准备发球，其他队员都在讨论如何打好反击，需要准备什么，注意什么，球起来以后打什么战术，六个人的精力完全集中在了球上。"那种感觉好像是我们要把球给吃了。"徐云丽说。

张常宁发了一个好球，对方直接垫过网，惠若琪早有准备，起跳打了一个漂亮的探头球。

看球落地，替补席上的队友跑上来了，惠若琪这才确认：中国女排是冠军了！

在先失一局的情况下连扳三局完成逆转，一路坎坷、永不言弃的中国女排上演完美逆袭，最终摘得里约奥运的桂冠。

即使是最好的编剧，也设计不出这历尽千回百转、于绝境中实现大逆转的曲折情节。

跌宕起伏，先抑后扬，她们在无比压抑的困境中默默坚持；山重水复，柳暗花明，她们在千钧一发的竞争中激情绽放。

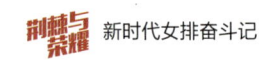

没有人能想到中国女排会在小组赛中如此低迷，更没有人能想到中国女排能在淘汰赛阶段神勇崛起，最终站上里约之巅，这番神奇的经历让我们不禁感叹：原来一切都是最好的安排！

里约奥运会中国女排一共八场比赛，朱婷场场都是球队的得分王，一共拿到 179 分，进攻成功率高达 42.27%，遥遥领先于其他各队的攻手，以巨大优势加冕奥运会 MVP 和最佳主攻。史无前例的，世界排坛迎来了属于中国球员朱婷的时代。

队里资格最老的副攻徐云丽拿到全队得分第二，入选国家队不到两年的林莉获得最佳自由人，全部 12 名球员都获得上场机会，而且都在最后三场大决战中有出色发挥，都为球队夺冠立功。

郎平和教练团队用 40 个月时间发现、选拔、培养的最强战队，都成了书写中国女排光辉历史的人。

巅峰时刻，很多人都以为郎平会哭，其实并没有，她只是长出了一口气，感觉一块石头落了地，终于没有辜负教练、队员三年半的努力，终于不负使命。她是个重感情的人，胜利时，她想到的是这一路上陪伴中国女排走下来，为球队的进步付出过的那些人。她说：是大家的共同努力，成就了今天的中国女排。

两位为国奋斗十年的老将——徐云丽和魏秋月深情拥抱，她俩互相摇晃着对方："我们是奥运冠军了哎！"

那个时刻，她们想到了 2014 年为征战里约奥运在漳州的约定，想到了和她们一起成长的队友——王一梅、马蕴雯、张娴，终于，她们带着队友的力量，战胜了所有的考验，站上了奥运会最高一级领奖台。

第一次尝到奥运冠军滋味的朱婷，感觉像做梦一样。曾经，她希望自己有朝一日成为金软景那样的世界第一主攻，现在她不仅追上了偶像，还大大超越了前辈达到的高度。

换好领奖服站在过道里等待出场领奖时，朱婷正在想着以自己的年

里约奥运会的领奖台上，中国女排的姑娘们展示梦寐以求的金牌。回国的奥运专机上女排姑娘享受英雄的礼遇。

英雄凯旋
团结起来
办理乘机手续
Check-in
4F
航空公司办公室
Airlines Office
3F
小型客车临时上客区（限时3分钟）
1F
1F
巡警

中国女排载誉回国，受到了热烈欢迎，机场被球迷们围得水泄不通。

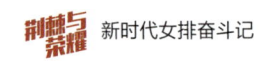

龄，还能打几届奥运会，就听魏秋月对她和龚翔宇说："下届就看你们的了！"

直到最后金牌挂到脖子上，袁心玥才敢相信，自己真的是奥运冠军了。"一斤重的金牌啊！"领奖台上，袁心玥跟朱婷兴奋地感叹，"好重！好重！！是真金的吗？"朱婷说："你咬咬试试！"看着朱婷和袁心玥开心的样子，在场边观看颁奖仪式的郎平微笑着感叹："这些小孩儿，转眼间就长大了。"

走下领奖台，
一切从零开始

2017

2017年9月10日，中国女排以全胜战绩，时隔16年重新获得女排大冠军杯冠军，郎平和教练团队开心合影。在没有大赛的这个"小年"，中国女排一边调整队伍，一边拿下了这个本年度最重要的荣誉。

里约凯旋，郎平进入卸任倒计时。

2016 年 9 月 30 日，作为里约奥运周期中国女排主教练的最后一个小时，郎平和丈夫王育成在家附近的电影院，看了一部国庆档新片《湄公河行动》。电影开演前，她群发了一条短信给朋友："还有一个小时我就是前中国女排主教练了。这个周期真是感慨，感谢所有的亲们的坚定支持！我爱你们！"

听郎平这么一说，大家忽然意识到"铁榔头"第二次率领中国女排的"创业"历程将要告一段落了。

过去的四年，每个人的心里都有一份深深的感动，特别的感怀，当然也带着即将挥别一段激情岁月的感伤。

电影散场，已经是 10 月 1 日凌晨。郎平和丈夫买了一包薯片，一边吃一边往家走。

"好轻松啊，前几年哪儿有时间过节啊，而且第二天还得早起训练，这个点儿早就呼呼了！"她感慨。

国庆节这天中午，郎平和家人、朋友吃了个团圆饭。83 岁的老妈开心地说："我女儿终于有时间跟我说说话了。"

得意弟子朱婷从土耳其发来节日问候："郎导节日快乐，这几年您辛苦了！感谢您带女排完成了一次提升。想想我们 2013 年是啥样儿，现在是啥样儿！"

此时，朱婷刚刚只身登陆球星云集的土耳其超级联赛，加盟豪门俱乐部瓦基弗银行队。作为有史以来身价最高的中国排球运动员，她渴望到最高水平的职业赛场证明自己。而朱婷效力的土超球队的主教练，正是 2013 年她第一次参加成年国际比赛——瑞士女排精英赛时，就一眼相中她的意大利人古德蒂。

里约奥运会，中荷两队激战两场，作为荷兰队主教练，古德蒂想尽办法限制朱婷的发挥。半决赛被中国女排击败，他难掩心中的失望，但是令这位喜怒形于色的年轻主帅得意的是，奥运会后他将在土耳其俱乐部迎来朱婷的加盟。

里约之后，关于中国女排的故事，又翻开了新的一页……

1

一年一度的 CCTV 体坛风云人物年度颁奖典礼，是对过去一年中国体育的梳理、褒奖和总结，也是一个项目起起落落的晴雨表。

因为里约奥运周期的持续进步，郎平率领的中国女排是连续三年颁奖典礼的大赢家。

2017 年 1 月 15 日，作为"最佳团队"的带头人，手捧"最佳教练"的小金人，郎平迅速从水立方的活动现场返回酒店，等待《风云会》主持人张斌早早约定的采访。

这是郎平在接受右侧髋关节手术前最后一次公开露面，为了上下仅有的几级台阶不至于太疼，她在颁奖典礼开始之前吃了止疼药。看到眼前郎平极佳的状态，联想到她在训练比赛中的精气神，张斌不禁皱眉：原来"铁榔头"的伤痛，已经成了伴随她几十年的日常。

"还有什么办法可以彻底解决伤痛问题吗？"张斌问。

郎平肯定地回答："没有。"但她很开心地告诉张斌，接下来的两个月，她的任务就是为减轻长期以来折腾她的右侧髋关节疼痛努力。她说

2017年1月15日，中国女排团队盛装出席CCTV体坛风云人物2016年度颁奖典礼。中国女排荣获最佳团队奖，郎平荣获最佳教练奖和评委会大奖，朱婷荣获最佳女运动员奖。

颁奖典礼现场，郎平手捧"最佳教练"的小金人微笑致辞，但很多人并不知道此时她身上的伤到了什么程度。第二天上午，郎平就飞往美国芝加哥接受右侧髋关节置换手术。

完还挥了挥拳，为自己的第十一次运动创伤手术加油。

1月16日上午十点，郎平在丈夫王育成的陪伴下飞往美国芝加哥。飞机起飞前，北京飘起了雪花。这一天，正好是他们结婚一周年的日子。

此时，在芝加哥大学医学院，为郎平做关节置换手术的医生等候已久。这位病人三年前来检查时伤情就已经很严重了，对于关节损坏程度的评估，最差的打10分，她的右侧髋关节当时保守说也可以打8分了，没想到她咬牙拖了这么久。

手术当天一大早赶去医院的路上，郎平发了一条微博："同学们，现在是芝加哥早上5点09分。我和王老师出发去医院准备手术，等我回来后就可以活蹦乱跳了哈，一切会好起来！加油啦！"

"祝郎导手术顺利！"

"期待您早日活蹦乱跳地回来！"

……

很多球迷送上对"铁榔头"的真心祝福，同时也十分期待一个问题的答案：功成名就的郎平完成手术后，还会不会继续率领中国女排往前走，接受东京奥运周期的新挑战？

卸去主教练重担，郎平两个月内胖了7公斤，她看上去依然苗条，是因为那14斤体重都是在奥运会的一个月里掉下去的。过上没有压力的舒服日子，她发现自己又能吃得香睡得着了。靠在沙发上把这两年听说的好剧都追了一遍，玩玩"连连看"，给姐姐打下手一起张罗一桌子饭菜，爱人感冒身体不舒服，她下厨煮了碗热汤面……这是郎平四年前就憧憬的退休生活。

但是现在，又老了四岁的郎平面对的还是方方面面希望她干下去的劝说。做决定的过程并不比2013年那次轻松，郎平又考虑了很久。

"四年是一个漫长的周期，主教练需要从早到晚，起早贪黑，把全

在芝加哥接受髋关节置换手术后,郎平迅速投入到紧张的康复中,有空还会上网关注国内的女排动态。有一个相对健康的身体,她才能考虑继续执教中国女排的事。

部的心思扑在球队。我是个特别认真的人,从来都认为一旦决定,是没有回头路的,本着对事业负责的精神,我不能头脑发热。"

最终,郎平留了句活话:"从感情上我愿意为中国女排再做些事情,但不管未来四年做什么选择,一定要先完成两侧髋关节的置换手术,并做好康复。"对于将要面对东京奥运周期挑战的中国女排来说,郎平的话算是一粒定心丸。

2

2017年4月6日,中国女排开启东京奥运周期的日子。

经历了一个非凡的夏天,一个忙碌的秋天和一个充满期待的冬天之

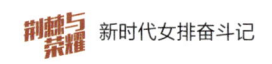

后，中国女排时隔八个月重回训练局大院，已是新的一年春暖花开时。

经过手术后两个月的康复，郎平如期"活蹦乱跳"地回来了，不过一个半月以后，她还要接受左侧髋关节的置换手术，她把这一年带领中国女排训练比赛的重担，交给了辅佐她三年的助手安家杰。因为郎平和赖亚文，以及整个里约周期的教练团队都在，陪打教练阵容还补充了前中国男排队长、技术出众的袁志，安家杰虽然心有忐忑，但并不慌张。

走进训练馆，最醒目的是正对面墙上的标语换了新的：走下领奖台，一切从零开始。这个改变源于去年年底郎平参加一次颁奖时说的话：拿到奥运冠军的中国女排要向拿了那么多冠军的中国乒乓球队学习，做到"走下领奖台，一切从零开始"。

听打扫卫生的场地工作人员在议论去年这里写的是什么，郎平主动给出答案："艰苦奋斗，刻苦训练！"

赖亚文一到训练馆就忙着指挥男教练干体力活，把散落在球馆四周的座椅恢复到国家队集训时习惯的位置。

座椅回归原位，自然会想到一年前，坐在老位置上的那些人，最靠近郎平、赖亚文座位的杨珺菁、曾春蕾，在防护拉网西边的惠若琪，东边的魏秋月、徐云丽、沈静思，还有进门左拐第二个座位上的张晓雅，东边倒数第二个的颜妮……都没有出现在中国女排东京奥运周期第一天的训练。新队长朱婷还在欧洲职业赛场征战，前一天刚刚在欧洲冠军联赛6进3的比赛中发挥出色打了胜仗，正向她的第一个欧冠冠军发起冲击。

队员们鱼贯而入，坐在进门左手边的队员张常宁、丁霞、林莉、王梦洁、郑益昕都迅速找到自己的老位子，新人刁琳宇跟着张常宁进门向左拐，在第三个座位上"安家"。进门向右的大部分座椅的"主人"都没来，20岁的国家队四年级学生袁心玥招呼大家："别都挤门口了，往里坐！"于是，第一次进国家队的王媛媛、杜清清、秦思宇、钱靖雯、

中国女排训练馆的墙上,换了新的标语:走下领奖台,一切从零开始。这是郎平参加一次颁奖时说的话,她希望夺得奥运冠军的中国女排不要沉浸在过去的成绩中,放下荣誉冲击新的目标。

杨涵玉、王美懿怯生生向里挪挪,紧挨着坐下了,另一位新人、自由人宫美子则选择了把边的位子。还没等她们放好东西,郎平就走过来跟新人们打招呼了,小姑娘们个个紧张得够呛。

郎平问杜清清多高,答说1米88,郎平觉得不止这个高度,和杜清清站在一起比个儿:"你这量的准吗,明明比我高!我做了手术还长个儿了呢!"

走到刁琳宇这边,郎平又问身高,刁琳宇答1米82。

"你确定?"刁琳宇不知教练什么意思,只能特别诚恳地使劲儿点头。

第一堂训练课开始,郎平作为东京周期中国女排总教练,先给大家讲话。她回头指指训练馆墙上新换的标语,说:"咱们运动员有句话,

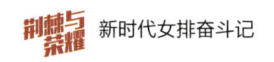

走下领奖台,一切从零开始。中国女排拿里约奥运冠军已经是 8 个月前的事了,肯定要一切归零,重新出发,迎接东京奥运周期的各种挑战。世界排名第一也好,奥运冠军也好,都已经成为过去。从零开始,你就不是世界第一了,大家都在同一条起跑线上,但是因为你之前当过老大,其他对手都会把你当成目标去冲击你。"从全无包袱的冲击者,到荣誉加身的奥运冠军,郎平带着中国女排走出很远,但下定决心再出发,就意味着一切归零,从头开始。

"做好一天、做好一个星期容易,天天这么做不容易。做一年不容易,两年、三年、四年更不容易。我们最大的愿望就是每一天都这样去奋斗。"郎平的这次课前讲话,更像是东京奥运周期的启航仪式。

3

东京奥运周期第一期集训名单中,20 岁的袁心玥是副攻线上唯一参加过里约奥运会的"老将"。"每当我想起这个事实,我都会安慰自己说,丽姐(徐云丽)和丹姐(杨珺菁)都在后面撑着我呢!"袁心玥说。

2017 年,中国女排的大名单上还有徐云丽、杨珺菁等老将的名字,但考虑到奥运周期第一年需要考察更多新人,给足新人机会,国家队并没有马上召入老将们来集训。

训练中的某一时刻,24 岁的姚迪忽然意识到自己竟是目前这支球队中进入中国女排最早的一个,而且是参加过四年前里约周期首训的唯一一个。"本来觉得自己年纪还行,忽然就觉得老了。反复跟自己说得加倍努力了,要力争在国家队站稳脚跟,不想再进进出出当过客。"姚迪说。

同样感觉年轻化速度"恐怖"的是丁霞和袁心玥,她俩都是 2013 年最后一期集训时进队的,比姚迪进队的时间晚了半年。

"这次来的小朋友里,最小的杨涵玉生于1999年,还是十月份的,有点吓人。"里约奥运周期保持了三年"全队年龄最小"的袁心玥感慨,"而且今年是齐刷刷一批年轻人进队,看到名单,好几个我们都对不上号。"

前一天开队会,郎平刚刚寄语老队员:"希望队里的老队员,当然老队员也都是很年轻的,不但要做好自己,还要带好新来的。小妹妹也好,姐姐也好,要互相帮助,把我们的队伍一起带着往前走,大家互相尊重,互相爱护。"

满打满算进国家队四年,丁霞已经是所有参训球员的大姐。训练间隙,赖亚文将所有队员的身份证送了回来,嘱咐卫大夫交给丁霞。

"头一次拿这么多身份证!"作为这一期集训的临时队长,承担协助教练工作的"霞姐"很兴奋。

"除了霞霞、林莉、姚迪、刁琳宇和秦思宇,其他都是95后!"袁心玥的年龄账还没算完,"还好我长得比较年轻……"

参加这一期集训的大多是年轻队员,"潜力股"们在技术动作上的差距非常明显,纠正动作就更是教练组工作的重中之重。王媛媛、杨涵玉和高意刚到国家队那两天,教练们一直在强调她们的拦网步法。

这天的训练,高意被"锁定",吴晓雷从纠正她的拦网预备姿势开始。教练站的高台太高,和高意起跳后的拦网手与网高的距离不匹配,安家杰相中场地旁边的一个红色塑料箱,高意搬过去站上一试,正好!

吴晓雷从拦网的准备姿势讲起,什么样的距离和姿势能充分利用高度,又能最大限度避免碰网,从这个动作开始体会起,之后,又是如何把拦网手伸出去,用肩的力量,而不是往下拍。赖亚文后来也加入讲解,二十世纪九十年代世界最优秀的副攻手给高意做示范,如何摆臂,如何转身,高意学得很认真。

第一次打分组对抗,郎平让李童把记分牌拿出来放在场边,然后高

助理教练吴晓雷向高意（上图）和其他队员们讲解基本动作。年轻队员们在技术动作上的差距非常明显，纠正动作更是教练组工作的重中之重。

喊："卫大夫，新周期的第一次记分，必须得您！"卫大夫跑过来指着记分牌说："对，这一刻一切从零开始了！"

输球的一方罚做指卧撑，经过里约奥运周期指卧撑考验的袁心玥、丁霞、姚迪等"老队员"都已经感觉很轻松，但是对于新来的年轻人来说，实在苦不堪言。

远处墙上，"走下领奖台，一切从零开始"的新标语见证，奥运冠军中国女排又踏上漫漫新征程。

4

带着欧冠和世俱杯两个冠军和两个MVP，朱婷回来了。

奋战欧洲战场的8个月，朱婷的身上发生了很多改变：身体强壮，充满自信，幽默洒脱，举手投足都有了国际球星范儿。

作为土超豪门瓦基弗银行队的四大外援之一，原本朱婷给自己第一年定的目标是在球队站住脚，毕竟和她一起战斗的三位外援，分别是来自奥运亚军塞尔维亚队的拉西奇、第三名美国队的主攻希尔，以及第四名荷兰队的接应斯洛特耶斯。她们虽然遗憾地与土耳其杯和土超联赛冠军擦肩而过，但是球队在赛季末大爆发，先后拿下了代表欧洲和世界职业排球最高水平的两项桂冠。作为瓦基弗银行队的第一得分手，朱婷两度荣获MVP，职业生涯第一个赛季就确立了在球队的核心地位，向全世界证明了中国女排新队长的能力和价值。

在朱婷回归国家队的同一天，郎平在芝加哥接受了另一侧髋关节的置换手术。因为飞机晚点，朱婷赶到北仑基地时已经是深夜，安家杰一直在等她。第二天吃早饭时，刘晓彤、袁心玥、丁霞看到朱婷，又惊又喜，三个人异口同声地问："你什么时候蹦出来的！"

坐下来边吃边聊，对于世界最高水平的联赛和朱婷的新生活，小姐

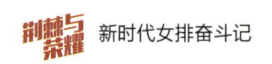

妹们充满好奇——

"你们在土耳其每天训练几个小时？"

"你现在能跟教练、队友用英语交流了吗？"

"土耳其菜好吃吗？"

……

朱婷一一作答，但和她玩得很好的刘晓彤能看出，这位中国女排历史上第 17 任队长的神情偶尔有一些抽离。

自 1976 年中国女排重新组建，国家队队长从"五连冠"时的曹慧英、孙晋芳、张蓉芳、郎平到"白银一代"的赖亚文、孙玥，从"黄金一代"的冯坤、周苏红再到后来的魏秋月、惠若琪，2015 年惠若琪因病不能出征世界杯，曾春蕾临阵担起队长职责。

开启东京奥运周期，中国女排面临新老交替，作为球队新核心的朱婷接过队长重担，对于 22 岁的朱婷来说，这是一种责任，也是一个挑战。

在朱婷回归之前，队长的工作由刘晓彤和丁霞暂时代理。6 月参加瑞士女排精英赛，刘晓彤第一次作为中国女排队长，带着一批年轻队员出战，不仅要在场上以身作则、积极调动身边第一次代表国家队比赛的小妹妹，场下还要帮教练分担工作，大事小事，事无巨细。

里约奥运周期，刘晓彤只需要全力当好郎平手中的那个奇兵，考虑教练派自己上场怎么能发挥，但走下领奖台再出发，她感觉被责任推动着往前走。同屋的高意一天要叫几十次"彤姐"，小姑娘像个好奇宝宝，遇事便问，逼得刘晓彤努力回想自己 18 岁时关心的问题和需要的帮助。

刘晓彤喜欢郎平不时强调她们是"大队员"，这会让她感觉自己很有经验了，但是年龄并不大："虽然我已经 27 岁了，但我不想让自己感觉到了这个年龄就必然会倒退，我还想充分调动自己进步，利用经验和积累再战四年。"

拿着自己写得密密麻麻的记事本，刘晓彤正等着跟朱婷完成交接。接下来，每个人的角色都会有一些变化，她和丁霞要协助朱婷做好工作，当好这支青年军的主心骨。

世界女排大奖赛，诸强都想"会会"奥运冠军中国女排，以及在欧洲战场磨炼得更强大的队长朱婷。

巴西女排主教练吉马良斯说到时隔一年中巴再战，言语中流露出兴奋和急切，他主动提到"中国队2号""队长"，并表示"要不是自己太老，也想带带朱婷这样的队员"。

相比之下，22岁的朱婷表现出远超出她年龄的专注和坚定，她用平稳淡定的语气传递出中国女排东京周期迎接新挑战的信心："过去的胜利已经过去了，现在是一个新的开始。"

5

2017年中国女排的一大变化，是有个帅哥"消失"了。外表俊朗、热情幽默的体能师Rett，在跟随中国女排拿到里约奥运会冠军后，答应了他的好友——新任荷兰女排主教练、美国人莫里森，成了新赛季荷兰女排的体能教练。

里约奥运会揭幕战和半决赛，中荷两队杀得难解难分，虽然新奥运周期古德蒂已转去执教土耳其女排，但中荷之间慢慢有了"不是冤家不聚首"的味道。

世界女排大奖赛南京总决赛，中国队和荷兰队又见面了。

除了教练席上的Rett，坐在运动员观摩席上的接应斯洛特耶斯也是熟面孔，和朱婷共同效力瓦基弗银行队一年，两个人成了好朋友。但比赛场上，两队又一次杀得昏天黑地。

前两局2比2，决胜局打到14比10，领先的荷兰队手握四个赛点。

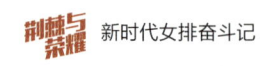

局势似乎已经不可逆转，但中国女排的队员们一个个看上去很平静。经历里约周期四年的锤炼，特别是那些大赛关键场次的锻炼，她们都更加坚信只要最后一球没有落地，就有绝处逢生的可能。此时对于她们来说，不是考虑结果，而是集中精力打好眼前这一球。

荷兰队发球时，替补席上的队员们已经难掩心中兴奋，就等待队友拿下最后一分，随时准备冲进场里庆祝胜利。

中国队一传不到位，刘晓彤在极其困难的情况下努力保持身体平衡扣球得分。丁霞兴奋地瞪着眼睛对轮转到后排发球的刘晓彤喊："还有啊！"此时对于采用大力跳发的刘晓彤来说，承受的压力很大，很多现场球迷都不敢看了。

"走向发球区时我看了一眼比分，当时在想这个球该怎么发，绝对不能拍过去！毕竟不是第一次经历这样的场面了，我知道在那个时候最重要的是什么，坚定信念，坚信自己。"这个球刘晓彤拼了全力，且落点极佳，直接得分！

丢掉这一分后，荷兰队主二传德科玛主动示意主教练叫暂停，自己一方需要冷静，也可以通过暂停破坏刘晓彤的发球节奏。

此时，站在场下的张常宁为刘晓彤深深捏了一把汗，她知道在对方手握赛点时连续跳发承受的压力——"对方赛点连续跳发就很恐怖了，在发的过程中对方叫了暂停然后继续跳发，简直恐怖死了！"

暂停时，安家杰只是提醒队员一些技术细节，要求大家下手果断。关于打硬仗的心理准备，球队前一天开会时恰好说到了奥运会的中巴之战："场上每个人，如果任何一个人有一点点的动摇，这球就拿不下来了，就是当时大家每个人都顶一顶，咬一咬牙，互相鼓励，每个人都把自己这一块做好，最后形成了集体的战斗力。"

暂停结束走上场前，龚翔宇大声提醒大家："这个反击抓住啊！"

重回场上，刘晓彤并没有继续全力跳发。前一段训练中，新来的教

围成一圈，大喊加油，中国女排正是靠这样的团结协作和永不放弃，一次又一次将不可能完成的任务变成可能，大奖赛总决赛逆转荷兰队正是其中的杰作。

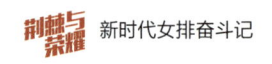

练袁志在发球环节给了她很多提点，除了大力跳发，减力拍心球的性能也变得更好了。她这个发球又破坏了荷兰队的一传，王梦洁防起对方一攻，朱婷一锤定音。趁荷兰队被连续追分阵脚大乱，中国队又把握住一次反击机会把比分追到14平。

从10比14追到14平，几乎是变不可能为可能，全场的气氛达到了燃点。

荷兰队为保住胜势做了最后的努力，但打到忘我的中国女排已经难以阻挡。

"其实到这个时候，就是每个人都做好自己，相信团队的力量。"朱婷说。最后关头，朱婷包办了中国队的五次进攻，成功率100%。而朱婷所说的团队，平均年龄还不到23岁。

迎来最后胜利时在场上的六个人：朱婷22岁，刘晓彤27岁，丁霞27岁，龚翔宇20岁，高意19岁，王梦洁21岁，平均年龄22.7岁；而这场比赛的首发七人：朱婷22岁，袁心玥20岁，张常宁21岁，龚翔宇20岁，丁霞27岁，高意19岁，林莉25岁，平均年龄只有22岁。

第一次经历这样场面的高意说："当时我真的没紧张，就跟自己说，一定要顶住！"

"10比14的时候，我们都特别坚定，根本就没想过要输。"才是国家队二年级生的龚翔宇时隔一年再次面对荷兰队，无论是技术还是心理都成长了一大块，"那个阶段大家都很拼，朱每一次下球都特别涨士气，这场球太难忘了。"

丁霞则说："那个时候就是想要去拼每一个球，要拼回来，完全顾不上想别的。我觉得这场球我们是用行动证明：只要不放弃，下一秒就有无限可能！"

临渊不惧，逆境奋起，这是奥运的财富，更是女排的精神。

6

世界女排大冠军杯赛,是2017年世界排坛等级最高的大赛。

完成两侧髋关节置换手术的郎平,东京奥运周期第一次随中国女排出征。到日本的第一堂训练课,一进体育馆,郎平就和日本女排主教练中田久美见面了。她们是30多年前代表中日两国女排同场竞技的老对手。

中田久美运动员生涯最难忘的记忆,是1983年她18岁时第一次代表日本女排参加亚锦赛,就战胜了连获世界杯、世锦赛冠军的中国女排。而那次令郎平铭刻于心的失利,正是"两连冠"的中国女排为大换血交的学费。1984年洛杉矶奥运会,中国女排在半决赛中3比0战胜日本女排闯入决赛,最终赢得冠军,中田久美作为日本女排主力二传和队友拼得奥运会季军,那是"东洋魔女"之后日本女排在奥运会上的最好成绩。

郎平和中田久美一见面,两人就来了一个大大的拥抱,因为中田久美在意大利工作过两个赛季,意大利语说得还不错,于是两人便用意大

日本女排主教练中田久美和助理教练费罗,都是郎平的老熟人,大战之前双方也会先聊聊天。

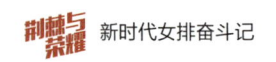

利语交流起来。

"你太瘦了，是不是最近太累了？"郎平关切地问。

中田久美无奈地摇摇头："是啊，压力太大了，睡眠不好，胃口也不好。"

作为长期工作在一线的女性主教练，郎平很能理解中田久美的压力："你这样不行，该放松就得放松，该休息就得休息，国家队比赛结束，你一定要去度度假，换换脑子。"

两个人开心地聊了一会儿，临别时郎平说："你当日本女排主教练太好了，国际上现在两个女教练，我也不那么孤单了。"

担任中田久美助手的土耳其帅哥费罗，也和郎平很有渊源。作为郎平执教土耳其俱乐部和广东恒大女排的助理教练，费罗和郎平的感情非常好。听说郎平几个月之内做了两次手术，费罗一直很惦记。郎平让费罗给他的妈妈问好，她还记得当年费罗追随自己到恒大女排工作时，费罗的妈妈给她写的一封长信，拜托她关照一下初次离家的宝贝儿子。作为东京奥运周期日本女排的助理教练，费罗正在适应他在日本的新工作。

这次大冠军杯的最后一场比赛，中日女排将要碰面，老朋友隔网而立，又成了新对手。

不过还没等到两支球队正面交锋，中国女排就提前锁定了冠军。

首场比赛3比1胜美国队，第二战3比2险胜巴西队，转战名古屋又以两个3比0连胜韩国队和俄罗斯队。原本还需要在最后一场对日本队的比赛中拿下两局，结果9月9日晚，顽强的日本女排把实力强劲的美国女排拖入了决胜局，提前一轮送中国女排站上大冠军杯冠军的领奖台。

喜上加喜，那一天正好是领队赖亚文47岁生日。

因为20多年前作为主教练带赖亚文她们那一批队员，郎平就把9

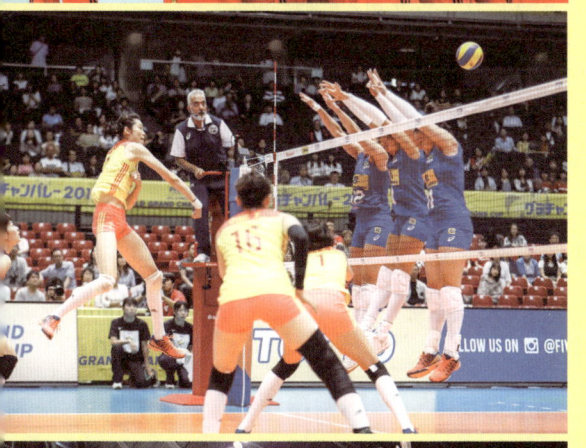

再夺大冠军杯冠军,姑娘们欢呼雀跃,中国女排的东京奥运周期有了一个好的开头。

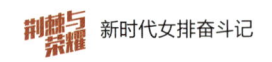

月 9 日牢牢记在脑子里。球队抵达日本的第一天，她就跑出去给赖亚文买好了生日礼物——一个红色的皮制笔袋。赖亚文平时案头工作很多，郎平想给好搭档的繁重工作增添一点亮色。她还帮队员们选了一张漂亮的生日卡，让她们写好祝福在生日这天送给赖导。

"平时都是亚文操心每一位教练员、运动员的生日，今天赢球了，大家开心给亚文过个生日。"郎平说。

从比赛馆回到酒店，赖亚文就感觉郎平神神秘秘和队员一起在策划着什么。到晚饭时在餐厅，工作人员推着生日蛋糕进场，全队一起唱起生日快乐歌，谜底才算揭开。姑娘们提前一轮夺得大冠军杯冠军，这是给赖亚文最好的生日礼物。

中国女排上一次夺得这项赛事的冠军，还是在 2001 年，陈忠和带领刚起步的"黄金一代"夺冠。2005 年大冠军杯中国女排获得第三名，在错过了 2009 年、2013 年两次大冠军杯之后，里约奥运会冠军中国女排在名古屋上演王者归来。当年经历那次登顶的人中，目前还在队里的只有赖亚文、包壮和卫雍绩三人了。

"16 年，真快！"

看着领奖台上新一代的女排队员又站上大冠军杯冠军领奖台，摸摸这两年几乎全白的头发，想想这些年付出的所有辛苦，包壮感觉很值得。

> 不能奏国歌了，
> 还要努力把国旗升起来

2018

2018 年世锦赛，中国女排困难重重，队员们怒目圆睁彼此打气，渡过一个个难关，最终获得一枚宝贵的铜牌。

北京一冬无雪。

刚出正月，前一天中午已经暖和得可以穿单衣了，没想到转天一大早乌云密布，不一会儿竟然飘起雪花来。

训练局的排球馆里，新一年的国家队集训从大年初九开始，已经进行了 20 多天。

其时，中国排球超级联赛激战正酣，冠军争夺战的前两场比赛，老将压阵的上海女排和小将当家的天津女排都在对方的主场霸气赢球，七场四胜制的比赛，精彩还在后面。

参加第一期集训的球员，全部来自没有打进四强的球队，一共 11 人，其中任凯懿、陈馨彤、朱悦洲三人是第一次正式进入国家队集训名单，2015 年第一次入选中国女排的林莉、王梦洁已经算是老资格了。

新年新气象。

训练馆大厅新装修，里约奥运会中国女排夺冠的照片全新上墙。郎平拉着安家杰边看边回忆："张常宁这张，是里约最后一个球吧？"

阔别一年，体能师 Rett 又回来了。

这个聪明的美国人一眼看出训练馆的中文标语和奥运会前他离开时不一样。明白了"走下领奖台，一切从零开始"的意思，他为中国女排的踏实和冷静点赞。

这是康复师 Daniel 连续在中国女排工作的第三年，这个不爱说话的夏威夷人，两个月前刚刚当了爸爸，放下妻儿回北京工作，是他在这支球队还有很多放不下。

进入东京奥运周期第二年，里约奥运冠军的保障团队全部聚齐，经过一年调整的中国女排即将全力出发。

2018 年，是世锦赛年。

郎平说，这是东京奥运周期的爬坡之年，肯定会非常艰难。

1

2013年发现朱婷，2014年拉起袁心玥，2015年推动张常宁，2016年锻炼龚翔宇。

里约奥运周期的四年，中国女排一年一颗超新星，到2017年，二十出头的"朱袁张龚"已经挑起大梁。此时人们关心：在"朱袁张龚"之后，下一个有前途的新人会是谁？

郎平和教练团队也在寻找。

2018年中国女排分两个阶段公布的集训大名单，人数多达31人。第一期名单15人；漳州集训前公布的第二期名单，是来自联赛四强球队的15人，除了效力于土超豪门的队长朱婷，国家队几乎把联赛中表现不俗的球员都招进来了。特别是大学生球员任凯懿，以及28岁第一次进入集训名单的张轶婵，更说明国家队的开放和包容，以及东京奥运周期郎平继续组建"大国家队"的决心。

所有的新人中，天津女排18岁的小将李盈莹承载的希望最大。

精彩激烈的冠军大战，津沪两队打满七场，中间剧情多次反转，扣

新崛起的"00后"小将李盈莹（上图）和"85后"老将曾春蕾，两人刚刚在排超联赛总决赛中作为对手激战7场，马上又在国家队相聚。

人心弦，最后的冠军归属，在很大程度上取决于两队的第一得分手——韩国名将金软景和"00后"小将李盈莹的正面PK。

在比赛开始前，大多数人更看好经验丰富、成熟老到的著名球星金软景，但是没想到第七场的决胜局，战到16比14才分出胜负。如此胶着的战局并没有吓住第一次经历这样场面的小将李盈莹，有队友的支持，她在机会出现时毫不手软，关键分打得果断干脆。最终天津女排获得冠军，18岁的李盈莹以804分的总得分创下联赛单赛季得分纪录，成为排超年龄最小的MVP。

夺冠之后稍事休息，小姑娘就赶到国家队报到了。

和李盈莹前后脚到位的，是在里约奥运前遗憾离开国家队的老将曾春蕾。

这是时隔634天曾春蕾再次来到宁波北仑——中国女排的主场。2016年7月23日，她和正在北仑进行奥运会前封闭集训的教练队友告别。将近两年的时间，她经历了低谷，感受过迷茫，但听到国家队的一声召唤，她还是灿烂地笑着回来了。

此时，距离中国女排2018年的首秀只有不到一个月时间了。

2018年，国际排联将一年一度的品牌赛事——世界女排大奖赛改制成为世界女排联赛，比赛从原来的四周延长至七周，参赛的16支队伍在五周时间里辗转五地与15个对手各赛一场。休息一周后，排名前五的球队和东道主角逐总决赛，争夺220万美元的总奖金。

改制让排球比赛走到更多城市，影响更多的人，精彩比赛的场次也会大大增加，但是对于各支参赛队来说，人员的安排、体能的储备和分配都是全新的课题。

郎平考虑的更多——

如何做到既锻炼了新人，又能赢下一些比赛？一边要带老队员恢复状态，保持好身体，找回感觉，一边要带年轻队员成长，帮助她们细致

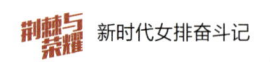

打磨技术，两方面如何平衡？怎样才能既让队员们意识到距离世界先进水平差距很大，又带大家赢一些比赛保有足够的自信？

郎平和教练组做了充分准备，希望全队静下心来，承受住压力，力争实现阶段性目标。

没有系统训练就进入赛季，郎平提早给充满期待的人们打了预防针：中国女排会输一些球。

2

朱婷征战欧洲的第二个赛季，可以用"完美"二字形容。

赛季初，争强好胜的瓦基弗银行队主教练古德蒂不给自己留一点后路，表示要把土耳其超级杯、土耳其杯、土超联赛和欧冠冠军全部收入囊中。几乎所有人都认为他是信口开河吹牛，没想到经过 8 个月的努力，瓦基弗银行队真的顶下来了。

在赛季初赢下土耳其超级杯，又捧得土耳其杯之后，进入 2018 年，朱婷和队友就投入到土超联赛和欧冠的双线作战中。

汇集全世界大量一流球员的土超联赛，进入季后赛场场都是硬仗。半决赛对阵加拉塔萨雷队的关键一战，瓦基弗银行队大比分 1 比 2 落后，第四局 21 比 24 落后，朱婷关键时刻上演神级表现，以一个后排进攻、一个发球唤醒队友，带领球队 32 比 30 艰难胜出，把比赛拖进决胜局。第五局朱婷更加神勇，不仅一人独得 8 分，8 扣 7 中成功率 87.5%。7 比 6 后朱婷更是"接管"了比赛，一人独得五分干净利落结束战斗。

在最后的土超冠军争夺战中，瓦基弗银行队与同城劲旅伊萨奇巴希队打满五场，输了"天王山之战"的瓦基弗银行队在第五场比赛中甩开所有包袱，打了场漂亮的翻身仗，朱婷一人包办锁定冠军的最后 4 分，赢得了她职业生涯第一个联赛冠军。作为冠军队的最佳得分手，朱婷成了当之无愧的MVP。

紧接着的欧冠四强决战，作为卫冕冠军，保持全胜的瓦基弗银行队半决赛遭遇意大利强敌科内利亚诺队。在先胜两局的情况下，因为朱婷第三局崴脚受伤，瓦基弗银行队被连扳两局。决胜局朱婷再度出场，又一次扮演"关键小姐"，为瓦基弗银行队蝉联欧冠冠军立下头功。

这一年的欧冠，朱婷跟随瓦基弗银行队征战12场，以229分的总得分高居最佳攻手榜第一位。总扣球成功率达53.87%，效率43.84%，在最高水平的欧冠赛场遥遥领先，而且超过了前一年自己创下的纪录，继续骄傲领跑。

主教练古德蒂对朱婷不吝赞美之辞："她是世界上最强的攻手，她是现象级的球员。"

豪门盛宴，众星云集，最闪耀的还是"中国婷"。

在朱婷海外效力的第一年，郎平曾经鼓励得意弟子：走出去，让世界记住你的名字。

朱婷真的做到了。

5月10日，刚刚结束第二年海外征战的朱婷和领队赖亚文一起抵达北仑。

"路上就很兴奋，设想着自己走进球场那一刻，郎导在干什么，大家在干什么。"朱婷开心地说，"七个月没见面，真的想大家了。"

但是郎平决定，在和全队拍完2018年的全家福后，先给朱婷放个假——

"在长时间高强度的比赛过后，朱婷需要休息，放松一下。"

这段时间，北仑正是人来人往。任凯懿、杨涵玉、孟豆等新人走了，每一个离开的人都有很多不舍。颜妮、刘晏含、胡铭媛回来了，每一个重归的人都满怀新的期待。

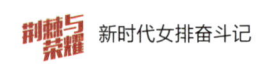

拖着行李箱进入北仑基地大门，听到服务员说"好久不见"，感情丰富的颜妮心头一热——"上次离开北仑是准备去奥运会，当时想着应该是最后一次在这里训练了，奥运会不论是什么结果都会退了，没想到后来拿了冠军，更没想到打完全运会，又跟随女排出征打了大冠军杯，当然就更不会想到还有时隔 20 个月以后的这一次重归。"

郎平对颜妮说，副攻线上是清一色年轻球员，非常需要她这样有经验、有技术的老队员压阵。颜妮却在纠结自己的年龄："好几个队员都比我小十几岁了，要跟这些小妹妹竞争上岗，我这老队员压力真是不小呢！"

郎平劝她："不要给自己的人生设限，也许前面还有更美的风景。"

3

2018 年，失利来得太早，太快，太突然。

世界女排联赛第三轮，中国女排与金软景领衔的韩国女排又见面了。自从 2015 年亚锦赛决赛和世界杯，两队真刀真枪拼了两回，中国女排都笑到最后，再碰韩国队，姑娘们是有心理优势的。特别是 2017 年大冠军杯赛中国女排又 3 比 0 战胜韩国队，局分相差悬殊，更没有人会认为中国队赢这场比赛有什么难度。

但是郎平不这么认为："韩国这批队员几乎是她们 2015 年亚锦赛的原班人马，经验丰富，配合默契，一旦发挥，够我们的年轻队员喝一壶的。"

比赛这天上午的场地训练，中国女排罕见地迟到了十分钟。因为在出发前的录像学习会上，郎平"拖堂"了。担心年轻队员准备不够充分，顶不住老辣的对手冲击，她还想给姑娘们再补补课。

训练回来到酒店餐厅吃饭，郎平脑子里正盘算着晚上的比赛有什么变招，就看李盈莹端着一盘子薯条炸鸡从眼前走过。平时在基地，郎平跟餐厅打招呼专门给运动员科学配餐，要求营养均衡摄入。比赛期住进酒店，才发现新来的这个小姑娘吃得不太健康。

"盈莹，你就吃这个？"郎平有点吃惊。

"嗯，我就爱吃这个！"好久没吃到薯条炸鸡，李盈莹很开心。想到小姑娘一堂训练课下来肯定饿了，郎平先放下大道理不讲："来，你再拿一个盘子，跟着我，我盛什么，你盛什么哈……"

……

午饭后，郎平找到体能师Rett，请他抓紧时间给李盈莹测一下体脂，出一个减体脂的计划，早点带着她练起来。

晚上对韩国队的比赛，正像郎平预料的那样，金软景很好地利用了她在排超和天津队过招时对李盈莹的了解，李盈莹开局就受到韩国队的重点"照顾"，三次进攻被拦了两个。

排球比赛对运动员的考验往往是这样，一个环节发挥不理想，就得试着在其他环节找到突破口，慢慢调整到自己感觉舒服的状态。不过刚刚出道的年轻队员一般很难做到，常常是一个环节不行，连带到各个环节哑火。

代表国家队的第三场比赛，李盈莹就面临这种考验了：进攻受阻，发球出界，一传接飞，拦网也找不到感觉……"赛前做了困难准备，但没有想到会有这么多的困难。韩国队打得很快，我以前从没跟这样的队伍交过手。"李盈莹觉得自己"脑子瞬间不够用了"。

第二局中局，李盈莹被换下场，在下面坐了一会儿，她感觉自己缓过来了，没想到第三局上场进攻刚打下一个球，拦网又出问题了。在排超联赛中威风八面的"00后"小将，刚上国际赛场就碰了一鼻子灰，李盈莹感觉很受挫。

郎平倒是很平静，她在新闻发布会上说："李盈莹的成长道路才刚

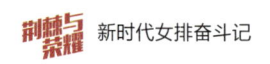

刚开始，不要给她太多的压力，她还有很长的路要走，我们需要耐心等待。"

信心这东西很奇怪，说在一直在，说走就走得无影无踪。

考虑到第二周澳门站的比赛中国女排将迎战波兰队、泰国队和塞尔维亚队，记者们马上问郎平：会不会提前召回朱婷？

郎平先用表情给了回答：为什么要提前召回？她说："朱婷休息、张常宁生病，这正好给这些新手和大队员锻炼的机会。接下来的比赛，一周会比一周难，中国队会输一些比赛，我们需要在比赛中学习，看到不足，不断进步就好。其实我们没有想象中的那么强大，大家都需要通过训练和比赛不断提高。"听起来，郎平已经做好了充分的困难准备。

转战澳门对阵波兰队，郎平坚持把李盈莹一直留在场上。这一场球，李盈莹在进攻端表现不错，得到全队最高的19分，但是在拦网、防守、一传上暴露了很多问题，失误频出。

赛后新闻发布会上，有记者问到李盈莹得到的19分，郎平很不客气地说了一段话——"我不太注重对球员某一项技术的评价，一个优秀的主攻手，必须要技术全面。李盈莹第一次参加这种比赛，技术环节有很多漏洞，要下决心去弥补。我们不能关起门来觉得中国联赛多么好，其实很多队员一拿到国际上，差距就非常大。"

她说，响鼓还需重槌敲。

4

江山代有才人出，各领风骚三五年。

世界排坛各支球队的胜负兴衰背后，比拼的是出人才的数量、频率，而一支球队的崛起，一定是有可以决定胜负的顶尖人才出现。"五

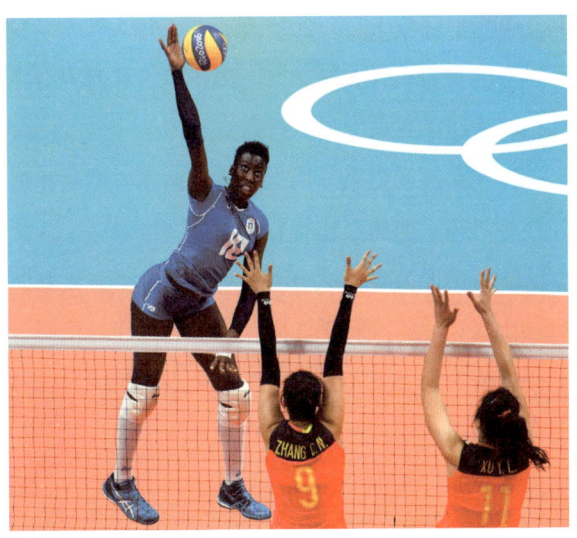

里约奥运会上，意大利队强力接应埃格努还有些稚嫩，中国女排没有让她占到什么便宜。但两年后，她的高点暴力进攻突飞猛进，已成中国女排的心腹大患。

连冠"时的中国女排、"八连冠"时的古巴女排、连续两届世锦赛冠军的俄罗斯队、奥运会卫冕冠军巴西队、里约周期的中国女排，莫不如是。当年的郎平、路易斯、加莫娃、谢拉和现在的朱婷，都是带动球队脱胎换骨的关键人物。

进入东京奥运周期，因为身材修长、弹跳力惊人的埃格努出现，意大利队似乎看到了称霸世界的希望。

其实在里约奥运会小组赛时，虽然中国女排以3比0完胜意大利队，但是两名年龄尚小、火候不够的黑人选手——埃格努和塞拉，给中国女排教练团队留下印象颇深。那场比赛，不满18岁的埃格努一人砍下22分，郎平当时就说："再过两年，这个小孩不得了。"

果然，2017年意大利女排东京奥运周期重新组建，经过在联赛中的打磨，越发"成熟暴力"的埃格努被推到了进攻核心的位置。

拥有埃格努，令以技术全面著称、一直在寻找高大强力攻手的意大利女排变得底气十足。2017年世界女排大奖赛，这支年轻的球队就显示了不俗的实力和巨大的潜力。2018年，经过充分准备，意大利人气势汹汹想要杀回世界顶尖强队行列。

世界女排联赛第三周，中意两队在香港站相遇。此时，队长朱婷已经强势回归。前两个比赛日，中国女排以两个3比0战胜阿根廷队和日本队，面对世锦赛上同分一个小组的对手意大利队，全队上下很想通过这场比赛好好摸摸对手的底，力争胜出建立信心。但比赛一开始，中国女排就陷入全面被动，朱婷受到重点"照顾"，进攻屡屡被拦回或防起。而在网那边，埃格努的高点强攻威力十足，意大利队以25比18、25比14连胜两局。

虽然第三局中国女排变换进攻手法，打吊结合，25比16扳回一局，但第四局适应了中国队变化的意大利队又发起猛烈攻势，因为仍然无法限制埃格努和塞拉的发挥，中国女排18比25又失一局，以1比3败下阵来。

本来，正在锻炼队伍、磨合阵容的中国女排输一场球，而且是输给意大利队，并不令人意外，但是听了赛后郎平的话，大家真正意识到中国女排刚刚制住两三年的意大利队又起势了，新的麻烦说来就来了。郎平说："对方18号埃格努的进攻，我们有点没办法，她确实是很有特点，击球点很高，这也是我们今后训练的课题。"

在前进的道路上，课题总是一个接着一个。

里约奥运周期，中国女排用两年时间研究如何制约美国队的高快打法，但是在世界杯和奥运会上两次输给对手，东京奥运周期，研究还要继续。如今，拦防埃格努的高点强攻、制住能攻善守的意大利队课题又来，而且三个月后，中国女排就要在世锦赛小组赛上和意大利队正面PK，留给郎平和团队的时间非常有限。

5

从北仑到澳门,从香港到江门,带队打的比赛越多,郎平越觉得队员"缺练"。一个月里打12场比赛,只赢了六场,对阵主要对手美国队、巴西队、意大利队、塞尔维亚队,中国女排都输了。

江门站的比赛过半,郎平就下了决心,第五周远征斯图加特的比赛派安家杰带年轻队员去,自己带主力队员回北京训练。距离在南京举行的世界女排联赛总决赛只有两周时间,中国女排2018年的重要比赛任务——亚运会和世锦赛也将接踵而至。

国家队赛季刚开始就如此煎熬,朋友看到四周下来疲惫消瘦的郎平,不禁为她担心。郎平倒是一如既往地乐观幽默:"我还好,也就是每天两三点睡,七点起床,今年我们锻炼新人,从目前来看,成长得最茁壮的应该是我!"

回到北京,郎平等不及把行李放回家就直接去剪头发。结果头发一剪,藏在下面的白头发全都露出来了。发型师劝她再染一染,她拒绝了,因为还要赶回运动员公寓:"被我提前拎回来的孩子们还等着!"

当天晚上,郎平就带着主力队员看录像分析输球的原因,发现一大堆问题,核心都是练得不够。

大家意见一致——

中国女排这么多年能在世界大赛中有不错的成绩,靠的是苦练基本功和默契的配合。2018年,球队4月中旬才基本集结完成,来到国家队还需要先治疗伤病,恢复身体,没有真正的训练配合就上去比赛,全拼身体和技术,中国女排肯定很吃亏。

"那咱们就抓紧时间苦练吧!"郎平不舍得耽误时间。

因为教练兵分两路,留在北京的人员不够,卫大夫又被征召了。

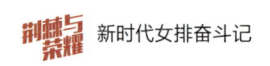

"小卫,你也得上!你站在网前当二传,给她们数着到位球,你要求严一点,你基本上原地能接到的球才算到位。"一传训练开始前,郎平先大声给卫大夫提要求。

卫大夫快步往球网前走,边走边说:"你们尽量垫到我手里啊,我这老腰,迈一步万一伤了,都记你们头上!"

姑娘们笑着议论:"可得垫得准点儿,不给他碰瓷儿的机会!"

接完了十组飘球,开始练习接大力跳发。塞尔维亚队两门"大炮"的大力发球本来就让人难以招架,现在又来个埃格努,真是练到十八般武艺样样精通才能上战场。

"来,下一项,上机器!"郎平带着主接一传的队员走到发球机专用的那块场地,那语气听着像是要上刑。

袁灵犀和袁志分别拉着两台发球机就位,包壮把隔网拉好,避免接飞的球飞得太远。见郎平搬着她的专用高脚椅放在附近,朱婷赶紧跑过去劝阻:"郎导,您还是坐远点吧!万一打到不是闹着玩的。"

郎平知道朱婷是好意,但还是坚持坐在离她们不远的地方:"不就是接大力跳发吗,咱不怕!我坐在这儿,还有利于提高训练质量……"说完,她冲朱婷眨眨眼,那意思是:我看你们还好意思接飞。

包壮调试发球机时,朱婷"躲"在球网杆后面鼓励刘晓彤,就听从发球机"喷"出来的球,一个个像炮弹一样闷闷地砸在地上。郎平忽然又招呼李童:"你也得上,跳发,发到那些机器发不到的地方!"

训练开始,姑娘们目光专注盯着来球,球速快得吓人,感觉刚听着发球机那噗的一声,球就落地了。林莉在集训期每天都要接上百个这样的球,已经很习惯面对这样的挑战,所以第一组发球机的球,以发向林莉的方向为主。

轮到朱婷主接,她每接完一个球,都会揉揉细长的前臂。对于普通人来说,用前臂向上垫一下排球都会感觉生疼,垫上几次手臂就红了,

训练馆里偶尔有轻松瞬间，不过墙上"走下领奖台，一切从零开始"的标语，提醒着队员们不可松懈。爬升中的中国女排，以季军的成绩结束2018年世界女排联赛，也是训练中发现问题狠抓细节起了作用。

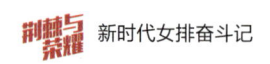

如果还能咬牙继续坚持，第二天手臂就可能会肿起来。但是这些女排姑娘，一次次用手臂垫起时速超过 100 公里的来球，而且只有垫到指定区域才算合格。

一组训练下来，刘晓彤忍不住拉开黑色护臂看看自己的手臂。因为今年没有系统集训，她已经好久没接过发球机的球，感觉尼龙护臂里面，已经像皮开肉绽一样火辣辣地疼。大家凑过去一看，刘晓彤的前臂上已经有好多个红红的圆印，有的已经能看出瘀血。

"一会儿练完你赶快去冰敷一下吧，晚上再热敷一下，要不明天怎么练？"这方面林莉最有经验。

郎平又鸣哨集合了。在中国女排，这都是不值得大惊小怪的事。

训练结束，刘晓彤和朱婷冰敷前臂时，颜妮正让卫大夫帮她撕去右臂上结结实实缠了好几层的胶布。颜妮说："以前我和小丽是队里的'胶布大户'，现在她不在队里了，全队用胶布最多的就是我了。"

在 2018 年的这支中国女排中，颜妮和曾春蕾是仅有的两个"85 后"了。在江门有一场比赛打完，颜妮感觉浑身上下没有一处不疼，整个人像散了架一样。她去找卫大夫做治疗，整个右肩扎满了电针，电源一开，感觉半边身体又酸又胀又麻，想到队里的小朋友很多都是"95 后"，她忍不住掉眼泪了。她问卫大夫："这样的日子，什么时候是个头儿啊！"

这会儿等着卫大夫帮忙撕胶布，颜妮也要忍着一波波钻心的疼痛。一堂训练课下来，汗水把胶布和皮肤粘得更紧了，每撕一条下来，颜妮都感觉皮要跟着一起撕下来了。她皱着眉忍着疼，不时扭头看看自己的肩膀。

每天上下午训练，这会儿撕干净胶布，回去吃饭、洗澡、休息一会儿，下午来了又要贴，训练结束时再撕。"天天这样，都习惯了，每天缠每天撕，皮肤全都过敏了，特别粗糙……"尽管这样，她仍然想继续拼。

6月最后一周的总决赛，中国女排的面貌大有改观。最终能站上领奖台，以季军的成绩结束漫长的世界女排联赛，既是承受输球压力锻炼新人初见成效，也是发现问题狠抓细节起了作用。但是这个艰难开局带来的疲惫和消耗，以及随之而来的各种影响，似乎在一整年里都挥之不去。

6

7月2日早上，南京禄口机场。

因病手术的张常宁经过两个多月恢复，在这里和国家队会合，一起飞回北京。她看上去精神不错，比手术之前明显圆润了一些。

"接下来就要过苦日子了。"张常宁嘟嘟嘴，说到自己的体重，她自嘲道，"我就是胖一回玩玩，保证很快瘦下去。"

作为顶尖水平的运动员，张常宁知道两个月的休养之后再恢复到高水平，要经历一个非常痛苦的过程："手术后有两个月完全静养，甚至都没有碰过排球。重新开始摸球时，感觉就跟第一次打排球一样，两只手臂又青又肿又疼，我很担心手感不好。"从控体重、减体脂开始，到逐步恢复体能，克服肌肉反应，张常宁的目标是冲刺两个月，到世锦赛时拿出高水平。

走进北京排球馆的大门，看到对面墙上的里约奥运夺冠大幅照片，张常宁确认了一下眼神："之前在网上看到过，今天是第一次亲眼看见。"

随着张常宁回归，2018年的中国女排终于凑齐了主力阵容。8月中旬出征雅加达亚运会，主要对手日本队、韩国队、泰国队都派出一线阵容，不能掉以轻心。9月初从印尼回国，派一个小分队去参加瑞士女排

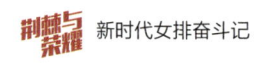

精英赛，9月25日出征世锦赛。

作为上届世锦赛亚军、世界排名第一的中国女排，这次世锦赛不走运地分进了"死亡小组"和"死亡半区"。造成这一局面的就是意大利队和土耳其队的崛起，两队最近一年上升势头迅猛，但是世界排名并不高，按照"蛇形排阵"，正好和中国女排同分在一个小组。而在这个半区，还有实力不俗的俄罗斯队和这几年大赛中中国队从未赢过的美国队。如果不能在这五支球队中打进前三，中国女排连前六名都进不去，更不用说上领奖台，甚至实现"三连冠"了。

虽然知道中国女排2018年情况并不好，但是外界对她们的世锦赛仍然满怀期待。如果2018年世锦赛夺冠，那郎平亲手带起的这支中国女排就实现了世界杯、奥运会到世锦赛的"三连冠"，郎平也将史无前例地成为作为球员和主教练都夺得世界三大赛冠军的"双满贯"第一人。一切听上去如此充满诱惑力。

但是郎平和教练团队想的是，如何充分利用有限的时间准备好两个重要比赛，既要尽可能完成好比赛任务，又要合理分配运动员的体能，调好她们的状态，避免不必要的伤病。

7月15日，中国女排再赴北仑，开启2018年仅有的一个月封闭集训。

为了抓紧时间补课，郎平每天早上拉着队员七点半进馆开始晨训，强化基本功。晨训的45分钟，一传组、二传组、副攻组分别安排。到8:15全队集合，上午的训练持续到下午1点。吃完午饭洗完澡抓紧时间休息，下午的训练3点半开始，一直到7点。晚上8点开会，研究亚运会和世锦赛要碰到的主要对手，9点半以后治疗……

如此高强度、高密度、高要求的封闭集训，一天下来姑娘们回到房间只想立刻倒在床上昏睡。

早上6点15分的闹钟把人从睡梦中惊醒，吓得心怦怦直跳，浑身的细胞都还感觉在昏迷，刷牙都是闭着眼睛的。刘晓彤揉着涩涩的双眼到食堂吃早饭，看到郎平正冲她笑，"瞬间被动力满满的郎导吓醒了，她每天比我们醒得早，比我们睡得晚，全程带我们训练，就连坐着的时候都很少，我们小年轻儿的一个个累成这样，大家都担心她的身体顶不住。"

姑娘们都知道郎平第一次执教中国女排时，曾经累到晕倒在训练馆，被救护车拉走。看到郎平20多年以后又带着她们这么拼，大家都替她捏了把汗。每个人都在想，好好训练，让她少操心，就是对她最好的关心。

郎平当年的弟子、退役后成为排球国际裁判的王子凌，在一次观看中国女排训练后，深有感触地说："郎导的拼劲一直就没有变，距离当年带我们过去二十年了，现在的她，年龄、身体和压力的考验，都比带我们那时候更大了。"

北仑集训的一个月，中国女排踏下心来磨炼内功，磨合阵容。遗憾的是集训之初才刚回归的张常宁中途不慎受伤，不仅错过了征战亚运会的机会，也耽误了她在世锦赛前的恢复进程。还好中国女排准备充分，在亚运会上状态调整得不错，以八战全胜不失一局的成绩夺得冠军。虽然只是亚洲冠军，但终于为这一年一直处于低谷中的中国女排提振了士气。

7

这是郎平的第五届亚运会。从1978年第一次代表中国女排出战，在曼谷亚运会上度过自己的18岁生日，到1998年38岁的郎平带领中国女排重回曼谷，再到2018年，58岁的郎平率领中国女排出战雅加达亚运会，时间跨越了整整四十年。

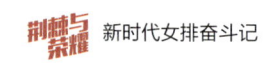

这次亚运会，看到中国女排教练席上的郎平，很多球迷感叹："铁榔头"老了。但是颁奖仪式上，看着郎平和姑娘们穿着同款领奖服，绽放灿烂笑容，球迷又很感动：因热爱而坚持的郎平，依然那样引人注目，充满魅力。"革命人永远是年轻！"

拿到亚运会冠军后，2018年以来郎平第一次笑容轻松地敞开心扉，说出了心里话。

问：这是您的第五届亚运会了，还会考虑第六届吗？

郎平：可以作为参观团成员。

问：五届亚运会，当运动员两届，一银一金，当教练员三届，都是金牌，是不是有很多关于亚运会的记忆？

郎平：时间跨度真的太大了，记忆越来越浅了，我觉得印象最深的还是这届（笑）。

问：这次亚运会，八个3比0，仅从比赛结果看非常轻松，可是关注中国女排的人都知道，您和队员在备战过程中经历很多艰难，也很辛苦。

郎平：亚运会八场比赛，其实棋逢对手的比赛就是三场，我们都发挥了水平，三个3比0赢下来。但是如果准备不足，自己不是发挥特别好的话，打起来会很费劲的。出现失误，心态失衡，输了不该输的球，大家都会有遗憾，所以我总是说，该做的工作一定要做到，做好，绝对不能怕辛苦怕麻烦。

问：半决赛对阵日本队之前那个晚上，您带队员看录像学习之后，自己又为准备会和临场指挥工作到很晚，是还在担心什么细节吗？

郎平：我这人心重。我习惯平时多付出，比赛之前多做一些准备，总担心因为自己的一点点懈怠，对不起队员，对不起大家。

问：您的回答特别让人感动。其实大家都知道，最辛苦的是您。

郎平：竞技体育就是这样，一分耕耘一分收获，来不得半点虚假。只要决定干，就必须竭尽全力。

问：上个月的北仑集训，您和队员都特别投入。通过这次亚运会，您在这支球队身上看到了哪些可喜的变化？

郎平：经过这次比赛，队员相互间的默契慢慢又建立，这个很不容易。大家目标很明确，一起向着一个方向努力。每个运动员都在克服困难争取进步，力争做最好的自己。我们的新队员李盈莹、胡铭媛、段放也很快适应了她们的新角色和队伍的要求，球队的进步值得肯定。

问：朱婷是不是也更加适应她的队长角色？

郎平：朱婷作为场上核心，自己一直做得非常好，去年成为队长以后，她以身作则，用自身行动认真为全队做表率。这一年多，特别是这次亚运会上，我看到她在球场上努力承担更多，比如召集队友，困难时安慰队友。在走向球队领袖的过程中，朱婷越来越成熟了。

问：还有不到一个月就是世锦赛了，您怎么看待这次的挑战？

郎平：世锦赛强手如林，我们中国女排所在的小组对手很强，对于我们来说，最重要的是踏踏实实准备，尽可能提高自己，力争打好每一场球。

问：大家都很期待您带中国女排冲击新的"三连冠"。

郎平：现在世界上的强队很多，中国女排凭实力就是第六、七名的样子，我们需要在训练中不断积累进步，缩小和世界先进水平的差距。这次世锦赛我们分在死亡小组，我们只能琢磨着怎么从小组杀出去，冲击六强。至于"三连冠"，那是大家的期许，作为我们干这行的人，不能天天总想这些事情。

8

2018年9月25日，中国女排出征世锦赛。

相比之前，中国女排这一次显得有些匆忙。仅有的三周封闭集训，

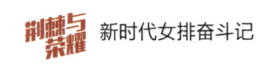

女排团队基本上全部用来研究小组赛两个主要对手。大家在一起详细分析形势，第二个比赛日对阵土耳其队，必须拿下，否则就要死拼意大利队，万一有闪失，有可能打完小组赛就确定无缘六强。

和奥运会前的"巴西月""美国月"一样，针对重点对手，先是教练做录像分析，然后逐项学习，教练都消化了，开始带着队员学习和练习，在训练中发现问题再学，再研究，再想办法……只不过三周的时间太短，根本不可能把两个主要对手完全吃透。

出征前一晚收拾行李时，郎平和安家杰反复确认对手的资料是否都带齐了，她开玩笑说："别的东西忘带了都能买，只有这些是无价之宝，真忘带了只能飞回来取。"

受伤一个半月的张常宁，错过了亚运会，紧赶慢赶终于赶上了世锦赛，但是状态肯定不理想，体能储备也有限，只能走一步看一步，大家的心里都没底。

在北京首都机场，看着参加世锦赛的14个"兵"，郎平跟赖亚文念叨：参加过四年前意大利世锦赛的只有朱婷、袁心玥、刘晓彤和曾春蕾。其余的十人，包括张常宁、颜妮、丁霞、林莉都拿过世界杯、奥运会两个冠军了，但是对于世锦赛来说，还是新人。她俩一起数了数第一次参加三大赛的队员：姚迪、胡铭媛、李盈莹、杨涵玉。

"这球真不好打，一天一天熬吧！"郎平对赖亚文说。

这话听着耳熟，似乎这几年中国女排每次出征大赛都是在这种气氛中起步的，只是因为她们特别能咬，结果往往还不错。

中国女排抵达札幌那天，从欧洲远道而来的土耳其队也到了。

里约奥运会带着荷兰女排创造历史最佳的古德蒂，执教土耳其队一年后，又把土耳其队培养成了最具冲击力的狠角色。7月的世界女排联赛，土耳其队创纪录地获得了总决赛亚军。不久前的瑞士女排精英赛，土耳其队小组赛3比0战胜最后获得冠军的意大利队，季军争夺战3比

土耳其女排主教练古德蒂在新闻发布会上还不忘向郎平讨教。二十世纪九十年代初,郎平在意大利摩德纳执教时,小青年古德蒂前来观看训练,慢慢由此入行成为排球教练,两人可以说有师徒之谊。

2 战胜巴西队获得铜牌。2017 年 12 月世锦赛分组抽签时,中国队、意大利队、土耳其队同分一组,还不是特别坏的一个签。一年之后,因为古德蒂,B 组成了"死亡之组"。

有趣的是,因为朱婷,古德蒂和中国队有了更深的缘分。里约奥运之后朱婷赴土耳其打球,效力的正是古德蒂执教的瓦基弗银行队。两年时间,古德蒂对朱婷爱护有加,在中国球迷中很有人缘,还因为年纪轻轻就满脸皱纹,他得到"老褶子""褶导"等多个爱称。

世锦赛第二个比赛日,中土两队相遇。双方都是抱着必杀的决心、怀着必胜的信念而来,赛前坊间普遍预测这将是一场恶战。

对于中国女排来说,在做世锦赛计划时就把这场球当成了攻坚克难

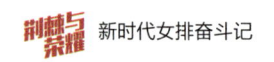

的重点,毕竟是在世锦赛开局阶段,比赛的胜负关乎信心、士气和晋级形势。

"每一场比赛开始前,双方胜负都是五五开。"郎平这样告诉队员,也如此回答媒体。

她帮队员认真分析了土耳其队的情况:队员年轻、冲击力强、上升势头猛,打好了谁也拦不住,但是这样的球队是打情绪球的,底蕴不够,积累不够,往往对困难的准备不足,很难自始至终把控好情绪。"所以开局我们必须打好,压制住对手,如果让土耳其队打疯了,那就麻烦了。"

在瓦基弗银行队愉快合作了两年,朱婷深知古德蒂和队中多位土耳其国手对自己的了解,她早就做好了被限制的心理准备,也准备好了如何反抑制。

不出所料,土耳其队上来第一个球就追发朱婷,而且开场就想办法让自己嗨起来,打得很疯。但是中国女排有备而来,颜妮在三号位、龚翔宇在二号位连续突破之后,第一轮对阵古巴队完成2018年国家队首秀的张常宁接连得分。土耳其队的主要得分点、接应博兹第一次进攻被防起,第二次就出现了主动失误。朱婷开局阶段几次进攻都被土耳其队防起,但她早有预案,主动求变,中国队迅速拉开比分,成功压制住对手。

一个月前瑞士精英赛上,土耳其队还怎么打怎么有,这场比赛开场还一个个神气活现,但被中国女排发几个拦几个之后,开始怀疑自己,失误频频。这就是排球,与其说比赛是实力的比拼,不如说是抑制与反抑制的较量。

通过出色的发球带动拦防,中国女排愣是把心高气傲的土耳其队打泄了气。三局比赛,中国女排完全没有给对手机会就痛快赢下,成功迈过世锦赛小组赛的第一道关卡。

输得没脾气的古德蒂唯一的安慰,是输给了爱徒朱婷。

赛后两队握手时，他冲朱婷示好，朱婷佯装生气："为什么每次发球都找我？"

古德蒂狡黠地笑笑："我不是故意的！"

"你就是故意的！"赢球的朱婷情绪不错，和"老褶子"逗了起来。

全场比赛，朱婷接了18次一传，是全队最多的；29扣15中，加上拦网1分，得到最高的16分。

古德蒂赛后感慨："全世界都了解朱婷，而这并不能改变什么。"

朱婷则说："对手了解我，肯定会想办法限制我，我做了应对的准备，而且我还有给力的队友。"

赢球后坐在场边，队员们连连对陪打教练袁志、李童竖大拇指，称赞他们模仿土耳其队攻手的动作已经到了以假乱真的地步，所以，对手在实战中的一招一式，姑娘们都感觉很熟悉，很适应。

"这场球很关键，很涨士气。"郎平总结说，"大家一起战斗，胜利是全队努力的结果。"

赢了土耳其队，第二天是10月1日国庆节。利用休战日，中国女排安排上下午训练，准备迎战更强大的对手意大利队。

9

世锦赛小组赛最后一轮，中意女排上演B组头名之争。古德蒂赛前就预言：意大利队会赢。

从球队各个位置人员配备和状态来看，意大利队确实占优。翻看东京奥运周期两年双方交手记录，也是意大利队占上风。

郎平提出的要求是："一分一分去啃"。比赛难度之大可见一斑。

场地热身时间，双方都想办法调动情绪，上网扣球气势很猛，意大利队打下来的球砸在地板上咚咚作响，袁心玥不时用她特有的高亢海豚

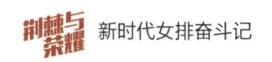

音激励队友……

中国女排开局并不顺利，因连续失误一度 2 比 5 落后，队员们并不慌张，不断互相鼓励。随着张常宁的两次突破成功，中国女排将比分咬住，双方进入相持阶段。

中国女排对阵意大利这场攻坚战的关键点，是拦防对方的进攻核心埃格努。第一局双方战至 8 平，颜妮成功拦死埃格努。这是十分提振士气的一球，此前反复研究对手在实战中看到了成效，连替补席上的队员都开心地跳了起来。"Monster Block（超霸拦网）！ Monster Block！"跟着现场 DJ，全场观众一起为颜妮这一记漂亮的拦网喝彩。

从里约奥运会开始，排球场上有了特色鲜明的欢庆动作和琅琅上口的助威口号。运动员扣球得分，现场 DJ 会带着大家一起举起双手，一边做连续向上抬手的动作，一边喊"Super Spike（超级扣杀）！ Super Spike！"而在每一个漂亮的拦网之后，大家会一起做出霸气的拦网动作，高喊"Monster Block！ Monster Block！"

颜妮的信心更足了，意大利队又自信地发起新一轮进攻，结果又被颜妮霸气拦死在界内。

排球场上的心态变化，往往是因一两个成功的拦网带动。颜妮连续拦网成功，"印象中一直很厉害"的埃格努马上就因为犹豫失误频频，另一个难对付的角色塞拉也因为被中国队持续追发无法发挥进攻威力。中国女排 16 比 13 领先时，塞拉在后排被换下。

两个最主要得分手埃格努和塞拉同时被限制，这对于一年以来顺风顺水的意大利女排来说可能是第一次。

充分的准备帮助中国女排以严密的拦防组织压制住了气势汹汹的意大利队，和埃格努、塞拉的无奈形成鲜明对比的，是中国女排场上队员的清醒和从容，中国队以 25 比 20 拿下第一局，这个开局令人惊喜。

但是意大利队不是吃素的。

第二局开局，意大利队攻传之间的感觉明显比第一局要好，中国女排继续采用上一局的策略：追发塞拉、拦防埃格努，顶过开局最多落后三分，到中局一直保持微弱领先优势。

然而就在两个黑人边攻手被限制的困难阶段，意大利的两位大个子副攻爆发了。

队长齐里切拉长得像骄傲的小公主，2014年才出道，现在已经能挑大梁了。第二局局末，她连续撕开中国队防线将比分追平。战至19比18，另一位高个副攻、身体条件极佳的达内西连得四分，其中两分是拦住朱婷的进攻，意大利队眨眼间从落后一分到领先三分。

虽然局末关键分阶段中国女排紧紧咬住，胡铭媛上场发球直接得分挽救第一个局点，但在第二个局点，由于中国女排进攻点太过单一，朱婷后三直接被齐里切拉罩死，意大利队以26比24扳回一局。

第二局最后一球落地，齐里切拉转身跪地嘶吼，其他队友也围成一团，庆祝这一局艰难的胜利，连跑上看台拿技术统计的意大利教练也抑制不住兴奋得手舞足蹈。

第二局最后的关键分，成了这场中意之战的分水岭。

"如果再有一个朱婷，今天这场比赛我们就赢了。"郎平赛后幽默地说。

第三局和第四局，随着意大利队攻防两端渐入佳境，中国女排进攻点不足的问题凸显出来，从张常宁到李盈莹再到刘晓彤，三个人都尽了最大努力，但是都没能撑起朱婷的对角。郎平不断变换边攻组合，包括在第四局尝试把张常宁放到接应位置上，但此时的中国女排已经不像第一局那样头脑清醒、组织严密。郎平的多种尝试都没有起效，面对意大利队高水平的拦网，除了朱婷，其他攻手都很难突破。赛后技术统计显示，中意两队的拦网得分为9比19，差距明显。

16比25、20比25，中国女排连失两局，1比3败下阵来。

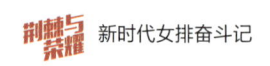

赛后在场地里放松，姑娘们三三两两低声交流比赛，教练们也有针对性地跟队员们提一些问题。大家并没有因为一时的失利而失落，反倒是通过比赛的过程，每个人都更加坚信在备战的过程中做对了很多事情。

第二局14比14时，中国队打一攻，一个没扣死，奋力防起对方，转换进攻人再扣，还是没打死，再防，再扣……最后张常宁终于在四号位将齐里切拉的背飞拦死。这一分过后，双方都气喘吁吁，张常宁甚至都没有力气庆祝，只是不住地喘着气，用眼神和自己的队友传达喜悦。

也是第二局，袁心玥打完一个快球轮到后排发球，意大利队打一攻，埃格努将球砸向一号位，袁心玥弯下她两米多的大个子，生生将球顶起，最后朱婷反击得分，中国队取得领先。

还有31岁的老将颜妮，四局下来得到全队第二高的16分，其中进攻18扣11中，拦网得到4分，发球拿下1分。"北长城"总是高举双臂，眼神坚定地站在网前，让人想到一个词：定海神针。只有到赛后慢慢撕掉贴在肩膀、腹部、膝盖处厚厚的胶布，她才会忍不住说："我疼，我哪儿都疼。"

被重点盯防的队长朱婷得到全队最高20分，赛后她趴在地上放松，不发一言。在新闻发布会上接受采访时，朱婷主动把责任揽在自己头上："对方对我的拦防都比较成功，回去我会及时总结，争取下一次碰面打得更好。"

10月5日，中国女排乘早班机从札幌转战大阪，在那里有四场硬仗等待着郎平和姑娘们。

世锦赛漫漫征程，道阻且长，行则将至……

10

熬过漫长的小组赛，世锦赛进入攻坚战。

连日征战，压力加上疲劳、睡眠不足，世锦赛到了最苦最累的关口。承受压力最大、身心最疲惫的郎平仍然笑得很阳光，经验告诉她，这个时候最不能提的就是累字，越提越累，必须要打起精神，正能量也会互相传染的。

"每个人都咬一咬牙，多一点笑脸，大家都会感受到力量。"郎平给队员提的要求，都是自己先要做到。不过她也说，这么多年了，乐观成了习惯。

转战大阪连胜泰国队和阿塞拜疆队之后，中国女排将要迎战美国队。按中美两队此前世界三大赛交锋情况和世锦赛前七轮的成绩，美国女排被普遍看好。很多中国女排的支持者在预测中国晋级六强的可能性时，索性将这场中美之战按0比3的最坏结果计算，复赛最后一轮力拼俄罗斯队，中国队全取三分即可跻身六强。

一向擅长集中优势兵力打击对手的郎平会怎么抉择？就在大家认为郎平有可能战略性放弃，保存实力对付俄罗斯队时，她正带领球队对里约周期三大赛持续压制中国女排的美国队做最后的准备。

10月9日，是世锦赛开赛的第11天。

对于一路被对手冲击的中国女排来说，这11天264个小时过得太实在，尽管每个人都笑着，努力着，但在内心深处，还是感觉很艰难，很漫长。这感觉像极了里约。

世锦赛中美战前的备战日，郎平带全队进行了一次封闭训练。这也像极了里约。2016年8月13日，中美之战前一天，郎平也安排了一堂拒绝外界打扰的训练课，她说希望带着队员们安静地练一下，一起思考点"人生"。

更相似的是形势，中国女排即使做了充分准备，想掀翻美国队仍然难度很大。

这次世锦赛，还有一点很"里约"。

发挥老队员的传帮带作用，是中国女排一直以来的好传统。世锦赛期间，惠若琪、徐云丽和魏秋月也来到了日本。徐云丽帮助中国女排训练备战，发挥了她在里约奥运会时的"知心大姐"作用；惠若琪和魏秋月都是解说嘉宾，比赛前后都和球队近距离接触，魏秋月还能和丈夫袁灵犀难得地在看台上小聚一会。

里约奥运会中国女排阵中的三员老将徐云丽、魏秋月和惠若琪以不同身份来到日本，全程陪伴中国女排一路向前。

8个月前惠若琪在江苏女排的主场宣布退役，5个月前在北京完婚，这次"出征"日本世锦赛，她的身份是中央电视台的解说嘉宾和特约记者。

整整一年前，魏秋月和中国女排陪打教练兼技术统计袁灵犀喜结连理。此次世锦赛，魏秋月应腾讯直播平台之邀，和著名排球评论员田宗琦搭档担任现场解说。

作为腾讯体育特邀嘉宾来日本观战的徐云丽，拿出更多精力帮助中国女排训练备战，又一次发挥了她在里约奥运会时的"知心大姐"作用。"其实现在的角色有时让我会有一点点惰性，早上那么早真的不想起床，但是想想郎导、赖导还有朱婷她们，少睡一会儿又能怎样？特别有动力就出发了。为中国女排这个有爱的团队做有意义的事，我再累也愿意。"徐云丽说。

发挥老队员的传帮带作用，是中国女排一直以来的好传统。1984年洛杉矶奥运会前，袁伟民就曾请回已经退役的曹慧英、陈招娣和杨希，让她们从过来人的角度给年轻队员更多的指点和帮助。

看到徐云丽在世锦赛上对朱婷、颜妮等人的帮助，郎平在考虑，或许明年封闭集训时也可以把老将请回来……

11

中国女排上一次在世界三大赛上战胜美国队是什么时候？这是一道有点儿复杂的历史题。

2016年里约奥运会小组赛1比3，2015年世界杯0比3，2014年世锦赛决赛1比3，2012年伦敦奥运会小组赛0比3，2011年世界杯2比3，

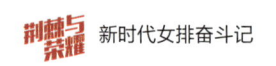

2010年世锦赛两队没碰面，2008年北京奥运会小组赛2比3，2007年世界杯中国队没参加。终于，数到2006年世锦赛复赛，中国女排曾以3比1战胜美国队，那已经是12年前的旧事了。

终结12年在三大赛上没有赢过美国队的纪录，对于中国女排来说是很有历史意义的事。但是在2018年世锦赛复赛3比0速胜美国队之前，没有人回顾过历史，也没有谁计算过时间，或许是大家都没敢想中国女排能赢，或者说是感觉还没到赢的时候。

"再强大的对手，比赛开始前双方的胜负概率都是五五开，我要尽全力去争，如果我能这次战胜对手，我一定不等到下一次。"直到中国女排有些出人意料地大胜美国队，郎平才把她的想法和盘托出。

在休战日和比赛当天的封闭训练中，郎平都在带队针对美国队做准备和部署，她不断调动队员，以良好的心态和对手耐心周旋。郎平并没有刻意强调结果："我希望每个人都从自己的角度努力寻找与对手周旋的办法，我们现在所做的所有努力，都是为了最终战胜对手。"

"为了最终战胜对手"，郎平的话让队员们有一种为东京周期终极目标努力的既视感，她们自然就懂了，每一次碰美国队的机会，即使不能赢，也不能随随便便放过。

比赛一开始，中国队就很强势，从发球的性能和落点、进攻分配球的思路到拦网的组织、防守取位，都能看出全队经过了深入细致的研究和准备，队员们思想非常统一，坚决贯彻教练意图。

中国女排以25比17拿下第一局之后，美国队开始振作精神，特别是在用洛维替下墨菲出任接应之后，中国队拦防的压力骤然增大，双方一直打到26比24才分出胜负。

"打得不错！基本没让大家着太大急，就是第二局最后几个球让大家小小心跳了一下。"最终3比0完胜对手，郎平幽默地总结了一番。

全场比赛中国女排只有一次换人，由胡铭媛替颜妮发球，但七名首发和七名替补，真正做到了14个人在合力打一个球。

张常宁被美国队追发，但一传顶得很不错，替补席上的刘晓彤大声给她加油。第二局中美战局胶着时，张常宁轮到后排，刘晓彤提醒她防守取位："宝宝！二直线！"刘晓彤能这样喊起来，得益于徐云丽在中意那场小组赛后给她做的思想工作。因为那场球被换上场没有有效帮助球队，刘晓彤憋闷了好几天，正好在酒店碰到徐云丽，刘晓彤把"丽姐"拉到房间，想谈谈心。作为老队员、过来人，徐云丽早有话想跟刘晓彤说。

里约奥运会后，年轻人迅速接班，朱婷接过队长重任挑起了大梁，但是她的身边，还需要有人帮衬和分担，入队时间最长、为人平和亲切的刘晓彤作为副队长，还可以担起更多。

徐云丽跟刘晓彤说起了里约时的自己：小组赛状态不好，天天纠结于发挥，直到中巴那场生死战前，眼看着球队危了，她顾不上管自己了，放下所有的顾虑主动找队友谈心交流，做思想工作，帮助年轻队员解决问题，推动大家一起闯过难关。

"你能做的事情远远不止现在这些，真的不是只有上场得分才是为球队做贡献。"徐云丽提醒刘晓彤，"你想想每次替补上场时，是不是觉得在场下看的东西特别清楚，帮助特别大？"

一语点醒梦中人，刘晓彤马上知道自己该做的事了。

赢了美国队，在返回酒店的大巴上，体能师Rett组织大家拍了一张合影，庆祝这场重要的胜利。比赛开始前奏美国国歌环节，Rett站在中国女排团队的看台上手搭左胸高唱国歌。中国队最后战胜美国队，Rett也开心得一蹦三尺高。

在中国女排的团队中，有来自美国的专家每天默默付出，帮助球队进步，这样的画面令人感动、感慨。

20年前，郎平曾在她的自传《激情岁月》里写道：打世界大赛，不

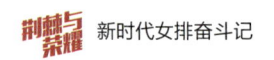

是打世界大战，我们打的不是利益，我们打的是一种人类的精神。

中国女排历经四十多年的发展，走到今天，面孔越来越多元化，故事也更加丰富有趣了。

12

这次世锦赛，郎平在日本遇到很多老朋友、老熟人。四十年活跃在世界排坛，郎平的朋友很多。

从札幌转战大阪当天，中国女排刚到比赛馆，阿塞拜疆的老将玛玛多娃就跑上前跟郎平热情拥抱。玛玛多娃是郎平2008年奥运会后执教土耳其电信队时的队员，共事一个赛季之后，因为阿塞拜疆国家队成绩一般，没有什么机会参加世界大赛，所以师徒二人一晃已经是十年没见。

"虽然这些年我和Jenny（郎平的英文名）没见过面，但是我经常在电视上看到她，她一直都是我心目中世界上最好的教练。"玛玛多娃说起郎平，一脸崇拜。

日本人川北元早年留学美国，曾在郎平执教美国女排时当志愿者。学成返回日本，里约奥运周期他曾在日本女排担任主教练真锅政义的助理。这两年川北元在日本一家职业俱乐部任教，借世锦赛在日本举办，他特意带着妻子和两岁的女儿赶到大阪和老朋友们见面。在和美国女排的一些熟人寒暄之后，川北元在场边等着郎平出现。孩子玩累了，妻子抱着她在看台上找个地方睡一会儿，而川北元一直在等。

"当年我在美国的时候Jenny对我特别好，我从她那里学到很多，那段和她在美国女排工作的经历对我帮助非常大。"川北元说，"前几年我在日本国家队，每次大赛都能见到Jenny，这两年我执教俱乐部队了，见面的机会变得很有限，我很想念她，今天就想当面跟她说一声：祝中国女排好运。"

泰国女排队长维拉万也是郎平的学生，在郎平执教广东恒大女排时，维拉万是三位外援之一。每次见到郎平，维拉万都会满怀感激地说起那段师徒经历："Jenny 是世界上最好的教练，和她在一起的一年，是我人生特别美好的经历。"

世锦赛打到六强赛，东道主日本队终于和中国女排会聚到同一个城市——名古屋。赛前新闻发布会结束后，日本女排宿将大林素子特意跑上来跟郎平打招呼。

1985 年女排世界杯，当时只有 25 岁的郎平和还在上高三的大林素子第一次赛场相见，到 2018 年，已经 33 年过去了。这些年大林素子一直担任电视台排球比赛解说嘉宾，每次大赛，她都要找机会和郎平问好。

"您一直那么棒，我很尊敬您。"大林素子通过翻译对郎平说，"时间过得很快，我们都不年轻了，久美今年也 53 岁了。"

大林素子所说的久美，就是日本女排主教练中田久美。过去的队友接过国家队教鞭，大林素子更多地了解了女性在国家队主教练位置上的辛苦和艰难。

"我已经不年轻了，你俩还年轻，而且美丽！"郎平笑着说。如今她们最多的共同语言，就是站在一线的女性教练。

二十世纪最佳运动员托雷斯，现在担任古巴女排助理教练。在一次接受采访时托雷斯说："郎平是一个很好的教练，非常强大，我希望以后能成为像郎平那样的教练。"

成为女性的榜样，令郎平又喜又忧，因为她最知道每一位在事业上追求卓越的女性，都会有巨大的付出和牺牲。

13

进军六强，中国女排将在名古屋再战美国队。

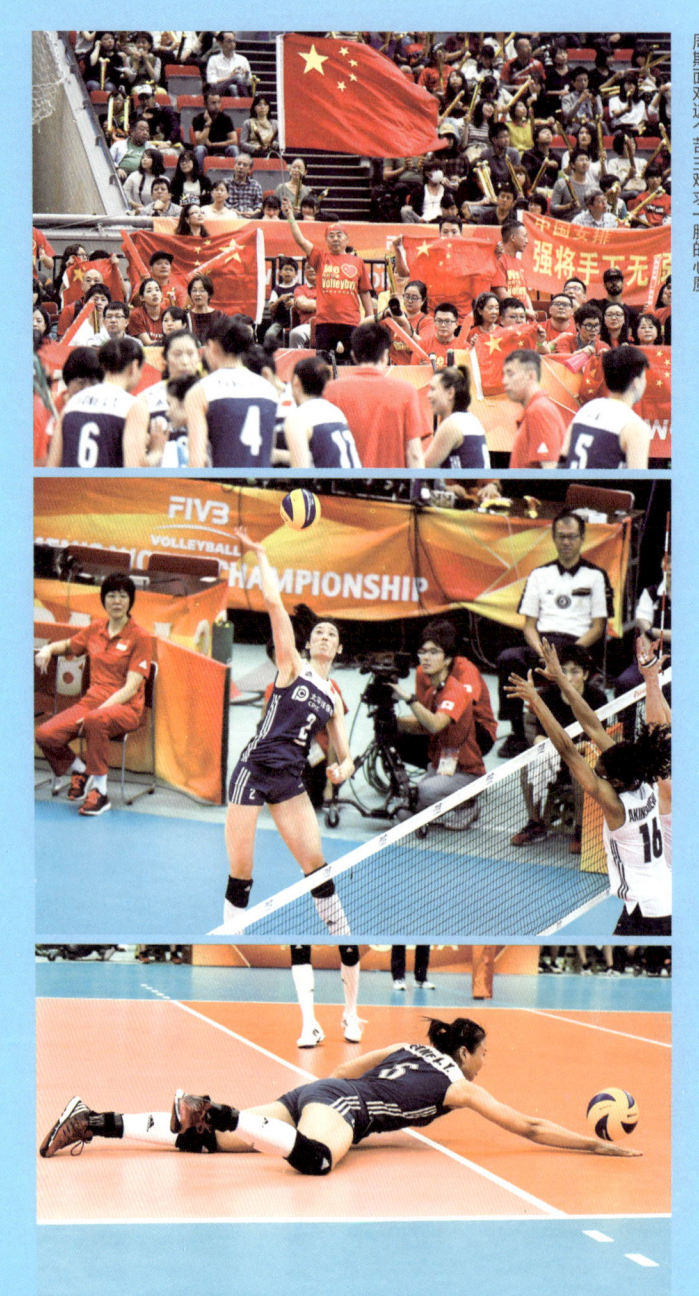

世锦赛六强赛,中国女排3比2再胜美国队,解除了里约周期面对这个苦主难求一胜的心魔。

三天前，中国女排过去12年世界女排三大赛没胜过美国队的历史已经作古，但那一场3比0完胜，除了中国女排准备充分，发挥出色，到底有没有美国队轻敌的因素？中国女排是不是真的找到了对付美国队的办法？最好的回答就是，再打一场。

复赛最后一轮，在自己进军六强无忧的情况下，中国女排仍然全力战胜俄罗斯队，这是全场比赛一直"坐山观虎斗"的美国女排最期待的结果。

两个小时以后，六强赛抽签结果出炉。中国队、美国队和荷兰队分在同一半区，名古屋六强赛，中美两队率先登场。

没想到再打一场的机会这么快就来了，相比之下，急于"复仇"的美国女排心态更好摆。因为那场3比0，把中国女排推向明处。

"估计美国队研究了三天，肯定会更有针对性地治我们，我们不会像上一场那么顺，大家做好打五局的准备。"郎平在准备会上给队员们打了"预防针"。赖亚文补充说："我们一定要打好关键分，最后很有可能就是两三分决定命运。"结果，中美之战的关键点，全被郎平和赖亚文两位久经沙场的宿将言中。

美国队主教练基拉里调整了首发阵容，对上一场发挥不佳的一传环节做了重新布置。美国队开局领先，气势逼人。相比之下，中国女排自身失误、控制得不够理想，开局打得不顺。

第一局打到局末，朱婷发威，中国女排追至20平之后反超，以25比22赢下。这一局的胜利带给大家十足的信心，但是美国女排的反扑说来就来。

复赛中国女排3比0拿下美国，进攻多点开花是关键，砍下14分的接应龚翔宇起到关键作用。但是到了六强赛，被美国队的强大副攻重点"照顾"，"小宇宙"（龚翔宇昵称）打得不那么得心应手。特别是连续被拦、进攻受阻之后，"小宇宙"看上去有些信心不足。全队苦苦支

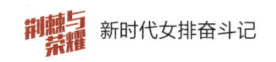

撑，19比25、20比25，中国女排连丢两局陷入被动。

"美国队占上风了，我们必须硬往上顶，努力扛过去。"1比2落后，郎平提醒队员，"没关系，别着急，这球有得打，我们一定要坚持到底。"

第四局比赛，中国女排已经没有退路。郎平大胆变阵，派老将曾春蕾和新人李盈莹首发出场，一下子更换两名首发队员，这是世锦赛开赛以来的第一次。

曾春蕾和李盈莹上场前，郎平对她俩说："这个时候，就是拼了！硬扛硬顶，寻找机会！"

李盈莹想起了郎平准备会时说的话：无论多困难都要跟对方顶，要坚定必胜的信念。

开始李盈莹打得并不顺，但是她看上去很冷静，一直在寻找突破的机会。

前半局中国女排领先，最多时拉开对手五分，但是打到局末被对手连续追分，姑娘们的压力骤然增大。关键时刻，郎平换人，两点换三点，姚迪替下曾春蕾，龚翔宇换下丁霞。

"就算输了也要搏一下！"郎平对旁边的赖亚文说。

决定整场比赛胜负走向的两分，被第一次参加大赛的李盈莹包办，她在机会面前毫不手软。中国女排将大比分扳成2比2。李盈莹发挥出了水平，中国女排又多了一个经过实战考验的强劲火力点，郎平手里的牌又打活了一张。

赢下第四局，坐在运动员观摩席上的徐云丽预言："我觉得能赢！"第三局中国女排最困难的时候，徐云丽曾走到看台最下边，叫过替补席的姚迪低声耳语了几句。过了一会儿，袁心玥轮转后排发球后被自由人换下，姚迪马上跑到袁心玥身边提醒了几句。

"我们习惯这样互相提醒，在场下的人总比在场上的人看得清楚，大家合力打好一个球，就是这种感觉。"徐云丽说。这是中国女排的传统，大家互相帮助，互相弥补，两三个人合力打好一个位置，全队各做各的贡献，打好一个球。虽然比拼个人能力，中国女排阵中突出的只有朱婷，但是比拼集体的力量，谁也比不过中国女排。

朱婷也说，14个人合力打好一个球，这种力量不得了："大家都是中国队的一分子，相互之间给的支持会比较多，我主攻的时候，张常宁就要给我分担一传，但盈莹上来就保障她，每个人都发挥自己的特长。"

中国女排三天里两胜美国，体能师Rett又拉着姑娘们在大巴上来了一张庆祝照，相比复赛那场3比0之后的合影，经历艰难再胜美国之后，姑娘们的笑容更加灿烂。

六强赛第二场，中国女排3比1战胜荷兰，以F组头名身份昂首挺进四强。

中国女排在世锦赛上两胜美国队，球队的美国籍体能师Rett（右一）仍然心情很好，拉着姑娘们在大巴上来了一张庆祝照，大家笑容灿烂。

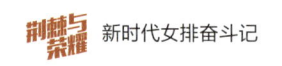

从名古屋转战新横滨,她们在半决赛的对手还是意大利队。

14

2018年世锦赛,是郎平的第七次世锦赛。出征之前她就跟家人和朋友说,这很可能是她最后一届世锦赛了。

率队到达新横滨那天,从新干线车站走出来,看到圆柱形的地标性建筑——新横滨王子酒店,郎平对安家杰说:"这个地方我来过。"她对车站前的小广场印象很深,还有酒店一层连着的商场,她曾经在那里给妈妈买过一个可爱的毛绒玩具,"这个酒店离比赛馆特别近,上次我比赛完都是自己从天桥走回酒店的,比球队的大巴还快。"还没进酒店,郎平就给大家做了普及。其实,郎平上次来新横滨已是十年前了。2008年世界女排大奖赛总决赛,她曾经率领美国女排到过这里。

到酒店登记入住,又发了新的房卡。

从札幌到大阪,从名古屋到新横滨,这已经是第四家酒店了。郎平等电梯时问赖亚文:"几天换一次酒店,你不会走错房间吧?"赖亚文笑了:"按电梯的时候是得想想。"

她俩算了一下,从9月25日出征,已经23天了,转战四地,打了11场比赛,漫长的世锦赛,就快熬出头了。

"加油加油,还有最后两场球!"两个人神情轻松,相互鼓励,其实以她俩的经验,真正的恶战到了!

10月19日下午三点,中意半决赛打响。

在之前进行的第一场半决赛中,世界杯、奥运会双料亚军塞尔维亚队3比1战胜荷兰队,中意之战的胜者将与塞尔维亚队争夺冠军。

现场的球迷,超过六成都是中国女排的支持者,坐在中国队教练席身后的红色球迷方阵格外引人注目。大家都记得在海外征战的朱婷说过最喜欢在国外赛场上看到五星红旗，比赛还没开始，中间的两个看台就成了一片红色的海洋。

相比小组赛，双方都准备得更充分，但是在中国女排一边，不利因素是伤病初愈、并没有系统训练的张常宁打到第12场，体能储备已经不够了，她只能靠毅力咬牙硬挺，一传还勉强能顶得住，但是在进攻端很难撑起朱婷的对角了。12比19大比分落后时，李盈莹替换张常宁上场，但最后还是以7分之差丢掉第一局。

第二局，中国女排稳住阵脚，士气渐起，一直保持微弱领先到局末。23比21时，郎平换上胡铭媛发球。第一次参加世界大赛的胡铭媛连续两个发球直接得分，帮助中国女排拿下第二局。小将的沉着和郎平的胆量都让人佩服。

在16比25输掉第三局后，中国女排似乎离决赛渐行渐远。

关键的第四局，中国女排一直保持两分左右的领先，但是接近20分时，场上风云突变，意大利队抓住中国队两次一攻不下球的机会，利用反击追平，又靠强拦网反超。局末，意大利队以23比21领先，朱婷和龚翔宇先后站了出来，凭借两个漂亮的进攻把比分扳平，紧接着朱婷又一记发球破坏对方一传，埃格努进攻出界，中国队拿到局点。

此后，两队陷入拉锯战，你一分我一分，一直僵持到29平，现场的气氛几乎凝固了。依靠顽强的意志和永不放弃的精神，中国女排坚持到最后。锁定第四局胜利的那个球，是朱婷一次原地起跳的调整攻，意大利队挑战出界，结果视频显示球正好压在线上。

31比29！中国女排咬下了第四局。

看到年轻一代中国女排表现得如此坚韧，第四局胜利到手，现场很多中国球迷激动落泪。如果决胜局是中国女排笑到最后，那第四局那段惊心动魄的撕扯一定是冠军之路上最动人的段落。

一边是倒地狂欢,一边是伤心伫立。2018年10月19日,中国女排在世锦赛半决赛中,决胜局以2分之差负于意大利队,无缘决赛。失利的痛苦,将化作冲击更高目标的动力。

然而，没有如果……

决胜局中国女排12比14落后，又顽强扳成14平，战至15平，最终以两分惜败。

最后一球，双方多个回合拉锯，埃格努的扣球打手出界，站在后排的朱婷顺着球飞出场的方向看去，她无奈的眼神定格了中国女排遗憾落败。比分牌停留在17比15，意大利人喜极而泣，中国姑娘黯然神伤。

竞技体育的残酷性，在那一刻让人体会得特别深刻。

奥运冠军在通向世锦赛冠军决赛的路上停住脚步，那一刻，像是一个梦的终结……比赛戛然而止，现场的观众从群情激昂、喊声震天到静静伫立、鸦雀无声，一时间大家都很难回过神来。

面对如此遗憾的失利，很多人以为郎平会掉泪，其实她一直保持笑容。

"比赛已经结束了，再遗憾可惜都没有用了，我们回去好好总结这场球，下次，我们努力战胜她们！"郎平鼓励队员，引领大家看向前方。在混合区接受媒体群访时，她从容淡定地表示比赛还没有结束，一定要善始善终，打好铜牌争夺战。在新闻发布会上，她风度翩翩地恭喜意大利队，称这场比赛扣人心弦，非常精彩，她肯定球员的努力，但是坦然面对失利："我们在拦网反击这些环节上还可以做得更好，这是我们今后的努力方向。"

走出比赛馆，横滨下起了小雨，更添了几分秋天的清冷。落寞散场的球迷们走着走着，好像忽然想起了什么，重又打起精神自发聚集在新横滨王子酒店门口，等待中国女排归来。他们红着眼睛努力微笑，轻轻地对中国女排每一位教练、球员和工作人员说："辛苦了！谢谢你们！"

大量前来横滨助威的球迷不得不把这一晚的庆祝聚会改成了一个人在房间里喝闷酒，但是有一位球迷的有感而发引起了大家的强烈共鸣：有幸见证郎平第二次执教中国女排这个时代，经历这么多感动的时刻，

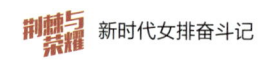

我们应该知足,应该珍惜。

15

输给意大利队的那天晚上,郎平睡前吃了一粒安眠药。

紧张激烈的五局大战之后,她和赖亚文、安家杰回到酒店就开始讨论和荷兰队的三四名决赛。

"得赶快带着孩子们从这场球的郁闷中走出来,铜牌战也很重要,打到今天,成绩都是我们一场一场拼来的,不能说没有希望夺冠了就没有精神了。"郎平说。

晚饭后趁队员洗澡收拾的时间,郎平靠在床上休息了一会儿,手里还拿着中意之战的技术统计。她想闭会儿眼,但是又忍不住拿起技术统计研读:

"我们进攻比对手少了20分,能扛五局不容易。"

"这场球我们一传是赢了对手的。朱婷对埃格努,我们也是正分。"

……

赖亚文打电话商量晚上录像学习的安排,郎平一听翻身下床,打开电脑,说:"我抓紧时间再过一遍荷兰的录像。"

当晚的队会上,队员们都比较沮丧,觉得拼到这个份上了,没有拿下来很可惜。队员们的想法,郎平很理解,但是她更知道这个时候的责任。

"不能奏国歌了,还是要尽最大努力把国旗升起来。"郎平的话,令人感动,充满力量。

颜妮平时不爱说话,但这个时候,她站了出来:"已经比咱们赛前预期要好了,缓一缓,明天继续跟她们干!"

统一了思想,学习过对手,郎平让队员们早点休息。她和安家杰继

"不能奏国歌了,还是要尽最大努力把国旗升起来。"中国女排迅速走出世锦赛半决赛失利的阴影,在三四名决赛中3比0完胜荷兰队,夺得一枚珍贵的铜牌。

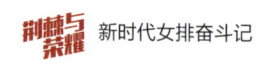

续研究对手、对轮次到凌晨一点，因为担心自己睡不好影响第二天指挥战斗，她吃了一片安眠药。

铜牌决战这天上午，郎平在准备会上又"刺激"了一下队员："看各位有些无精打采啊！这个时候绝对不能松懈，一定要打起精神！"提出要求以后，郎平晓之以理，动之以情，"我们参加比赛，不是只有金牌才有意义，铜牌，一样是我们日复一日努力的成果。想想你们这大半年，每天早上七点爬起来去训练，一天七八个小时，在球场上流了多少汗水！我看着都心疼！"

"这块铜牌，我们一定要拿！"队员们说。

郎平一番掷地有声的话，就是中荷之战的"必杀令"。世锦赛最后一个比赛日，中国女排的目标是：战胜荷兰队，站上领奖台！

10月20日东京时间下午4点40分，中荷两队一起出现在运动员入口。全场沸腾，观众席上一片中国红。

从全国各地赶来日本的上百名中国球迷，和上千名在日华人球迷一起，把横滨体育馆变成了中国女排的主场。

世锦赛第22天，打入四强的球队打到了第13场比赛。

面临巨大的压力和责任、饮食不习惯加上连日征战睡眠不足，朱婷的黑眼圈越来越明显，她努力打起精神。

"这是我进国家队六年以来经历的最困难的一次大赛。"朱婷说。关心她的朋友开导她：你强，所以你难；在如此艰难的情况下你仍然如此之强，说明你比以前更强。

这场铜牌争夺战，朱婷又一次打满全场，保持全部13场全勤无休。她担当三点攻主攻，承担更多一传，18扣9中，还有一分发球直接得分。

有朱婷有力的一传后排保障，世锦赛以来第一次首发上场的李盈莹在进攻端打出高水平，28扣16中4发砍下20分，是全场比赛的"得分王"。袁心玥、龚翔宇各拿到11分,老将颜妮也贡献了9分。在世锦赛的最后一场比赛中,中国女排又一次实现多点开花。

赛点的一球,丁霞传给朱婷,朱婷一扣而就,中国女排以3比0完胜荷兰队。虽然遗憾未能打进决赛,但是世锦赛能以一场漂亮的胜仗收官,也算是一种圆满。

"终于收工了。"坐在场边脱下护具,队员们互相击掌,不约而同感叹道。

2018年中国女排组建六个月以来,征战世锦赛的25天以来,姑娘们第一次如此轻松地脱下护具,那一刻,很像是结束期末考试的学生整理书包的感觉。

"世锦赛终于结束了。"袁心玥靠在场边的LED广告屏上,闭上眼睛希望给自己片刻宁静。

世锦赛这些天,比赛一场接一场,发现问题后并没有多少调整和改变的时间,每天,每个人都需要不断跟自己对话,督促自己勇敢向前。

每个人都不完美,谁都不知道自己什么时候会遇到困难,靠自己的能力能不能解决,但是依靠集体的力量,她们相互扶持着,在彼此的鼓励声中扛着,顶着,拼得了一枚宝贵的铜牌。

16

世锦赛,以一枚沉甸甸的铜牌收官,用"铜"样精彩作结,再合适不过。四年前世锦赛的前三名美国队、中国队、巴西队,只有中国女排再上领奖台。

26天转战四个城市,郎平带着女排姑娘,用勇气和坚持写就了又一段传奇,每一个片段都留在了中国排球的记忆中。

"现在国际排坛有那么多强队,太多实力强劲的队伍实力在伯仲之

2014年世锦赛的前三名美国队、中国队、巴西队，只有中国女排4年后再上领奖台。铜牌仍然精彩，郎平值得为自己点赞。

世锦赛期间，球迷观摩团随中国女排转战各个城市，不离不弃。

间。这枚铜牌,是大家一点点奋斗出来的,拼得这枚铜牌真的是'吐血'了。"郎平说。

赖亚文和郎平幽默调侃:"这回不是银牌了,铜牌挺好,跟金牌靠色儿。"

四年前,意大利世锦赛中国女排时隔16年再夺银牌之后,赖亚文写了微博长文《我们银色的世锦赛》——

> 2014年的意大利世界锦标赛结束了,这是您32年来的第六次世锦赛,这是我24年来的第六次世锦赛。1990年的北京世锦赛,30岁的您是队里的老大姐(年龄最大的),担任主攻,20岁的我是队里的小妹妹(年龄最小的),担任副攻,我们在场上互相掩护,互相配合,共同收获了银色的奖牌。八年后,1998年的日本世锦赛,38岁的您是主教练,28岁的我是队长,您在场下,我在场上,您授意,我执行,共同收获了银色的奖牌。十六年后,2014年的意大利世锦赛,54岁的您是主教练,44岁的我是助理教练,我们并肩而坐,您当指挥,我当参谋,共同收获了银色的奖牌。继1982年、1986年世锦赛两连冠之后,三次世锦赛打进决赛,都有我们的精诚合作,也都留下那么一点点的遗憾。为了我们的坚守,为了我们的不懈努力,遗憾也是另一种执着的美。

郎平的1982、1986、1990、1998、2006、2014和2018,赖亚文的1990、1994、1998、2002、2010、2014和2018,她俩的经历连起来,是世锦赛的36年,她俩的经历互相补充,是36年间完整的十届世锦赛。

这一次,她们又是肩负使命而去,不负使命而归。

朱婷说:"运动员的彼岸是什么?我还在寻找。今天,我们带着胜

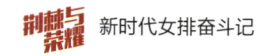

利回家。"

"世锦赛只是新周期的开始,我们的终极目标是2020。"郎平的话,引领姑娘们看向远方。

原来,中国女排一直在路上。

升国旗，奏国歌

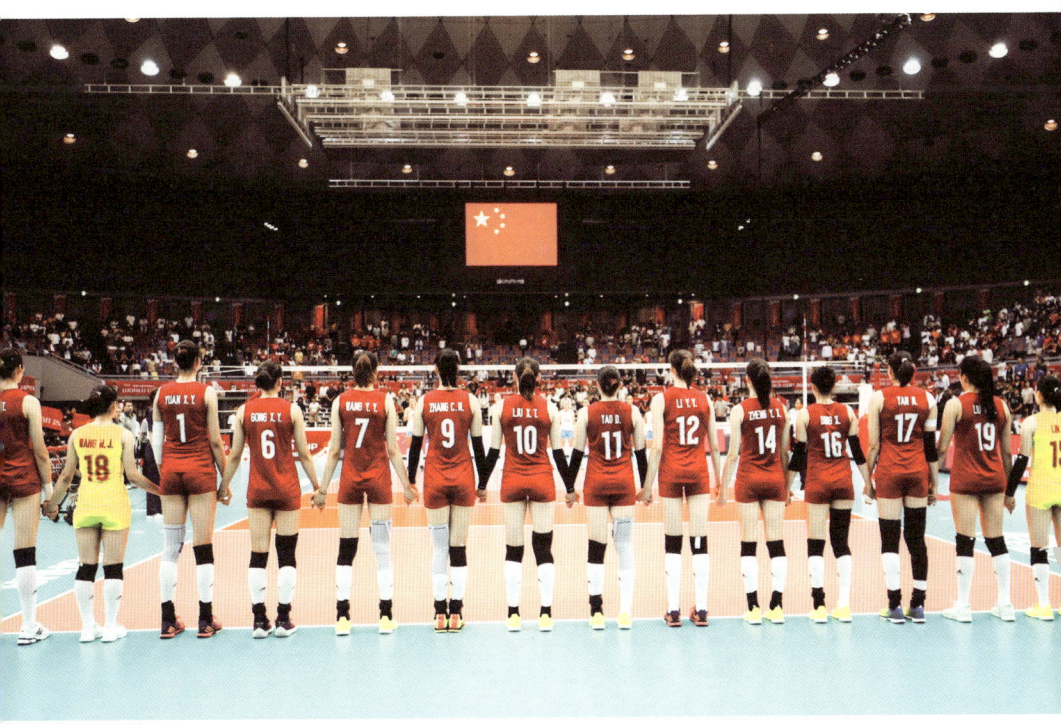

2019

国旗和国歌是中国女排队员们的力量源泉，激励着她们挑战一个个艰巨的任务，最终站上荣耀之巅。

国家队的赛季结束，郎平迎来"寒假"。过度使用大半年的髋关节，需要一个阶段的康复和治疗。

2017年完成手术后医生就告诉她：新的人工关节，省着点用可以用20年，你不想80岁再换一次关节，就要好好爱护它。所以，她不应该一天八小时在球场上站着，但是真一干起来，她就顾不上了。只有千叮咛万嘱咐地把"孩子们"送回省队之后，她才想起自己的髋关节反应比较大，赶忙抓紧时间去治疗康复，生怕80岁时再受一次罪。

她给自己准备了大量"寒假作业"，按她的要求，袁灵犀会把过去一年中国女排的重要比赛都存在硬盘里，她要对照自己写的书面资料一分一分地复盘——

哪些地方做得好，哪些地方有不足，为什么能做好，做不好是什么原因，下次再碰到类似的情况怎么办？她要把所有的过程想清楚，找到解决问题的思路和方法。

郎平是这样一个人：拼尽全力输了比赛，她保持风度恭喜对手，称赞对手打出高水平，但是内心里暗暗使劲，这一次输了，我认输，我回去使劲儿，下次我要努力赢回来。

中国女排2018年世锦赛功亏一篑的原因，郎平利用"寒假"做了细致的分析和总结。

2018年，是老将淡出后的第一次世界三大赛，球队的核心、队员之间的默契程度都还需要时间培养。国家队的训练时间太少，球员的技术掌握不够扎实，细小环节欠缺很多，在比赛中出现不少漏洞。

所以2019年，中国女排要集中精力抓好训练工作。

郎平特别在笔记本上用加重符号圈住了"仔细"二字，她希望新的一年要求队员做到：在训练中对技术细节的打磨要仔细，在准备中对对手特点的掌握要仔细，在比赛中对每一个细小环节的把握要仔细。

2019年，中国女排最重要的任务是第一时间拿到东京奥运参赛资格。

以郎平多年的经验，打这种不容有失的比赛，核心就是少犯错误，每一分每一局都不能轻易放弃，积小胜为大胜。

奥运资格赛后的世界杯，是东京奥运会前最后一次和列强交手的机会。

1

2019年3月12日，东京奥运会倒计时500天。

北京的训练局排球馆，已经热闹了30天。2019年的大国家队，又吸纳了不少"00后"的年轻人，郎平想把她们"调来看看"，毕竟东京奥运之后，还有巴黎，以及更远的未来。

"年轻队员不要觉得你年龄小，你进队晚，今年或明年肯定赶不上大赛了，你能不能行，要看你的进步程度，而且没赶上今年、明年的大赛，今后中国女排也需要你们。只要你在国家队训练一天，你就要把自己当主人，非常投入地去训练。"面对多位不到20岁的小姑娘，郎平希望她们是充满责任感的中国排球人。

杨涵玉就是其中的一个。

作为东京奥运周期中国女排重点培养的年轻球员之一，杨涵玉幸运地抓住了随队参加2018年世锦赛的机会，虽然上场时间很有限，但置身世界大赛的氛围中，小将看到了差距，明确了目标，一样是收获了成长。

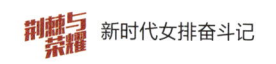

"2019年，我希望自己能好好加把劲儿，努力成为这个集体需要的人。"三年前，她还和少年队的伙伴们在大会议室里看电视直播，为中国女排里约奥运夺冠放鞭炮庆祝。因为大国家队的育人计划，杨涵玉已经有机会遥望500天之后的东京了。

刚刚过完32岁生日的颜妮，正在家里收拾行李，准备到国家队报到。四个半月前打完世锦赛，颜妮离开北京前已经把运动员公寓门卡都上交了。里约奥运会之后，2017年、2018年国家队赛季结束，颜妮收拾东西回家时都会说："明年应该不会再来了，年龄太大了，我浑身都疼。"

然而一个冬天过去，"胶布大户"带着对那么多疼痛与煎熬的深刻记忆，又准备和精力旺盛的"95后"一起战斗了，虽然她还是会说："年轻人的精力太旺盛，我再也不想跟她们玩儿了。"

这一天，距离刚刚夺得排超冠军的刘晓彤回归国家队还有一周时间，不过属于她的假期，只有两天。过去一年中，刘晓彤一共休息了七天，包括联赛结束后的两天，结束世锦赛回北京后的两天，还有三天，是过节全队放假。感觉浑身疲惫的时候，刘晓彤会想起郎平的那句话：人活着，被人需要，是一种幸福，能被国家需要，是更大的幸福。

这一天，作为全国人大代表，张常宁在北京参加两会。会议结束后，她就要回国家队报到了。"希望未来的500天，我能努力取得肉眼可见的进步！"张常宁给自己定了个小目标。

这一天，丁霞在沈阳，一口气拔掉三颗智齿，因为后面没有牙疼的时间。

这一天，朱婷随瓦基弗银行队抵达莫斯科，准备欧冠四分之一决赛的较量。

2019年，女排训练馆里挂上了新标语：增强使命感、责任感、荣誉感，打造能征善战、作风优良的国家队。

新的一年，中国女排又有了新的目标和方向。

2

到国家队报到之前，张常宁狠狠心，剪短了她的齐腰秀发。

从 2014 年第一次到中国女排训练，张常宁的发型一直没有变过：把长发梳起来，在头后盘起一个发髻。很多自己当成宝贝的东西，都是越留越珍贵，张常宁留了几年长发以后，越发舍不得剪了。但是头发太长了，梳起的发髻越来越重，最"要命"的是，发际线也被拽得越来越靠后。"下定决心，从头开始。"张常宁剪短留了六年的长发，感觉很轻快。

在一个集体里，很多事情都会相互"传染"，特别是女孩子们凑在一起，一两个人做了什么改变，转眼全队都在尝试。

从北京出发去漳州封闭集训之前，王梦洁削薄了头发，之前系在脑后的"小刷子"变得精巧俏丽。到漳州以后，李盈莹、龚翔宇也马上去剪头发，减少了马尾辫的发量。本来年龄就小，轻巧的新造型又帮她俩减龄好几岁。

等徐云丽从福清老家赶到漳州报到，颜妮找她说了自己的想法："小丽，我的头发太重了，拽得我颈椎都疼。"听颜妮这么一说，徐云丽就知道她是想剪头发了："好啊，妮子，我也觉得你该剪头发了，周日我陪你去。"颜妮瞬间笑得特别灿烂，那是一种和懂自己的人重逢的喜悦和满足。

进入备战奥运的关键年，郎平和赖亚文商量，把徐云丽和魏秋月请回来帮助球队。

在中国女排 40 年的发展历史上，不乏在球队需要时请回老将的先例。从曹慧英、陈招娣、杨希退役后回队帮助冲击"三连冠"的中国女

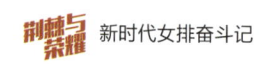

排,到郎平1990年复出带领年轻一代征战世锦赛,从赖亚文作为助理教练留队成为"黄金一代"的知心姐姐,到周苏红2010年在中国女排最低谷时回归,老队员在中国女排的发展史上起到了非常重要的作用,多年的国手经历将女排精神融入骨血,她们的努力让中国女排的精神始终不灭,魂魄常在。

现在,传承的使命又到了徐云丽和魏秋月身上。

里约奥运会后,郎平一直有在球队里留下老队员的想法,无奈惠若琪身体不好,徐云丽、魏秋月伤病太重,2017年和2018年她俩又各做了一次手术后,只能作为"小教练",结合自己打球的经验帮助训练,同时带一带年轻队员,帮助球队尽快形成核心力量。

徐云丽一来,副攻组得到了支援。颜妮、袁心玥、王媛媛、杨涵玉、胡铭媛、郑益昕六个队员,有赖亚文、吴晓雷、徐云丽三个教练盯着。

丁霞、姚迪、刁琳宇三个二传也有机会听到"月姐"的指点,除了一起磨技术,魏秋月还会经常告诉她们如果自己在场上,这个球会用什么思路去分配。

这是魏秋月在2016年漳州集训后,时隔三年再回来。当年离开时拍照的运动员公寓已经不在了,取而代之的是正在建设中的12层新大楼。幸好有照片,记录了她和徐云丽每一次依依不舍的告别和动力满满的回归。

再来漳州,魏秋月有时会感觉自己像坐时光机:"我会想起三年前和漳州告别时的情景,我和小丽,下午身体训练以后相约到公寓前台拍了那张纪念照。当时我俩很开心,因为承受着伤病折磨顶过了漳州封闭集训,并不知道能不能去成里约,更不敢想最后还圆了奥运冠军梦。"

从2008年的北京到2012年的伦敦,再到2016年的里约,徐云丽和魏秋月在中国女排十几年走过的路可谓坎坷曲折,她们用执着和坚强

漳州的训练馆,见证了中国女排数十年来的拼搏和腾飞,如今,这里再次迎来新一代中国女排。

成就了梦想。如今面对 2020 年东京奥运会的挑战,"云月"再次"回归"中国女排,用她们的经验和精神,推动年轻的队友继续前进。

3

在漳州有那么几天,郎平总想打"飞的"去意大利给朱婷加油。

进入第三年海外征战的赛季尾声,朱婷将要在欧冠半决赛中对阵埃格努领衔的意大利诺瓦拉队。

在漳州带着一堆"孩子",一想到独自在海外征战的朱婷,郎平也觉得放心不下。她一有空就在网上查机票,想挤出三四天时间连去带回,到现场既能为朱婷助阵又能"侦察敌情",快去快回,最好不影响带队在漳州打磨技术。

但是从漳州出发,无论是取道北京还是上海,赶到米兰附近的诺瓦拉看一场比赛,前前后后怎么也需要一周时间。纠结行程的那几天,正巧郎平身体不太舒服,担心自己岁数大了禁不起折腾,累病了影响全局,她最终还是放弃了。

4月5日,欧冠半决赛第一回合,瓦基弗银行队主场迎战诺瓦拉队。

其实在朱婷效力瓦基弗银行队之前,诺瓦拉队跟中国的缘分更深。2002 年至 2004 年,郎平曾是诺瓦拉队的主教练,孙玥、何琦、冯坤等多名前国手都曾为这支意甲球队效过力。诺瓦拉队历史上从未进入过欧冠决赛,上次打进四强也已经是九年前了。这个赛季,随着埃格努崛起,加上意大利国家队队长齐里切拉和多位强力外援,诺瓦拉队异军突起,以八连胜的成绩杀进欧冠四强。

出人意料的是,瓦基弗银行队在主场表现失常,被诺瓦拉队零封。这意味着次回合在客场对阵本赛季欧冠不败的对手,她们必须要在四局之内拿下比赛,才有和诺瓦拉队加赛金局的机会。

没想到一周之后，瓦基弗银行队竟然反客为主，真的 3 比 1 赢了回来，破了诺瓦拉队的不败金身。金局决胜的关键时刻，朱婷连续三次重扣帮助球队以 14 比 12 反超，手握两个赛点，却又被诺瓦拉队依靠埃格努的强发球逆转取胜。

最后一刻功败垂成，这一幕对于朱婷似曾相识。

五个月前的世锦赛半决赛，中国女排苦战五局不敌意大利队，失去了冲击"三连冠"的机会。这一次朱婷和队友正朝着欧冠"三连冠"迈进，又是被来自意大利的俱乐部阻挡在半决赛，虽然网对面的球员并不都是意大利人，但是和朱婷正面 PK 的是埃格努。

"作为运动员，都会经历胜利的喜悦，同时也会承受输球后的痛苦，但是输，并不代表结束，明天依旧朝气昂扬。我喜欢喜悦！"从诺瓦拉返回伊斯坦布尔，朱婷发了一条朋友圈。她用海天之间的博斯普鲁斯海峡大桥配图，她想表达一个优秀运动员内心应有的壮阔。

因为另一场欧冠半决赛，土耳其费内巴切队被意大利科内利亚诺队淘汰，两支意大利俱乐部队实现了在最高水平的欧冠决赛中胜利会师。埃格努、塞拉、达内西、齐里切拉、德吉纳罗，五位意大利国家队主力一起亮相欧冠决赛，瓜分世界职业排坛的最高荣誉。

这样的局面，让意大利人疯狂，也让中国女排更加清醒。

对手正在走向强大。

4

在土耳其的第三个职业赛季，是朱婷暂别瓦基弗银行队前的最后一个赛季。

无缘欧冠"三连冠"，让朱婷更加看重这个赛季的联赛冠军。此前，朱婷已经在两年半的时间里拿到了七个冠军，其中欧冠、世俱杯冠军各

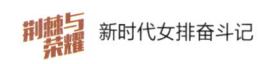

拿了两次，还有一次土超联赛冠军、一次土耳其杯冠军和一次土耳其超级杯冠军。除此之外，她个人还收获了五座 MVP 奖杯和四个最佳主攻奖，已经创造了史无前例的辉煌战绩。

但是这第三个赛季，因为球队人员变动，实力有所下降，朱婷只拿到了一个世俱杯冠军。她觉得还不够，特别是想到这个赛季结束，就要和这支待自己如亲人的俱乐部暂别了。

整个赛季最后一个争夺冠军的机会，是土超联赛的决赛，对手还是汇聚多名一流球星的伊萨奇巴希队。瓦基弗银行队上来先失一场，又一次熬到第五场决胜，在客场力压伊萨奇巴希队蝉联土超冠军。

带着三年八冠、六个 MVP，朱婷决定返回中国联赛。

"那是一扇让我看到更广阔天地的窗。"朱婷如此形容她奋斗了三年的欧洲赛场。无论是最繁忙的比赛月不停往返主客场，24 天八场球的魔鬼赛程，还是比赛场上的种种挑战、重重考验，对朱婷来说都是特别重要的历练，帮助她开阔视野，丰富经验，提高能力。

"三年时间，我自己都能感觉到心智慢慢变得成熟，无论是球场上还是生活中，都能更好地控制自己，做自己的主人。"这的确是让朱婷收获满满的三年。但是进入奥运会年，欧洲联赛持续时间长，对运动员体能消耗大的问题就凸显出来了，为了尽早和队友一起投入奥运年的备战，朱婷做出了暂别欧洲赛场的决定。

把七个大箱子提下楼装车时，朱婷感慨："三年的家当，全在这儿了！"坐车驶离住了三年的小区，路过几乎每天光临的超市、经常散步的花园，朱婷的内心充满不舍，虽然她觉得自己还会回来，还会和这里的朋友重逢。

朱婷启程回国的那天，距离 8 月初的奥运会资格赛还有 85 天，古德蒂将率领土耳其女排来北仑，和中国队、德国队以及捷克队争夺一张通往东京奥运会的门票。

"这不会是故意安排的吧？"朱婷自言自语。

其时，中国女排的大国家队已经为2019年的比赛任务动员起来了。朱婷回到北京的第二天，安家杰就率领年轻队员为主的小分队出征了。他们从北京先到欧洲参加瑞士女排精英赛，之后再继续飞到南美洲。2019年中国女排参加世界女排联赛的第一站，在遥远的巴西首都巴西利亚。

郎平率领的主力小分队，从世界女排联赛第二周澳门站打起。

22名运动员，两个小分队，在频繁的比赛中接力，这是郎平、赖亚文和安家杰总结之前六年的经验教训，在2019年做的新尝试。国家队既要完成好比赛任务，又要做好人才培养，如何在有限的时间内多做些事，他们结合比赛日程做了详细计划，明确了目标——既要磨合主力阵容，又要锻炼年轻队员；既能保证充足的训练时间打磨技术，又能做到劳逸结合；既和主要对手都过了招，又不会把家底儿全都亮出去。

从安家杰带队出征，他们就发现这绝对是给三个人都"套紧"了"小夹板"。

在北京带主力训练的郎平，早上起来先摸手机，看看前一天晚上安家杰留言了没有，匆匆连线说几句话，她就得赶紧下楼吃早饭，还有一上午的训练等着她。蒙特勒迎来早晨，北京已是午后，两支小分队一个投入上午训练，一个开始下午训练，等安家杰忙完一天的事，郎平这边已经困得快要睁不开眼了。打起精神开电话会，沟通、讨论比赛，商议人员安排，每天都要到北京时间后半夜。

瑞士精英赛结束，安家杰带着队员继续飞往巴西，赖亚文从北京出发和他们会合，继续留守北京的郎平要切换到南美频道，时差从7小时增加到10小时，两边基本上是"黑白颠倒"。

使用年轻队员，把有限的实战锻炼机会给那些技术还有差距的孩子，三个人需要根据过程中出现的问题随时沟通调整，要想办法尽量帮

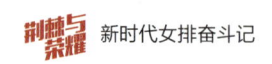

助到球员，还要推动球队努力打一场进一步。往往是跟郎平连完线，赖亚文和安家杰要么分头找姑娘们谈心、动员，要么一起带她们学习、准备。世界女排联赛每一周只有三场比赛，等郎平、赖亚文和安家杰适应了时差，捋顺了流程，比赛结束了。

他俩按原计划到澳门与大部队会合，从巴西利亚中转法兰克福，再经北京到澳门，带着曾春蕾、林莉、杨涵玉、胡铭媛，在路上一共花了40个小时。到北京机场，两位年龄最小的运动员——二传孙燕和自由人倪非凡就直接回国青队报到。吴晓雷、于飞、刘冰三位教练带着刘晏含、段放、郑益昕、王媛媛、刁琳宇和杜清清在北京开始训练，原地待命，加上队医王凯，十个人度过了难熬的一个月。

对于中国女排22位队员来说，这个阶段就像是一次长跑比赛，大家都朝着同一个方向努力，但是谁能最终抵达，谁会中途掉队，没有人知道。每个人能做的，就是不管遇到多大困难，都坚持不放弃，努力向前冲。

5

世界女排联赛第三周香港站，在欧冠赛场上赢嗨了的意大利人来了。

因为世界排名位列同属欧洲的塞尔维亚队、俄罗斯队和荷兰队之后，意大利队无缘2019年世界杯。如果意大利队不能进入总决赛，这就是两队2019年唯一的交锋机会。

虽然双方的状态都没到一年中最好的时候，但郎平和意大利队主教练马赞蒂都十分看重这场比赛的战略意义。意大利队想继续赢；只要有机会，中国女排也绝对不想再输。

世界女排联赛前八轮，意大利队一直没有派出全部主力，为了这志在必得的一战，马赞蒂"动真格的"了。

中国女排的首发阵容为清一色的奥运冠军：主攻朱婷、张常宁，副攻袁心玥、颜妮，接应龚翔宇，二传丁霞，自由人林莉。和2018年世锦赛半决赛的阵容相比，除了中国队自由人林莉，两队在首发名单上的其他13人，都一模一样。

著名导演陈可辛和爱人吴君如一起，出现在香港红磡体育馆的VIP席。"我想在现场找到那种只属于中国女排的燃。"陈可辛说这话时，心里七上八下。这是他连续第三次在现场观看中国队和意大利队的比赛。

从2017年下半年接拍电影《中国女排》，陈可辛一直想到中国女排比赛现场寻找"燃"的感觉。这位著名导演并不是铁杆排球迷，但他从一开始就凭直觉选择了和意大利队的比赛。2018年世界女排联赛香港站的中意之战，陈可辛第一次到现场观战，中国队以1比3脆败；三个多月后他又看了世锦赛半决赛中国队对阵意大利队，结果是遗憾的2比3，中国女排失去了进军决赛的机会。

听说陈可辛又挑和意大利队的比赛去现场，有球迷给他发私信，求他关注一下其他对手，因为他看的两场中意大战，中国队都输了。"今天来看这场比赛，我压力好大。"陈可辛苦笑着说到这个梗，但是他相信自己的直觉，"只有强强相遇才能擦出火花，我感觉意大利队会逼出中国女排特有的气质，说不定就会上演里约那种绝地反击。"赛前，陈可辛的一番话让人在紧张中有一点兴奋和期待。

比赛开局，意大利队就用冲击力极强的发球和快速强力的进攻压制中国队，她们迅速取得领先优势。埃格努的重炮发球把中国队的一传冲得七零八落，她的一记发球直接得分，现场测速显示为101.5公里/小时。中国队开局不久就遭遇卡轮，比分被迅速拉开。几乎是一模一样的进程，中国女排转眼间以18比25、22比25连丢两局。第二局结束时，人们发现陈可辛和吴君如已经不在座位上了。

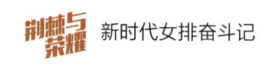

局间暂停，郎平、赖亚文、安家杰正在商议第三局的用人，尝试不同的人员组合，寻找突破口。其实前两局郎平一直尝试通过换人应变：第一局严重卡轮时，用姚迪、曾春蕾替换龚翔宇、丁霞；第二局先是用李盈莹换下张常宁，11比18落后时，又"两点换三点"派上刘晓彤和姚迪。这是刘晓彤在正式比赛中第一次作为接应上场。

郎平在平时训练中一直努力把队员们培养成多面手，避免技术"瘸腿儿"。平时多练一招，到比赛中跟对手周旋就更多一招。

换刘晓彤打接应，郎平不是疲于应付的权宜之计，她给刘晓彤提出了明确要求：做好一传串联。结果就是，从刘晓彤上场稳稳保证好一传开始，中国女排在第二局局末吹响了反击号角。

朱婷成功拦住埃格努的强攻后，她高声怒吼，激励队友们的斗志，甚至还少有地向看台上的球迷挥动手臂，号召全场球迷为中国女排加油。大比分落后的情况下，中国女排每打好一个球都很开心，每赢得一分都很兴奋。第二局局末，她们连续挽救了四个局点，虽然还是没有拿下这一局，但是那口气起来了！

第二局结束后交换场地，意大利人一脸傲娇，漫不经心各自转场；而在球场另一边的底线处，朱婷把场上五位队友聚拢在一起。她和袁心玥的长臂几乎能把大家搂成一个圈，朱婷说话时眼里有光，队友们瞪大眼睛相互对视，用力点头。在跑向对面场地之前，她们把手搭在一起，高喊："一二，加油！"

困境中姑娘们不灭的斗志让人想起郎平对女排精神的经典诠释：女排精神不是赢得冠军，而是知道有时不会赢，也会竭尽全力，是一路虽走得摇摇晃晃，但站起来抖抖身上尘土，依然眼神坚定。

第三局，郎平在主攻位置上派出李盈莹和朱婷搭档首发，刘晓彤继续作为接应登场，在自由人的位置上由王梦洁替换林莉。替补席上，每个队员都在活动身体，随时等候教练调遣。

世界女排联赛香港站，中国女排在0比2落后的情况下，连扳3局逆转强敌意大利队，打出了这一年令人荡气回肠的一场比赛。这证明中国女排即使不是实力最强的队伍，也绝对是最能打硬仗的队伍。

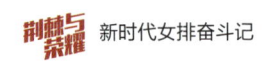

第三局大部分时间，中国女排还是落后，直到局末才追至22平。又到了埃格努的发球轮，这时，郎平又换人了！刘晓彤、丁霞再次登场，在场边拍手交接那一刹那，刘晓彤和姚迪紧紧把双手握在了一起，传递着一种力量。

"不到最后时刻绝不放弃！我们可以做到！"刘晓彤说。

埃格努又是一记像炮弹一样的发球，中国队直接垫过网，对手转眼就组织了一次凶狠的反击，李盈莹反应及时把球防了起来，仓促中组织进攻，站在二号位的朱婷扣球被对手拦回，王梦洁补防及时，还有！刘晓彤垫调，朱婷手起球落。23比22！

拿下这艰难的一分，坐在替补席等待上场的袁心玥激动得眼含热泪，她那不服输的表情仿佛是在说：真争气！

中国女排迎来第三局局点，意大利队叫了暂停。

胡铭媛刚要跑过来给队友递毛巾送水，就看到郎平冲她示意：准备上场发球。她赶快在热身区跑了几步，活动一下手臂，和世锦赛半决赛的情形一模一样，又到了考验这位小副攻大心脏的时候。作为郎平局末换上场发球的利器，经历了世锦赛上数次关键时刻上场发球，胡铭媛是见过大阵势的人了。

"除了想发球的动作要领，别的我什么也没想，也不敢想。"胡铭媛再次发出高质量的球，意大利队直接把球高高垫起给埃格努，埃格努舒舒服服、充满自信地起跳、挥臂、扣杀，网这边身高两米的袁心玥调整脚步全力起跳，时机和角度都十分完美，死死拦住埃格努这记重扣。球应声落地的刹那，袁心玥高声尖叫着，自带音效地高喊："漂亮！"

中国女排以25比23险胜第三局。虽然只是扳回一局，队员们和现场观众都像赢得整场比赛一样兴奋。

现场的摄像机镜头又找到了陈可辛和吴君如，原来是感觉VIP席位置太低看不到整个场面，第二局结束他俩就换到了另一侧看台最上面的位子。结果正是从这开始,中国女排发起绝地反击。

第四局,埃格努依然令人恐怖,每逢她的发球轮,中国女排几乎都是四人接一传,大家齐心协力地顶起,组织有效进攻,同时加强拦防,耐心寻找机会。

顽强挺到局末,24平后朱婷强攻得手,紧接着埃格努后攻踩线。坐在教练席上的赖亚文激动地跳起来,用手指向对方的三米线向裁判示意。赖亚文一向不露声色,她可是经历过雅典奥运那场中俄大逆转和里约中巴生死战的人,她能如此投入和忘我,可见比赛的激烈和中国女排迎来转机的艰难。

26比24!中国女排再胜一局,把总比分扳成2比2。

又是一场五局大战。

但是决胜局刚开始,自由人王梦洁在做一个防守动作以后感觉腰不对劲了。趁被副攻换下场时,她坐在长凳上悄悄试了一下腰的情况,虽然动作很小,还是被细心的包壮和卫大夫看出来了。王梦洁感觉还能顶,示意他们保密。副攻只发了一个球就被对手一攻打死,她赶快又装成像没事人一样跑上场去。拼到如此胶着的时刻,场上一个细小的变化都可能影响全局,只要能坚持,就不能因为自己的事让教练和队友分心。

王梦洁的昵称是"开心小孩",从2015年国家队海选自由人进队,她的笑一直是中国女排的一缕暖阳。作为自由人,她和林莉在球队里的付出是最不显眼的,但是她俩不怕吃苦,合力撑起中国女排后防线的那股向上的劲头,又是球队里特别重要的正能量。

中国女排8比6领先交换场地,王梦洁拼命活动身体,她担心一停下来再想动的时候动不了。她努力不让大家看出来有任何异样,试着跟自己对话:"专注在球上,靠预判,别猛摔,这么好的局面一定要咬下来,腰断了也得坚持到底!"

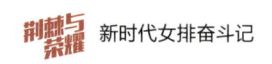

打到局末，意大利队以 13 比 11 反超。关键时刻，朱婷轮到后排发球，一记直接得分，一记破坏一传，李盈莹直接拦死埃格努。中国队的赛点一球，还是朱婷发球，埃格努进攻中直接扣球出界。意大利人不甘心，发起挑战，不过录像显示，球确实出界了。

15 比 13，中国女排拿下第五局，3 比 2 赢下比赛！

从 0 比 2 落后，面对强大的对手，凭借永不放弃的精神，于绝境中完成无比热血的大逆转，胜利降临时，姑娘们在场地中间围成一个圆圈，一边跳一边转……

坐在观众席上的陈可辛感叹很幸运：顶住压力来了，还体会到了最想体会的"燃"。

东京奥运周期进入第三年，在三年最大的苦主意大利队身上，年轻的中国女排用顽强拼搏和出色的团队协作完成了一次大逆转，又一次证明中国女排即使不是实力最强的队伍，也绝对是最能打硬仗的队伍！

朱婷把手高高举向空中，她的伙伴也一起伸手，14 名队员的手，在最高处会合。

6

没想到一个月后，骄傲的意大利人就找上门来"复仇"了。

经过五周的分站赛，意大利队以积分榜第四名的身份打进世界女排联赛总决赛。不过，因为在南京打完总决赛，只有三周就是奥运资格赛，对于总决赛是否派主力参赛，各队都有自己的小算盘。

获得世锦赛冠军、世界排名升至第一的塞尔维亚队，索性战略性放弃了进入总决赛的机会；中国女排是分站赛排名第一，又是东道主，肯定要参加总决赛，但是球队在反复考虑之后，决定由安家杰带领年轻队员挑战世界诸强。

意大利女排派全主力到南京参赛有些出乎各方意料,其间有小道消息说,意大利人就是想来再碰一次中国队,报香港站2比3输球的一箭之仇,因为此"仇"不报,2019年再没有跟中国女排交手的机会,这会让优越感十足的意大利人感觉如芒在背。

总决赛前新闻发布会,看到中国女排从教练到队员是清一色的年轻人阵容,美国人和意大利人的不满情绪最严重。缺少八位主要球员的中国女排凭什么占一个总决赛席位?她们还能有什么竞争力?很想借机"收拾"一下中国女排的对手们恼怒之后有些泄气。

第一个比赛日,中国女排以1比3不敌土耳其队,又进一步拉低了外界对这支中国队的期望值,很多球迷已经着手办理改签退订酒店,计划看完小组赛就坐夜车回家。

相比各方面条件出众的"朱袁张",出征总决赛的14名球员确实是一群不被看好的女孩。中国女排不派主力参加总决赛的新闻一出,各方反应强烈,受刺激最大的就是她们,那种被轻视的感觉是对她们自尊心极大的伤害。特别是对于刘晏含、王媛媛、郑益昕、刁琳宇、段放和杜清清来说,她们在北京训练,忍受寂寞等了一个月,非常珍惜这个站上大舞台的机会。

出征总决赛,刘晓彤是中国女排队长。中意赛前,赖亚文和安家杰分别找了刘晓彤,他们都很清楚带一支不成熟的球队出来更累心,所以特别给她提了希望:不管自己多难,也要招呼起大家,带动全队的情绪,给所有人鼓励,不到最后一刻,不要放弃……

除了因为身体不舒服临时请假去医院的塞拉,意大利队派出了最强阵容。中国女排首发阵容为主攻刘晓彤、刘晏含,副攻王媛媛、郑益昕,接应龚翔宇,二传姚迪,自由人倪非凡。

"我们就是全力以赴,不让对手好受,不能让她们轻易赢了我们!"通过香港站的那场对阵,刘晓彤收获了对意大利队充足的信心,她把面

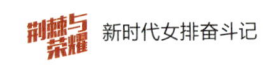

对强敌的大无畏精神带给了年轻的队友们。

比赛开始，中国女排从发球环节做起，坚决贯彻作战计划。前半局，追发对方年轻主攻彼得里尼很见效，对方连续一传失误或不到位，中国队以8比4领先进入第一次技术暂停。

除了埃格努从高空投下的重磅炸弹，意大利队其他队员的进攻大都被中国队有效撑起或防起，并组织起漂亮的反击。跟中国队的替补队员打得这么费力，意大利人先骄后躁，失误频频，气势此消彼长。中国队始终保持优势并逐渐拉开比分，以25比17顺利赢下首局。

作为2019年中国女排大名单上最年轻的球员，这是18岁的小将倪非凡第一次和埃格努隔网相对。在此之前，像埃格努那种时速超过100公里的球，倪非凡只接过从发球机里发出来的。小姑娘并不害怕那些重球，甚至有跃跃欲试的冲动。

第二局，顶住了对方的强势进攻，咬到15平后，中国队的机会来了！

在龚翔宇的发球轮，中国队连拿4分，以19比15超出。意大利队迫近比分后，刘晏含攻势凌厉连拿4分。随着龚翔宇的反击下球，中国队25比22再下一城，2比0！

这是赛前中国女排不敢预想的梦幻开局。

在被意大利队扳回一局后，第四局，中国姑娘们每打下一个精彩的球，都会抱在一起，互相鼓励："坚持住！""别松劲儿！""别怀疑自己！""我们要赢！"……

进入中局，一直打得很顺的刘晏含突然进攻受阻，安家杰把她换下场缓缓。站在替补席的小方格里，她使劲儿给自己鼓劲："坚持，必须坚持到底！"

参加这次总决赛，刘晏含引起了国际排联的关注。看到这样一个身形很欧美、性格很开朗、英语很流利的中国女孩，国际排联的官员们眼前一亮，都认为中国队这个"新人"值得关注。其实，刘晏含是中国女排的"老人"了。2013年中国女排的大名单里就有刘晏含，2015年世界杯，她是冠军团队的14人之一。只是因为没有担任首发主打，国际排联官员对她毫无了解。

2019年，刘晏含是所有球员中第一个到国家队报到的人。这些年总是在国家队集训期来，到比赛时走。转眼又是世界杯年了，刘晏含给自己定下目标：努力留下！坚持到最后！做一个球队需要的人！

局末关键分，安家杰又派上了刘晏含。刘晓彤抱住她给她加油："你放心打！我给你做好保护！"

凭借刘晏含头脑冷静连得的两分，中国队24比21拿到赛点。最后的一球，副攻王媛媛快攻下球，手起球落的瞬间，姑娘们激动得振臂欢呼。

像一个月前一样，这些不被看好的女孩聚成一团，把手高高举向空中，抒发一腔豪情。

7

赢球的一刻，龚翔宇哭成了泪人。

她上次泪洒赛场，还是在里约奥运会半决赛战胜荷兰队之后。这三年，背负年少成名的压力，龚翔宇踏踏实实，默默积累，努力成为中国女排最需要的人。

"那一刻，我是想到我们这次出来比赛的这一拨人，可能我们都不是最好的，但我们是最努力的。"龚翔宇说。

眼泪，是一种释放。

香港站中意之战，龚翔宇是首发七人之一，却也是唯一被换下场再也没被换上去的。南京再战意大利队前，她一改平时说话的风格："冲

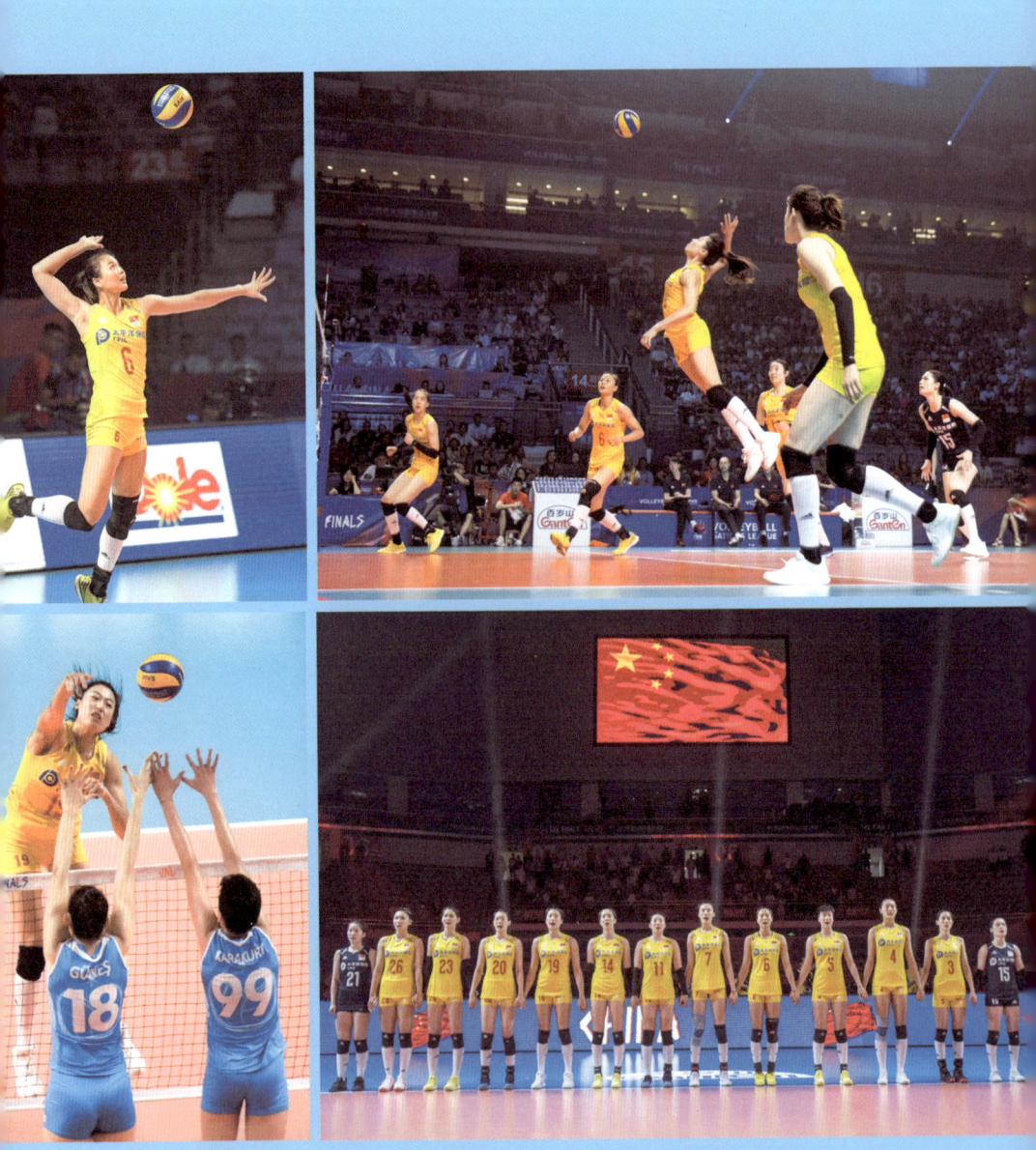

2019年世界女排联赛总决赛,非主力阵容出战的中国女排从被极度轻视到站上领奖台摘取铜牌,每个人都证明了自己是"球队最需要的那个人"。

击对手，跟她们死磕！"

有人说，中国女排是中国体坛比赛气质最好的队伍之一。这种气质，渗透在团队每一个成员的骨子里。

被这场胜利激励，这群不被看好的女孩又在季军争夺战中以3比1战胜土耳其队，从被极度轻视到站上总决赛的领奖台。在一次次与机遇擦肩而过后，她们勇敢地迈开脚步，直面挑战，终于见到了人生重重考验中那温柔可爱的一面，它承认你的努力，而且会在恰当的时候有所回应。

看到刘晏含获得"最佳主攻奖"，刘晓彤想起了五年前的自己。五年前，同样是大奖赛总决赛，同样是替补队员出征，足够的上场时间帮助她在比赛中找到感觉，最终收获了最佳主攻奖，更有信心朝着既定目标迈进。

早日成为中国女排"最需要的那个人"，也是漳州姑娘郑益昕努力的目标。

2015年第一次入选中国女排、里约周期就数次代表国家队出战的她，一直游走于国家队边缘。出征总决赛前，安家杰对郑益昕说："机会，只有你在场上把握住了，才是属于你的机会。"身处这样一个不被看好的团队中，郑益昕终于给自己的思想"松绑"了，她说："每个人都把自己的能量发挥出来，这个集体才足够强大。"

特定的环境造就人。

在这个临时的集体中，年轻的副攻王媛媛不再纠结自己哪一次进攻打得不顺，没有得分，前一个球表现得再不好，也必须马上进入下一个球，努力把下一分拿下来。这位平时说话轻轻柔柔的甘肃姑娘，一年前因为膝伤在年轻副攻的竞争中突然掉队，战胜伤病后回归，经历了总决赛这一仗，她温柔的目光中有了杀气。

从南京坐火车返回北仑和大部队会合，看着车窗外的蓝天、稻田和

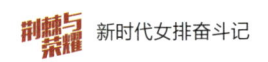

远山，刘晏含若有所思："接下来，我要努力把好的感觉延续下去……"

恐怕谁也没想到，2019年，帮助中国女排把那口气提起来的，是最强大的对手意大利队，带给中国女排与诸强相争足够底气的，是这群不被看好的女孩真正收获了成长。

8

2019年8月4日一大早，朱婷被闹钟叫醒。翻身起床，她看了一眼手机，自言自语了一句："倒计时0天，就是今天啦！"

这一天，是中国女排在奥运资格赛对阵土耳其队的日子，战胜土耳其队，拿到东京奥运会入场券，是这一年中国女排最重要的任务。

因为2020年奥运会在日本东京举办，日本男女排自动获得参加奥运会的资格，但是担负奥运资格赛任务的世界杯又是一项永久落户日本的赛事，作为东道主，日本队必须参加世界杯的角逐。这样一来，只能重新规划奥运资格赛。考虑到公平竞争和市场需要，国际排联在东京奥运周期初创了独立的奥运资格赛。

除了奥运会东道主日本，世界排名前24位的球队按蛇形排阵分在六个小组。因为塞尔维亚女排超过中国队成为世界排名第一，这导致中国队又和土耳其队分在了同一个小组，同组的对手还有德国队和捷克队。

相比其他小组强弱分明，中国女排所在的小组爆冷的可能性最大，又是"死亡之组"。虽然论综合实力，中国女排在土耳其队之上，但是这样一个打疯了谁都挡不住的对手，必须花大力气研究透，演练好。为了确保第一时间拿到东京奥运会门票，中国女排主力部队在北仑扎营六周，每天倒计时，起早贪黑训练、学习，生活极其单调枯燥。

"感觉是像学生备战高考。"朱婷打了这么个比方。

这场比赛，是中国队和土耳其队在不到一年时间里打的第六场比赛。

自从朱婷三年前加盟土超豪门瓦基弗银行队，中土大战总能吸引特别的关注。强大的朱婷站到了网对面，古德蒂和多位瓦基弗银行队的国手总是有些未战先怯。而在如此关键的比赛中，郎平如何使用朱婷这张牌，是中国球迷关心的焦点，更是古德蒂很想找到的答案。

2019年前七个月，两队相遇四次，郎平只在世界女排联赛江门站派大部分主力和土耳其队过招一次，朱婷出场五分钟，打了三个球，得了两分。

江门站比赛之前开准备会时，郎平宣布："这场比赛朱婷不首发，上场的每个队员都要承担，要努力打出来。"

张常宁马上明白了教练的意思，如果朱婷没有首发，中国女排照样赢球，那会在争夺奥运会门票的比赛中占有心理上的主动。

那场比赛，中国女排只在第一局局末遇到挑战，23比24落后时，郎平派朱婷出场。朱婷两记重扣，一个挽救局点，一个奠定胜局。对面教练席上的古德蒂一脸无奈，0比3脆败中国女排以后，他悻悻地说："因为朱婷没在我们这一边。"

这次奥运资格赛前，土耳其队已经到了北仑，在球员资格审查时，突然传出主力主攻梅丽哈不能参赛，在回答媒体关于梅丽哈缺席的影响时，古德蒂孩子气地说："关键是我们没有朱婷。"

尽管被对手百般夸奖，朱婷始终保持专注："我们为比赛做了最充分的准备，队里每个人，都能把土耳其队每一个人的特点和习惯背出来。"

龚翔宇是全队唯一在世界女排联赛三战土耳其队都打主力的球员，她几乎和土耳其队所有的队员都碰过了。她说："这场球，不管她们上什么人，不管比赛什么进程，我们都有预案，都有应对办法。"

2019年8月4日,中国女排在北仑3比0战胜土耳其队,第一时间拿到东京奥运会资格,赛后全队举起吉祥物"达摩娃娃"合影。

赛前场地热身扣球时,朱婷发现对方的年轻副攻泽赫拉在看自己,那是朱婷在瓦基弗银行队的队友。一般在比赛之前,运动员之间都不会有太多表情,不过这次,朱婷冲泽赫拉笑了笑。

在这场不容有失的比赛中,中国女排从开局就显示出准备极其充分,在各个环节全面压制对手,对手所有的变招,都在中国队的预料之中。

张常宁进攻和拦网连续得分,中国队以8比5领先进入第一次技术暂停。等朱婷转到前排,无论是高点的超手进攻,还是三四号位之间的跑动进攻,都令对手难以招架。

20比16领先时,龚翔宇奋力将对手的吊球救起,颜妮来不及反应,勉强将球垫至四号位朱婷身后处,这里距离网口约有五米。正常情况下,这种球只能处理过网,但朱婷快速后退纵身跃起,后仰发力狠扣,将球稳稳地钉在了对方场地上。这个霸气十足的扣球令全场欢声雷动,中国女排打出一波小高潮,以25比18先下一城。

眼看形势不利,第二局土耳其队主动求变,但中国队继续掌控局面,25比12,再下一城。

两局领先,郎平大声对姑娘们说:"我们从零开始!"

第三局双方一直相持到8平,中局后中国队逐渐占据主动,最终以25比18获胜,3比0战胜土耳其队,成为继日本队和巴西队之后第三支拿到东京奥运会入场券的球队。

全场比赛,中国女排没用一次换人,首发七人全都发挥高水平,磨合也相当顺畅。土耳其队看起来输得心服口服,赛后两队列队握手时,小将泽赫拉满脸笑意地冲朱婷啵了一下。古德蒂虽然内心很失望,但他站在裁判台附近等来朱婷时,立刻一脸笑容,两人来了一个大大的拥抱。新闻发布会上,古德蒂赞完朱婷又赞郎平:"如果让我选择,中国队是我最不愿意碰到的对手。她们拥有世界上最好的主教练。"

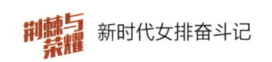

东京奥组委给每一支打进奥运会的球队准备了一个象征好运的达摩娃娃。当国际排联官员把达摩娃娃交到主教练郎平和队长朱婷手中,姑娘们一起高喊:东京,我们来啦!

"今年和土耳其队总算打完了!2019年最重要的任务终于完成了!"郎平收拾好桌上厚厚一沓资料,合上电脑,整理行装,准备带姑娘们返回北京。

2019年的任务还有最后一个——日本世界杯,继续冲!

9

时隔四年,中国女排又一次出征世界杯。

相似的时刻,总会勾起很多回忆。2015年8月18日,也是清晨五点出发,映着路灯,因伤因病不能随队出征的徐云丽、惠若琪在公寓门前和队友一一拥抱,胜过千言万语。

从北京到东京这一路上,郎平和队员们所到之处,总能听到国人给中国女排的加油声。这是过去四年,这支中国女排用切切实实的努力和响当当的成绩积累的财富。

在首都机场休息室,恰巧同机前往东京参加比赛的跆拳道奥运冠军吴静钰和朱婷偶遇,两个人聊得很开心,吴静钰两岁多的女儿一直笑眯眯地靠在朱婷身上。临别,她们彼此预祝比赛顺利。

排队登机时,同机前往东京的乘客看到郎平和赖亚文,纷纷高喊:"女排加油!郎指导加油!赖指导加油!"

在摆渡车上,一位喜欢女排30多年的阿姨派女儿过来问郎平能不能合张影。郎平热情地邀请阿姨坐在她身边的空位上,合完影还聊了起来。从阿姨全家的日本游聊到刚刚结束的奥运资格赛,还说起了明年在东京举行的奥运会。这一聊,把阿姨追女排的热情聊出来了,上了飞机就让女儿赶快查一下中国女排在哪里比赛，想在这次旅行中再加上现场为中国女排助威的安排……

到达东京羽田机场，等行李时，当年临阵受命担起队长重任的曾春蕾，想到了四年前在同一地点拍的那场照片。正想来个"昨日重现"，她看到身边的李盈莹，一把把她搂过来："今年我和妹妹一起拍，再过四年，就是妹妹带着更小的妹妹了……"

"小宇，一会儿你推着第一辆行李车，打头阵哈！"赖亚文对龚翔宇说。

"好嘞！保证完成任务！"四年前那个在江苏青年队的小姑娘，转眼间成了大队员。

拿好行李整队出发前，郎平招呼姑娘们合张影，相比起四年前临阵折损大将，中国女排这次出征气氛轻松不少。

四年时间，因为奥运，东京也变得不同。

等待上大巴前往酒店的时候，姑娘们兴奋地拿着东京奥运会排球钥匙扣拍照。"东京欢迎你！"对于一个月前刚刚拿到东京奥运会入场券的中国女排来说，这个问候也显得很有意义。

四年前，组委会负责迎接中国女排的大巴车停在团体巴士最靠外的一条车道，中国女排整队上车后，从羽田机场驶向松本——2015年世界杯第一站的比赛地。这一次，球队的车又从同一条车道缓缓启动，出发。

2018年中国女排征战世锦赛的漫长历程，是在新横滨画上句号的。时隔一年，球队冲击世界杯的新征程，又从新横滨扬帆启航。故地重游，同样的酒店，熟悉的体育馆，姑娘们都有自己的回忆。

"去年半决赛打意大利、三四名决赛打荷兰，都历历在目，甚至能回想起当时场地里的声响。"李盈莹说。

王梦洁说："又来到横滨，我就在想，时间过得太快了，匆匆忙忙

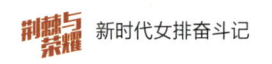

又一年了。"

刘晓彤和张常宁边走边聊:"宝宝,你记得去年咱们主攻组四个人在这里拍了张合影吗?"张常宁很认真地点头:"当然记得了!去年在这里的经历挺刻骨铭心的,希望今年我们能做得更好一些。"

"我觉得接一传的时候对面的场景有点儿眼熟……"龚翔宇说。

比起对这座体育馆的印象,朱婷对郎平当年在这里说的那句话印象更深:"我们没有进入决赛,郎导给我们做动员,真的,就那一句话,足够了:不能奏国歌了,还要努力把国旗升起来。太励志了!"

9月14日世界杯首战,中国女排直落三局战胜韩国队迎来开门红。

赛后接受采访说到为国征战,18岁就代表中国女排走上国际赛场的郎平豪情满怀:"只要穿上带有'中国'二字的球衣,就是代表祖国出征。每一次比赛,我们的目标都是升国旗,奏国歌!"

"升国旗,奏国歌",伴着郎平极有辨识度的声音传回国内,即将迎来中华人民共和国成立70周年的国人倍受鼓舞。这掷地有声的六个字迅速成为当天的网络热搜,人们为中国女排的胜利、为"铁榔头"的信心和爱国情怀点赞。

10

擅长收集资料的日本人,把一张涵盖中日女排49年交战史的表格放在了新闻工作室。

2019年9月19日,中日女排在世界杯上的这次交锋,是从1970年12月12日第六届亚运会以来,两队49年间的第199次对垒。之前的198次,中国女排胜155场,负43场,占有绝对优势。

在中日排球这么多年的交流、交往、交战中,郎平是中国排球标志性的人物之一,日本普通民众中有不少人走在路上能认出"喽嘿桑(日语里尊称郎平的发音)"。这些年到日本比赛的次数太多了，郎平也慢慢知道，日本人所说的"喽嘿桑"指的是她自己。

每逢大赛，日本记者总是会问郎平一些问题，包括对日本队的评价，也包括中日排球之间的故事。

这次中日之战前，又一位日本记者问起郎平如何看待日本队这个老对手。

郎平的回答颇有深意："在中国女排的发展历史上，日本曾经给过我们很多帮助。上个世纪六十年代，周总理请大松博文教练来中国，给我们上课，教我们排球。我们和日本队的每一场比赛，都是激烈的竞争，也是难得的交流，大家相互学习，共同提高。"

事实上，在日常训练中，郎平确实经常要求队员以日本女排为目标，努力提高一传防守能力。而如何以中国女排的高制日本女排的快，如何提高自己的防守小球水平，打得更仔细，赢得和对手多回合较量的机会，一直是中国女排训练的课题。

比赛这天，中日两队一起亮相，热烈的气氛引爆了整个横滨体育馆。东道主的球迷众多，气势盛大，大量旅日华侨和专程赶来的中国球迷也有相当的数量和足够的热情。日本的"红白"和中国的"红黄"，将整座体育馆装点成热烈的"红海"。

出场前，中国女排挑边时习惯性地选择了从主裁判左手边的场地打起。没想到日本队跑来协商，作为东道主，她们此前四场也都是从左边场地发动，这一场比赛她们希望继续。郎平同意了对手的要求。大度的背后，是充分的自信。

从2013年郎平再次执教中国女排以来，六年间中日两队交锋22次，中国队16胜6负。其中最强阵容输掉的只有一场，那是2014年世界女排大奖赛澳门站的比赛。

当时，日本队的快速多变还是令中国女排头疼的问题。郎平上任伊

2019年女排世界杯，中国女排以3比0轻取东道主日本队。这是近年来中日主力阵容交锋中，中国女排赢得最痛快的一次。

始提出的第一个目标,是要重新确立中国女排在亚洲的领先地位,战胜日本队是其中的重要一环。

四年前,这支中国女排在世界杯最后一场战胜日本队,第一次尝到了世界冠军的滋味。

"赢了日本你就是冠军,但是人家不会轻易让你过这关,你得自己拼下来。当时这些孩子们都还小,没经历过这种阵势,技术也没有现在这么扎实,赛前我们给她们做了很多工作,但是到场上,动作都变形,一个发球能出界好几米,根本控制不住自己。现在就不一样了,我把她们派上去,看得出她们心里有定力了,知道压力在哪儿,怎么转化,也知道怎么控制自己了。"一说到年轻球员们的成长,满脸疲惫的郎平会露出舒心的笑容。

一堂堂的训练,一天天、一年年地积累下来,中国女排确实和从前不一样了:虽然不是世界最强最快最猛的,但慢慢成长为最稳定、最团结、最有内劲的球队。靠着勤奋和努力,在做了大量的功课和细致的准备之后,她们渐渐学会把握自己,阅读比赛,她们可以拿下一些干脆利落的完胜,也可以咬下一些难啃的硬骨头。

本届世界杯对日本女排的比赛,是近年来中日主力阵容交锋中,中国女排赢得最痛快的一次,赢球完全没有悬念。

第二局16比7领先时,张常宁的连续八个发球给人留下了深刻印象。

前两个发球,7号石井优希接飞。中田久美派上近来人气急升的小将石川真佑,但她只能勉强垫起。日本队一攻质量不佳,朱婷反击得分。张常宁继续发球。这个球直接压在线上,日本队挑战,回放显示,球只压到了一个小边。这是个少见的压线球,队友们后来都调侃张常宁应该去买彩票了。

张常宁的第五个发球,石川真佑又直接接飞,此时日本队的心理面临崩溃。第六个球，球直接落在后场空当处，这样的错误发生在被认为一传手感最好的老将新锅里沙身上，令人大跌眼镜。张常宁继续发第七个球，日本女排终于组织起了进攻，但是又被身高超过两米的袁心玥拦得死死的。这一波小高潮过去，中国队已经以 23 比 7 遥遥领先。直到第八个发球，日本队才接好一传，石川真佑利用打手出界艰难渡轮。随着颜妮快球得分，中国队以 25 比 10 拿下第二局。

从奥运资格赛和土耳其队的比赛，到世界杯第三轮对阵俄罗斯队，再到这场中日之战，场上七人攻防十分顺畅，配合默契，郎平又一次用首发七人打完整场比赛。

"一个球打得漂亮，并不值得高兴，可能对手又防回来呢，只要球没有落地，就要集中精力。赢一局不算赢，要赢一场；赢一场不是胜利，拿下整个比赛才叫胜利！"从横滨转战札幌，郎平对姑娘们这样说。

11

9 月 23 日，受 17 号台风影响，札幌风雨交加。

2019 年女排世界杯第七个比赛日，中国女排终于迎来对阵美国队的攻坚战。虽然前六场赢得漂亮，但姑娘们总感觉没碰美国队，真正的考验还没到，硬仗还在后面。

美国队真的很难对付。

2018 年世锦赛，中国女排好不容易捅破世界三大赛多年不胜美国的窗户纸，找到了对付美国队的办法，结果 2019 年集训，兵多将广的美国队大换血，除了两个主攻手，首发七个人换了五个。

就是这支新球队，在世界女排联赛江门站 3 比 0 战胜以主力出战的中国女排，又在南京总决赛 3 比 1 赢下年轻队员主打的中国队。换了一批人，照样在总决赛中傲视群雄，蝉联冠军，美国队确实了不得。

世界女排联赛后说起中美之战的新局面，郎平自嘲："没办法，逼着我们继续好好学习，天天向上。"

在安家杰带着年轻队员出战总决赛时，郎平和主力队员在北仑专门研究美国队，一起寻找击破美国队的方法，找出对手弱点，确定作战方案，再进行有针对性的训练。

世界杯开赛，通过在另一个赛区录像蹲点的于飞，郎平又发现了美国队的一些小变化，利用在横滨带队比赛的空当，她抽时间进一步做了功课。直到前一天赢下巴西队，中国女排真正进入"美国时间"。

写作战方案时，郎平特别在"攻坚克难"四个字下面加了着重符号，她要求每个队员发球要有使命感："在发球的时候要想着你的队友，你的球发不出性能，你的队友要用多大的努力去拦，去防！"

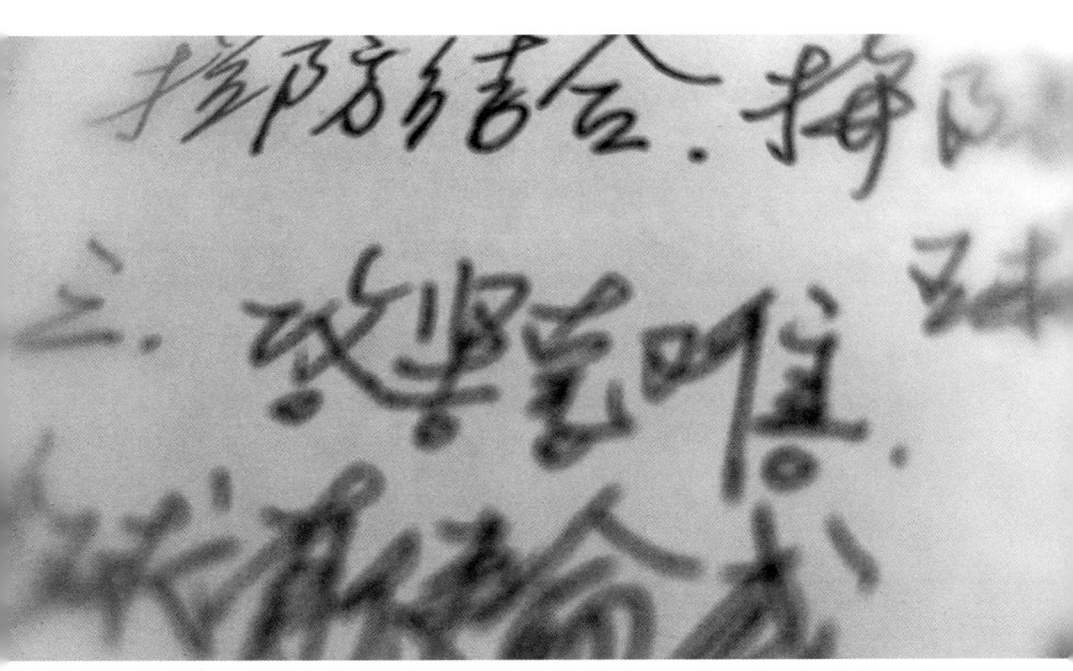

面对世界杯头号劲敌美国队，赛前在写作战方案时，郎平特别在"攻坚克难"四个字下面加了着重符号。此外，她还送给队员四个字："智勇双全"。

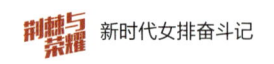

除了"攻坚克难",郎平还送给队员四个字:"智勇双全"。赖亚文引申说:"两强相遇勇者胜,两勇相遇智者胜。"

自由人王梦洁努力回想一年前世锦赛上与美国队交手的心态,希望在一年之后还能摆好自己的位置,像当时那样心无杂念,潇洒去拼。

和一年前世锦赛相比,中国女排的首发阵容没有变化,美国女排除了队长拉尔森,罗宾逊从自由人改回主攻,其他位置全是新人:副攻华盛顿、奥格博古,接应德鲁斯,二传波尔特,自由人考特尼。

中国女排开局通过追发自由人考特尼抑制对手的速度,每位球员都坚决贯彻作战方针,并做到持续用高质量的发球给对手施压,以快著称的美国队难以组织起擅长的进攻。

前半局,基拉里连续两次叫了暂停,但未能改变局面。第二次技术暂停后,袁心玥连抓反击和探头,中国队 18 比 9 遥遥领先,并以 25 比 16 先赢一局。

大比分丢掉第一局,显然有些出乎美国队的意料。交换场地后,美国队火急火燎地调整阵容,郎平则提醒队员们继续瞪大眼睛,随时准备应变,对手不会把胜利拱手相送。

第二局刚一开局,美国队就因为触网和过线连续失误送分,对于一支强队来说,这样的表现只能说明是"心情烦乱"。此后的一个拉锯回合中,美国队进攻被张常宁在后排防起后,前排的袁心玥变身"二传",而且是背对二号位垫调给丁霞,丁霞跃起重扣,突破拉尔森的拦网,拿下涨士气的一分。

一传不稳的美国队,全队串联也显得混乱,许多球只能强行进攻,中国队拦网收获颇丰。后半段,基拉里被迫调整阵容,但此时比分已被中国队拉开。中国队以 25 比 17 再胜一局。

两局领先,郎平提醒队员保持专注,继续给对手施压。

果然,第三局美国队大幅变阵,开局后有些起势。双方相持到 7 平

护臂上绣的五颗红星,象征着沉甸甸的责任,同时也是无上的荣耀。

朱婷、袁心玥、颜妮、张常宁，这些里约奥运会冠军成员们仍是东京奥运周期的主力，中国女排再夺世界杯，获得五年里的第三个世界冠军。

后，中国女排成功限制洛维的进攻，连得5分将比分拉开。眼看大势将去，基拉里继续换人。局末美国队一度追至只差1分，此时朱婷站了出来，以强有力的后攻稳住局势，帮助球队获得赛点。随着张常宁进攻命中，中国队以25比22赢下第三局。

此次征战世界杯，在最重要的一场攻坚战中，中国女排能直落三局，干净利落地战胜美国队，无论是过程还是结果，都表现得令人惊喜。不过，回顾球队过去半年里的积累和努力，又只会感慨果然是"功夫不负有心人"。

技术统计显示，中国女排各项数据全面占优。全场比赛，队长朱婷拿下23分，张常宁、袁心玥、龚翔宇分别拿到13分、10分和6分。里约周期发掘的"朱袁张龚"走向成熟，在与诸强的争夺中，中国女排终于有了抗衡的实力。

12

"大阪是中国女排的福地。"带着八连胜的战绩来到大阪，郎平心情很好。她想到了38年前，她第一次随中国女排征战世界杯，就是在大阪捧起冠军奖杯。作为运动员，郎平和队友从大阪起步，站上世界之巅。

1998年，郎平第一次执教中国女排的最后一次世界大赛——世锦赛，一直把打到大阪的决赛当成奋斗目标。

2003年，陈忠和率领"黄金一代"时隔17年重夺世界冠军，最后阶段的比赛是在大阪。

2018年世锦赛，中国女排转战大阪迎来最艰难的复赛，结果3比0速胜美国队，突然之间，前程一片光明。

郎平曾在自传《激情岁月》里说，到大阪比赛，她的心里有一种说

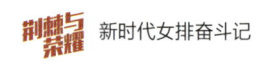

不出的安定。

大阪站的第一个比赛日,中国女排以 3 比 1 战胜荷兰队。如果能赢下第十个对手塞尔维亚队,中国女排将提前一轮冲顶成功。如此大好的局面,在球队出征世界杯时,所有人都根本没敢想。

但是这一天真的来了。

赶到现场观战的中国球迷,几乎人手一面五星红旗,大家都是抱着在七十周年国庆之际见证中国女排勇夺"第十冠"的愿望来的。球迷中有一部分是中老年人,他们都是"老女排"的粉丝。

"喜欢中国女排大半辈子了,年轻时没有能力在现场看比赛,现在就想抓住机会,看到郎平在现场指挥!"一位 50 多岁球迷的肺腑之言,说得周围好几个人热泪盈眶。

与外界的热烈形成鲜明对比的,是中国女排完全专注于打好每一场球的踏实和平静。郎平在比赛前给队员们提出的要求是:不骄不躁,不松不紧。

比赛的过程没有悬念,中国女排以 3 比 0 战胜塞尔维亚队,豪取世界杯十连胜,提前一轮锁定冠军。现场的球迷、媒体都做好了准备和中国女排一起忘情庆祝,但是期待中的一幕并没有出现,姑娘们和平时一样在场地里放松,甚至用更短的时间就匆匆离开,没有露出半点提前夺冠的狂喜。记者们最后在训练房里找到了已经夺冠的女排姑娘们,她们正按原计划,在比赛之后完成身体训练。

最后一个比赛日,中国女排对阵阿根廷队。赛前,郎平又送给队员八个字:不忘初心,有始有终。

身穿胸前印有"中国"的球衣,就要全心投入,不负使命,这是中国女排的初心。从这支球队组建的第一天开始,无论是 2013 年亚锦赛跌落低谷之时,还是 2015 年世界杯登上世界之巅以后,无论是里约奥运会艰难夺冠的征程之中,还是东京奥运周期肩负使命重新出发的一路上,在郎平的带领下,姑娘们始终坚持做好每一天,胜不骄,败不馁,直面困难,永不放弃。

"从2019年集训开始,我们就说要踏实积累,不断提高自己,打好每一个球,努力做好每一天。最困难的时候,我们是靠着集体的力量,相互支撑,实现了年初的既定目标。"以十一连胜的战绩卫冕世界杯冠军时,郎平说,"我们做到了不忘初心,有始有终,但是我们的目标还在前面,眼下只是阶段性的胜利。"

有始有终,既是郎平给中国女排这次比赛提出的希望和要求,也是对自己说的一句心里话。

2013年第二次执教中国女排以来,她开始带着比自己女儿还小的队员,为中国女排走出低谷,再创辉煌开始新的一次奋斗。连她自己都没有想到,这一猛子扎下来,又是两个奥运周期。

每天和年轻的球员一起站在训练场上,一天8小时,晚上还要带队员开会学习,这样的工作强度,年轻人都很难坚持。"我一个快60岁的老太太都做到了,谁还能懈怠?"郎平常常这么说。

私下里郎平曾说:"这一年真的很累,有的时候我累得想哭。年龄不饶人,可能我真的是老了。"但是在排球场上的郎平,永远精神抖擞,斗志昂扬。

七年时间,"铁榔头"带领着年轻的中国女排,一直在荆棘之路上摸索前行,不断收获成长与荣耀。

精彩,未完待续。

中国女排以十一连胜的成绩夺冠,在祖国掀起巨大的热潮。

时值中华人民共和国成立70周年,站上领奖台,中国女排准备了一幅特别的横幅。团长李全强、领队赖亚文、主教练郎平、七位教练、16名运动员、五位中外专家组成的医疗保障团队和外联简捷,出征女排

取得胜利后的中国女排同世界杯吉祥物合影。这样的合影，中国女排在本次世界杯进行了11次。

2019年9月29日，世界杯颁奖仪式上，中国女排打出横幅庆祝祖国生日，这个冠军，是她们向祖国送上的最好的生日礼物。

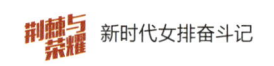

世界杯的 32 个人，终于有了一张完美的大合影。他们一起举着横幅高喊：祖国，祝您生日快乐！

走下领奖台，中国女排收到了中共中央总书记、国家主席、中央军委主席习近平的贺电，贺电中说："你们在比赛中不畏强手、敢打敢拼，打出了风格、赛出了水平，充分展现了团结协作、顽强拼搏的女排精神。我向你们表示热烈的祝贺和诚挚的问候！"

夺冠当晚，中国女排乘专机返回北京，受到习近平的会见，并荣受邀请参加国庆的一系列庆祝活动。

10月1日，庆祝中华人民共和国成立 70 周年大会隆重举行，在阅兵仪式后的花车巡游环节，郎平和中国女排全体将士登上"祖国万岁"方阵的花车，手持鲜花向全国人民致意。

这是郎平第二次亮相国庆庆典。1984 年，刚刚随中国女排夺得洛杉矶奥运会金牌的郎平，就曾与队友们佩戴奥运金牌，站在国庆 35 周年庆典的花车上。

35 年过去了，当年风华正茂的"铁榔头"已年近花甲，又一次戴着金牌站在国庆游行的花车上，郎平的努力和坚持令人动容。

花车驶过长安街，路边的解放军战士整齐地高喊："中国女排，世界第一！"这是全国人民对新一代女排队员的褒奖，更是向四十年间为中国女排奋斗的几代人致敬。

一切荣誉已成往事，东京奥运硝烟渐起，新的高峰尚待征服。

走下领奖台，中国女排又将从零开始，重新出发。

拼搏的人生没有终点……

2019年10月1日，中华人民共和国成立70周年盛典上，刚刚夺得世界杯冠军的中国女排手捧鲜花登上花车，与祖国人民分享荣耀、共庆华诞。

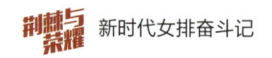

2013—2019年中国女排大事记

2013年
- 4月25日　郎平就任中国女排主教练
- 9月21日　亚洲女排锦标赛第四名

2014年
- 10月12日　第17届世界女排锦标赛亚军

2015年
- 5月28日　亚洲女排锦标赛冠军
- 9月6日　第12届女排世界杯冠军

2016年
- 8月21日　第31届奥林匹克运动会女排比赛冠军
- 8月25日　中共中央总书记、国家主席、中央军委主席习近平会见第31届奥林匹克运动会中国体育代表团全体成员

2017年
- 9月10日　世界女排大冠军杯冠军

2018年
- 9月1日　第18届亚洲运动会女排比赛冠军
- 10月20日　第18届世界女排锦标赛第三名

2019年
- 9月25日　中国女排五连冠群体被授予"最美奋斗者"（集体）称号
- 9月29日　第13届女排世界杯冠军
- 9月29日　中共中央总书记、国家主席、中央军委主席习近平致电祝贺中国女排夺得2019年女排世界杯冠军
- 9月30日　中共中央总书记、国家主席、中央军委主席习近平会见中国女排代表
- 10月1日　出席庆祝中华人民共和国成立70周年大会，参加群众游行、亮相"祖国万岁"方阵
- 12月31日　国家主席习近平发表二〇二〇年新年贺词，再次为中国女排点赞

后记

这是一部计划外的作品。

结束 2019 年世界杯的工作,我正打算给自己放个假,突然接到一个陌生的电话。

电话是中国青年出版总社新上任的总编辑陈章乐打来的。这位一直在共青团系统做青年工作、说话和陈忠和教练一模一样的福建人开门见山提出:写一本讲女排故事的书,讲讲女排成功背后的艰辛。

其实我一直在选择一个时机,用我的文字把这支新女排的故事完整呈现出来,但是我总觉得现在还不到时候。但陈总反复强调他的初衷——希望能让更多的青年人了解女排荣誉背后的付出和坚持:"女排很伟大,女排不容易",这让我有了动笔的冲动。

从下决心写作,我在家闭关了一个半月,用 45 天的时间,重走了这支新女排七年的长征路。

回到每一年,回到每一场重要的比赛,回到每一个关键的时间节点,我能想起当年的自己,甚至还能感受到当时起伏的心情和剧烈的心跳。我努力还原每一刻的真实,有时笑,有时泪,最深刻的感受是,追求卓越,实在是一个非常漫长的过程。

七年的长路,充满荆棘坎坷。有些时候,作为旁观者,我们都觉得快坚持不下去了,还有一些问题,似乎根本就没有解决的办法。

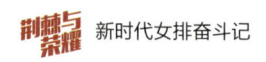

但是郎导带领的这个团队，一直把目光投射到比我们看到的更远的地方：那些眼前看似闯不过去的关卡，放到更长的时间周期看，只不过是前进道路上的一个小小的障碍；那些在短时间内解决不了的问题，也一定会在不断探寻解决办法的过程中逐渐看到光明和希望。

站得高了，看得远了，心态完全不同。

赢了，拿了冠军，走下领奖台，要继续往前走；输了，遇到强敌受挫了，也要继续往前走。为什么说女排精神一直都在，因为从它称之为一种精神的那天起，它就是为中国体育的崛起而拼搏，绝不仅仅是为了哪一场的胜利，哪一次的冠军。

这七年，和之前的数十年一样，中国女排数度身处困境，她们每次都会在最困难的时候爆发，赢得最漂亮，笑得更动人。

究其原因，每一代的女排队员给出几乎相同的答案：越是困难，越能忘我。

困境中，这个团队的每个成员都能做到置个人的得失于度外，努力捍卫中国女排的尊严。

这种使命感，是历史的积淀，是一代代女排运动员的传承，是中国体育宝贵的精神财富。

进入 2020 年，肩负使命的中国女排即将出发，开始新的奋斗。

这是一段瞄向东京奥运的冲刺。

不过，东京并非终点。

在不断追求卓越的漫漫征途中，中国女排从未止步。

马　寅

2019 年 12 月 30 日